银领工程——计算机项目案例与技能实训丛书

PowerPoint 幻灯片制作

九州书源　编著

清华大学出版社

北　京

内 容 简 介

本书主要介绍使用 PowerPoint 2003 制作与设计幻灯片的各种知识和技巧，内容包括 PowerPoint 2003 入门，PowerPoint 2003 基本操作，幻灯片布局与修饰，文本的输入与编辑，图形、图表、表格、超级链接和动画的使用，自定义幻灯片母版，在幻灯片中填加声音和视频，幻灯片放映的设置与控制，幻灯片的打印和输出等内容，最后还综合本书讲解的知识制作了"楼盘投资策划"和"产品销售总结"演示文稿两个项目设计案例，使读者能够融会贯通，举一反三。

本书采用了基础知识、应用实例、项目案例、上机实训、练习提高的编写模式，力求循序渐进、学以致用，并切实通过项目案例和上机实训等方式提高应用技能，适应工作需求。

本书提供了配套的实例素材与效果文件、教学课件、电子教案、视频教学演示和考试试卷等相关教学资源，读者可以登录 http://www.tup.com.cn 网站下载。

本书适合作为职业院校、培训学校、应用型院校的教材，也是非常好的自学用书。

图书在版编目（CIP）数据

PowerPoint 幻灯片制作/九州书源编著．—北京：清华大学出版社，2011.12

银领工程——计算机项目案例与技能实训丛书

ISBN 978-7-302-26923-6

I. ①P…　II. ①九…　III. ①图形软件，PowerPoint 2003-教材　IV. ①TP391.41

中国版本图书馆 CIP 数据核字（2011）第 194530 号

责任编辑：赵洛育　刘利民
版式设计：文森时代
责任校对：张彩凤
责任印制：何　芊

出版发行：清华大学出版社　　　　　　　　　　地　　　址：北京清华大学学研大厦 A 座
　　　　　http://www.tup.com.cn　　　　　　　邮　　　编：100084
　　　　　社　总　机：010-62770175　　　　　邮　　　购：010-62786544
　　　　　投稿与读者服务：010-62776969，c-service@tup.tsinghua.edu.cn
　　　　　质　量　反　馈：010-62772015，zhiliang@tup.tsinghua.edu.cn
印　刷　者：清华大学印刷厂
装　订　者：三河市李旗庄少明印装厂
经　　　销：全国新华书店
开　　　本：185×260　印　张：17.5　字　数：404 千字
版　　　次：2011 年 12 月第 1 版　　印　次：2011 年 12 月第 1 次印刷
印　　　数：1～6000
定　　　价：32.80 元

产品编号：042591-01

丛 书 序

Series Preface

本丛书的前身是"电脑基础·实例·上机系列教程"。该丛书于 2005 年出版，陆续推出了 34 个品种，先后被 500 多所职业院校和培训学校作为教材，累计发行 **100 余万册**，部分品种销售在 50000 册以上，多个品种获得**"全国高校出版社优秀畅销书"一等奖**。

众所周知，社会培训机构通常没有任何社会资助，完全依靠市场而生存，他们必须选择最实用、最先进的教学模式，才能获得生存和发展。因此，他们的很多教学模式更加适合社会需求。本丛书就是在总结当前社会培训的教学模式的基础上编写而成的，而且是被广大职业院校所采用的、最具代表性的丛书之一。

很多学校和读者对本丛书耳熟能详。应广大读者要求，我们对该丛书进行了改版，主要变化如下：

- 建立完善的立体化教学服务。
- 更加突出"应用实例"、"项目案例"和"上机实训"。
- 完善学习中出现的问题，更加方便学生自学。

一、本丛书的主要特点

1．围绕工作和就业，把握"必需"和"够用"的原则，精选教学内容

本丛书不同于传统的教科书，与工作无关的、理论性的东西较少，而是精选了实际工作中确实常用的、必需的内容，在深度上也把握了以工作够用的原则，另外，本丛书的应用实例、上机实训、项目案例、练习提高都经过多次挑选。

2．注重"应用实例"、"项目案例"和"上机实训"，将学习和实际应用相结合

实例、案例学习是广大读者最喜爱的学习方式之一，也是最快的学习方式之一，更是最能激发读者学习兴趣的方式之一，我们通过与知识点贴近或者综合应用的实例，让读者多从应用中学习、从案例中学习，并通过上机实训进一步加强练习和动手操作。

3．注重循序渐进，边学边用

我们深入调查了许多职业院校和培训学校的教学方式，研究了许多学生的学习习惯，采用了基础知识、应用实例、项目案例、上机实训、练习提高的编写模式，力求循序渐进、学以致用，并切实通过项目案例和上机实训等方式提高应用技能，适应工作需求。唯有学以致用，边学边用，才能激发学习兴趣，把被动学习变成主动学习。

二、立体化教学服务

为了方便教学，丛书提供了立体化教学网络资源，放在清华大学出版社网站上。读者登录 http://www.tup.com.cn 后，在页面右上角的搜索文本框中输入书名，搜索到该书后，单击"立体化教学"链接下载即可。"立体化教学"内容如下。

- **素材与效果文件**：收集了当前图书中所有实例使用到的素材以及制作后的最终效果。读者可直接调用，非常方便。
- **教学课件**：以章为单位，精心制作了该书的 PowerPoint 教学课件，课件的结构与书本上的讲解相符，包括本章导读、知识讲解、上机与项目实训等。
- **电子教案**：综合多个学校对于教学大纲的要求和格式，编写了当前课程的教案，内容详细，稍加修改即可直接应用于教学。
- **视频教学演示**：将项目实训和习题中较难、不易于操作和实现的内容，以录屏文件的方式再现操作过程，使学习和练习变得简单、轻松。
- **考试试卷**：完全模拟真正的考试试卷，包含填空题、选择题和上机操作题等多种题型，并且按不同的学习阶段提供了不同的试卷内容。

三、读者对象

本丛书可以作为职业院校、培训学校的教材使用，也可作为应用型本科院校的选修教材，还可作为即将步入社会的求职者、白领阶层的自学参考书。

我们的目标是让起点为零的读者能胜任基本工作！

欢迎读者使用本书，祝大家早日适应工作需求！

前 言

Preface

在现代化信息社会中，操作电脑已经成为了人们必备的工作技能之一，越来越多的公司和企业都普遍开展了自动化办公方式。自动化办公软件 PowerPoint 的作用也越来越重要，它通过制作与设计各种不同的演示文稿，不仅可以达到宣传公司和企业的理念、产品和形象等目的，还可以让人在生动活泼的气氛下理解需要传达的各种内容，使人印象深刻。不仅如此，PowerPoint 已经深入到教学课件、个人简历、人力资源管理、行政管理、电子相册等领域，用户量以极高的速度增长。由此可见，掌握 PowerPoint 的使用技能可以让自己在竞争激烈的社会中占据一定的优势。

📖 本书的内容

本书共 12 章，可分为 7 个部分，各部分具体内容如下：

章　　节	内　　容	目　　的
第 1 部分（第 1~2 章）	PowerPoint的启动与退出、应用领域、认识与自定义工作界面、演示文稿和幻灯片的基本操作	了解PowerPoint的基本知识，掌握Powerpiont和演示文稿与幻灯片的各种基本操作
第 2 部分（第 3 章）	幻灯片的页面设置、应用幻灯片设计模板、应用配色方案、编辑配色方案、设置幻灯片背景等	掌握布局与修饰幻灯片的各种基本操作
第 3 部分（第 4~6 章）	文本、图形、表格和图表在幻灯片中的应用	掌握在幻灯片中使用文本、图形、表格和图表的各种操作
第 4 部分（第 7 章）	为幻灯片应用切换效果、编辑切换效果、应用动画方案以及自定义动画	掌握为幻灯片设置动画的各种操作
第 5 部分（第 8 章）	认识幻灯片母版组成、设计幻灯片母版、自定义讲义母版以及自定义备注母版	掌握设置幻灯片母版的各种操作
第 6 部分（第 9~11 章）	在幻灯片中添加视频和声音、设置与控制幻灯片的放映、输出演示文稿	掌握为幻灯片添加视频和声音、设置与控制幻灯片放映的方法，以及如何打包和打印演示文稿
第 7 部分（第 12 章）	"楼盘投资策划"和"产品销售总结"两个演示文稿的设计和制作	巩固前面所学知识，提高综合运用PowerPoint制作演示文稿的能力

✍ 本书的写作特点

本书图文并茂、条理清晰、通俗易懂、内容翔实，在读者难于理解和掌握的地方给出了提示或注意，并加入许多 PowerPoint 的使用技巧，使读者能快速提高软件的使用技能。另外，书中给出了大量的实例和练习，让读者在不断地实际操作中强化书中讲解的内容。

本书每章按"学习目标+目标任务&项目案例+基础知识+应用实例+上机与项目实训+

练习与提高"结构进行讲解。

- 📌 **学习目标**：以简练的语言列出本章知识要点和实例目标，使读者对本章将要讲解的内容做到心中有数。

- 📌 **目标任务&项目案例**：给出本章部分实例和案例结果，让读者对本章的学习有一个具体的、看得见的目标，不至于感觉学了很多却不知道干什么用，以至于失去学习兴趣和动力。

- 📌 **基础知识与应用实例**：将实例贯穿于知识点中讲解，使知识点和实例融为一体，让读者加深理解思路、概念和方法，并模仿实例的制作，通过应用举例强化巩固小节知识点。

- 📌 **上机与项目实训**：上机实训为一个综合性实例，用于贯穿全章内容，并给出具体的制作思路和制作步骤，完成后给出一个项目实训，用于进行拓展练习，还提供实训目标、视频演示路径和关键步骤，以便于读者进一步巩固。

- 📌 **项目案例**：为了更加贴近实际应用，本书给出了一些项目案例，希望读者能完整了解整个制作过程。

- 📌 **练习与提高**：本书给出了不同类型的习题，以巩固和提高读者的实际动手能力。

另外，本书还提供有素材与效果文件、教学课件、电子教案、视频教学演示和考试试卷等相关立体化教学资源，立体化教学资源放置在清华大学出版社网站（http://www.tup.com.cn），进入网站后，在页面右上角的搜索引擎中输入书名，搜索到该书，单击"立体化教学"链接即可。

☺ 本书的读者对象

本书主要供各大中专院校和各类电脑培训学校作为 PowerPoint 教材使用，也可供 PowerPoint 初学者以及各行各业设计演示文稿制作与使用的相关人员使用。

✉ 本书的编者

本书由九州书源编著，参与本书资料收集、整理、编著、校对及排版的人员有：羊清忠、陈良、杨学林、卢炜、夏帮贵、刘凡馨、张良军、杨颖、王君、张永雄、向萍、曾福全、简超、李伟、黄沄、穆仁龙、陆小平、余洪、赵云、袁松涛、艾琳、杨明宇、廖宵、牟俊、陈晓颖、宋晓均、朱非、刘斌、丛威、何周、张笑、常开忠、唐青、骆源、宋玉霞、向利、付琦、范晶晶、赵华君、徐云江、李显进等。

由于作者水平有限，书中疏漏和不足之处在所难免，欢迎读者朋友不吝赐教。如果您在学习的过程中遇到什么困难或疑惑，可以联系我们，我们会尽快为您解答。联系方式是：

E-mail：book@jzbooks.com。

网　址：http://www.jzbooks.com。

编　者

导　读

Introduction

章　名	操 作 技 能	课 时 安 排
第 1 章　PowerPoint 2003 入门	1. 了解 PowerPoint 的应用领域 2. 掌握 PowerPoint 的启动与退出 3. 熟悉 PowerPoint 工作界面并能自定义操作窗口 4. 了解并熟悉帮助信息的获取方法	2 学时
第 2 章　PowerPoint 2003 基本操作	1. 掌握演示文稿的新建、保存、打开、关闭和放映等操作 2. 掌握幻灯片的添加、移动、复制、删除和隐藏等操作	2 学时
第 3 章　幻灯片布局与修饰	1. 熟悉幻灯片的页面设置方法 2. 掌握设计模板和配色方案的应用以及配色方案的编辑 3. 熟悉幻灯片背景的设置 4. 了解幻灯片版面布局 5. 掌握应用幻灯片版式的方法	3 学时
第 4 章　文本的输入与编辑	1. 熟练掌握在占位符中输入文本以及编辑占位符的方法 2. 熟悉在"大纲"选项卡中输入文本的操作 3. 了解在备注区输入文本的方法 4. 掌握文本的选择、移动、复制、查找、替换以及撤销与重复操作的实现方法 5. 掌握文本和段落的设置方法	3 学时
第 5 章　图形的使用	1. 掌握图片与剪贴画的插入与编辑操作 2. 熟悉自选图形与艺术字的添加和编辑操作 3. 熟悉在幻灯片中如何使用组织结构图 4. 了解相册的创建与编辑方法	3 学时
第 6 章　其他对象的使用	1. 掌握在幻灯片中插入表格以及编辑和美化表格的操作 2. 掌握在幻灯片中插入图表以及编辑和美化图表的操作 3. 掌握超级链接的创建与编辑操作，以及动作按钮的使用	3 学时
第 7 章　动画在幻灯片中的应用	1. 掌握为幻灯片应用切换效果以及编辑切换效果的方法 2. 熟悉动画方案的应用操作 3. 掌握自定义动画的操作	2 学时
第 8 章　自定义幻灯片母版	1. 认识幻灯片母版组成 2. 掌握设计幻灯片母版的方法 3. 了解自定义讲义母版和备注母版的方法	2 学时

续表

章　　名	操 作 技 能	课 时 安 排
第9章　让演示文稿 　　　　有声有色	1. 掌握在幻灯片中插入与设置影片的方法 2. 了解并熟悉插入 Flash 动画的操作 3. 掌握在幻灯片中插入与设置声音的方法 4. 了解插入 CD 乐曲与录制声音的操作	3 学时
第10章　设置与控制幻 　　　　灯片放映	1. 掌握设置放映方式的操作 2. 熟悉排练计时的操作 3. 了解录制旁白的方法 4. 熟悉自定义幻灯片放映的操作 5. 掌握在放映幻灯片时控制放映过程的操作 6. 熟悉在放映幻灯片中添加标注的方法	4 学时
第11章　演示文稿的 　　　　输出	1. 熟悉预览打印效果的方法 2. 熟悉如何进行打印设置 3. 掌握打包演示文稿的操作 4. 熟悉将演示文稿输出为图片、网页和大纲文件的方法	3 学时
第12章　项目设计案例	1. 制作"楼盘投资策划"演示文稿 2. 制作"产品销售总结"演示文稿	2 学时

目 录

Contents

第 1 章　PowerPoint 2003 入门

学习目标

- ☑ 了解 PowerPoint 的应用领域
- ☑ 掌握启动和退出 PowerPoint 2003 的常用操作
- ☑ 熟悉 PowerPoint 的工作界面
- ☑ 熟悉自定义工作界面的常用方法
- ☑ 掌握获取帮助的各种操作方法
- ☑ 了解 Office 助手的使用

目标任务&项目案例

礼仪培训

销售报告

新品展示

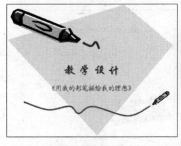
教学课件

个人简历

电子相册

本章将对 PowerPoint 的入门知识进行介绍，为更好地使用 PowerPoint 制作幻灯片打下良好的基础。主要内容包括 PowerPoint 的应用领域、启动与退出，认识和自定义工作界面以及帮助获取和 Office 助手的使用等。

1.1　初识 PowerPoint 2003

PowerPoint 2003 是一款专门用于制作演示文稿的软件，通过它可以制作出形象生动、图文并茂的幻灯片。它属于 Office 2003 办公软件的组件之一，与 Word 和 Excel 并称为 Office 办公三剑客。下面首先来了解利用 PowerPoint 2003 可以实现的工作，然后再掌握启动与退出 PowerPoint 2003 的方法。

1.1.1　PowerPoint 2003 的应用领域

PowerPoint 简单易学，可以制作出适合各种场合的演示文稿，是最常用的演示文稿制作软件之一。它能将枯燥无味的文档、表格等对象通过与图片、图表、声音、影片、动画等多种元素结合的方法生动地展示给观众，并能通过电脑、投影仪等设备放映出来。对不同用户对演示文稿的不同需求，PowerPoint 都可以轻易实现。下面列举 PowerPoint 部分常见的应用领域。

➥ **人力资源**：利用 PowerPoint 可以制作出生动且令人耳目一新的招聘资料、员工培训计划等演示文稿，使原本枯燥乏味的人力资源工作充满乐趣，从而提高工作积极性和工作效率。如图 1-1 所示即为利用 PowerPoint 制作出的"礼仪培训"演示文稿的效果。

➥ **行政管理**：利用 PowerPoint 可以制作出会议资料、年终总结、行政管理资料等演示文稿，可以让公司从上到下的职员都能以全新的视觉来看待和执行公司的行政管理制度。如图 1-2 所示即为利用 PowerPoint 制作出的"销售报告"演示文稿的效果。

➥ **宣传策划**：利用 PowerPoint 可以制作出生动活泼的产品宣传、新品推广等极具活力的演示文稿，使得宣传策划的工作可以更好地开展。如图 1-3 所示即为利用 PowerPoint 制作出的"新品展示"演示文稿的效果。

图 1-1　礼仪培训　　　　　图 1-2　销售报告　　　　　

图 1-3　新品展示

➥ **教学课件**：利用 PowerPoint 可以制作出生动有趣的教学课件，不仅可以提高学生的学习兴趣和知识吸收能力，还能更好地辅助教师进行知识的传授。如图 1-4 所示即为利用 PowerPoint 制作出的"教学课件"演示文稿的效果。

➥ **个人简历**：利用 PowerPoint 可以制作出别具一格的个人简历，不仅可以更加全面地展示自己，而且能提高在众多应聘者中脱颖而出的几率。如图 1-5 所示即为利用 PowerPoint 制作出的"个人简历"演示文稿的效果。

　　↳ **电子相册**：利用 PowerPoint 可以将精美的图片或照片制作成充满活力的电子相册，不仅能增加照片的纪念价值，而且更能丰富各种业余生活。如图 1-6 所示即为利用 PowerPoint 制作出的"电子相册"演示文稿的效果。

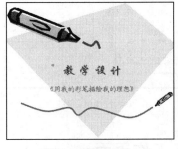

图 1-4　教学课件　　　　　　图 1-5　个人简历　　　　　　图 1-6　电子相册

1.1.2　启动 PowerPoint 2003

　　将 PowerPoint 2003 正确安装到电脑上以后，可通过选择"开始/所有程序/Microsoft Office/Microsoft Office PowerPoint 2003"命令启动该程序。也可在"开始"菜单中按照刚介绍的方法，在"Microsoft Office PowerPoint 2003"命令上单击鼠标右键，在弹出的快捷菜单中选择"发送到/桌面快捷方式"命令，桌面上即可显示 PowerPoint 的快捷启动图标，之后只需双击该图标即可启动 PowerPoint 2003 软件。

📢**提示**：

安装 PowerPoint 2003 实际上就是安装 Office 2003 办公软件，因此获得 Office 2003 的安装程序后，在安装向导的提示下，选中 PowerPoint 2003 对应的复选框即可将其安装到电脑中。

1.1.3　退出 PowerPoint 2003

　　退出 PowerPoint 2003 的常用方法有如下几种：

　　↳ 单击 PowerPoint 2003 标题栏右侧的"关闭"按钮⊠。

　　↳ 选择"文件/退出"命令。

　　↳ 按"Alt+F4"键。

1.1.4　应用举例——启动并退出 PowerPoint 2003

　　通过"开始"菜单启动 PowerPoint 2003，大致浏览该软件的工作界面后，利用其提供的菜单命令退出软件。

　　操作步骤如下：

　　（1）单击 开始 按钮，在弹出的菜单中选择"所有程序/Microsoft Office"命令，并在弹出的子菜单中选择"Microsoft Office PowerPoint 2003"命令，如图 1-7 所示。

　　（2）打开 PowerPoint 2003 的工作界面，从中可以大致了解该软件的界面构成及各区域大小，完成后选择"文件/退出"命令即可退出该软件，如图 1-8 所示。

图 1-7 启动 PowerPoint 2003　　　　　　　　　图 1-8 退出 PowerPoint 2003

1.2 认识并自定义 PowerPoint 工作界面

　　PowerPoint 的工作界面就是制作幻灯片的场所，因此熟悉该工作界面的各个区域并掌握各区域的使用方法是进行幻灯片制作的基础。下面就详细对 PowerPoint 的工作界面进行介绍。

1.2.1 认识 PowerPoint 工作界面

　　PowerPoint 的工作界面主要由标题栏、菜单栏、工具栏、幻灯片编辑区、"大纲/幻灯片"选项卡、任务窗格、幻灯片备注区、视图切换按钮和状态栏等几个部分组成，如图 1-9 所示。下面就以这些组成部分为索引，逐一认识并学会使用 PowerPoint 的工作界面。

图 1-9 PowerPoint 工作界面

1. 标题栏

　　PowerPoint 的标题栏位于工作界面的最上方，其中左侧的图标及文字分别代表 PowerPoint 软件和当前演示文稿的名称，右侧的 3 个按钮分别用于对工作界面执行最小化、最大化/还原和关闭操作，如图 1-10 所示。

软件图标和名称　　　　　　　　　　　　"最大化/还原"按钮

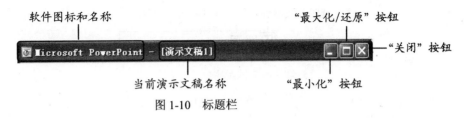

　　　　　　　　　　　　　　　　　　　　　　　　　　—— "关闭"按钮

当前演示文稿名称　　　　　　　　"最小化"按钮

图 1-10　标题栏

2．菜单栏

菜单栏位于标题栏下方，其中共包含 9 个菜单项，每个菜单项中又集合了与该菜单相关的所有操作命令。制作幻灯片时，需要的操作基本上都可以通过菜单栏中的菜单命令来完成，前面讲解过的退出 PowerPoint 便是利用了"文件"菜单中的"退出"命令。

3．工具栏

工具栏位于菜单栏的下方，其中以按钮的形式集合了制作幻灯片时使用频率较高的各种操作。PowerPoint 默认显示了 3 个工具栏，分别是用于新建、打开、保存等常用操作的"常用"工具栏，用于设置文本、对齐方式等格式的"格式"工具栏以及用于绘制各种基本图形的"绘图"工具栏，在图 1-9 中均有体现。

4．"大纲/幻灯片"选项卡

"大纲/幻灯片"选项卡位于工作界面左侧，主要包括"大纲"选项卡和"幻灯片"选项卡，其中"大纲"选项卡主要用于编辑幻灯片中的文本；"幻灯片"选项卡主要用于调整整个演示文稿的幻灯片结构，单击不同的选项卡标签即可切换到相应的选项卡状态。

5．幻灯片编辑区

幻灯片编辑区位于"大纲/幻灯片"选项卡右侧，用于显示和编辑幻灯片，是整个工作界面的核心区域。

6．任务窗格

任务窗格位于幻灯片编辑区右侧，通过它可快速执行某项操作。PowerPoint 2003 共有 16 个不同内容的任务窗格，单击该窗格右上方的 ▼ 按钮，可在弹出的下拉列表中选择某个选项从而切换到相应的任务窗格中，如图 1-11 所示。单击下拉按钮右侧的 ✖ 按钮可关闭任务窗格。

图 1-11　任务窗格

✍技巧：

> 选择"视图/任务窗格"命令或按"Ctrl+F1"键可重新将任务窗格显示在工作界面中。

7．视图切换按钮

视图切换按钮位于"大纲/幻灯片"选项卡下方，如图 1-12 所示。单击相应的按钮可快速在普通视图、幻灯片浏览视图和幻灯片放映视图之间进行切换。

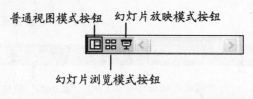

图 1-12　视图切换按钮

8. 幻灯片备注区

幻灯片备注区位于幻灯片编辑区下方，可供幻灯片制作者或幻灯片演讲者查阅该幻灯片信息或在播放演示文稿时对需要的幻灯片添加说明和注释。

9. 状态栏

状态栏位于工作界面最下方，用于显示演示文稿中所选的当前幻灯片以及所有幻灯片数量、幻灯片采用的模板类型、语言类型及拼写检查等。

1.2.2　调整工具栏的显示位置

在编辑幻灯片时，可根据使用习惯调整工作界面中任意一个工具栏的显示位置，其方法为：将鼠标指针移至需调整工具栏左侧的 图标上，当其变为 形状时按住鼠标左键不放并向目标位置拖动即可，如图 1-13 所示。

图 1-13　将"常用"工具栏调整到"格式"工具栏下方

提示：

若将某个工具栏拖动到工作界面的其他位置，释放鼠标后将使该工具栏处于浮动状态，并显示出该工具栏的标题栏，如图 1-14 所示即为成为浮动状态的"格式"工具栏。在该工具栏的标题栏空白区域按住鼠标左键不放并拖动到属于工具栏的区域又可重新固定该工具栏。

图 1-14　浮动状态的"格式"工具栏

1.2.3　自定义需显示的工具栏

PowerPoint 中包含有大量的工具栏，以方便在制作幻灯片时快速找到需要的工具，显示工具栏的方法为：在任意一个工具栏或菜单栏上单击鼠标右键，在弹出的快捷菜单中选择需显示的工具栏对应的选项，使其左侧出现 图标即可，如图 1-15 所示。再次选择该工具栏对应的选项，使 图标消失则表示在工作界面中隐藏该工具栏。

图 1-15　工具栏快捷菜单

✎技巧：

选择 "视图/工具栏" 命令，在弹出的子菜单中选择需显示的工具栏对应的选项，使其出现 ☑ 图标也可将该工具栏显示在工作界面中。

1.2.4　在工具栏中添加或隐藏按钮

工具栏中包含许多按钮，但由于工作界面大小的原因使得一些按钮无法显示出来，根据需要可随时调整工具栏中需要显示或隐藏的按钮，以便操作，其方法为：单击工具栏右侧的下拉按钮，在弹出的下拉菜单中选择 "添加或删除按钮/格式" 命令（其中 "格式" 命令随工具栏不同而不同，如 "常用" 工具栏则为 "常用" 命令），在弹出的子菜单中便显示了该工具栏包含的所有按钮选项，如图 1-16 所示。其中选项左侧出现 ☑ 图标的表示已显示在工具栏上，未出现 ☑ 图标的则表示处于隐藏状态。只需按照显示工具栏的操作选择相应的按钮选项，控制 ☑ 图标的显示或消失状态即可在工具栏上添加或隐藏按钮。

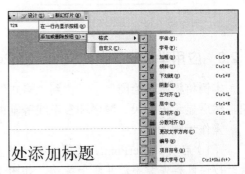

图 1-16　添加或隐藏按钮

1.2.5　显示或隐藏标尺、网格和参考线

标尺、网格和参考线都是幻灯片制作的辅助工具。不同的用户对辅助工具的使用情况各不相同，因此可根据对辅助工具的使用频率来决定将其显示或隐藏。

1．显示或隐藏标尺

标尺位于幻灯片编辑区的上方和左侧，在编辑幻灯片时主要起到对齐或定位对象的作用。PowerPoint 默认将标尺设定为隐藏状态，要想将其显示出来，只需选择 "视图/标尺" 命令即可，如图 1-17 所示。再次选择该命令重新将标尺隐藏。

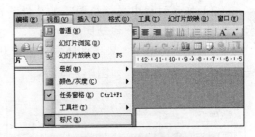

图 1-17　显示标尺

🔊提示：

选择 "视图" 菜单后，若没有找到其中包含的 "标尺" 命令，可单击弹出的菜单下方的 "展开" 按钮 ⮟，此时便将显示该菜单包含的所有命令。

2．显示或隐藏网格和参考线

使用网格和参考线可对对象进行辅助定位，从而可以更加精确地对各种图形、文本进行布局和设计。显示网格和参考线的方法为：选择 "视图/网格和参考线" 命令，打开 "网格线和参考线" 对话框，在其中选中 ☑ 屏幕上显示网格(D) 和 ☑ 屏幕上显示绘图参考线(I) 复选框，单击 确定 按钮即可，如图 1-18 所示。取消选中这两个复选框将隐藏网格和参考线。如

图 1-19 所示为显示出网格和参考线的幻灯片编辑区的状态。

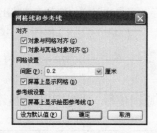

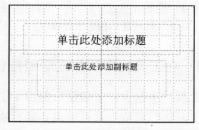

图 1-18　显示网格和参考线　　　　　图 1-19　显示出的网格和参考线效果

1.2.6　应用举例——自定义 PowerPoint 工作界面

本例将调整"绘图"工具栏到"格式"工具栏下方，并隐藏"绘图"工具栏中的⬭按钮，然后显示出标尺、网格和参考线等辅助工具，完成后的效果如图 1-20 所示。

操作步骤如下：

（1）启动 PowerPoint，将鼠标指针移至"绘图"工具栏左侧的图标上，当其变为✛形状时按住鼠标左键不放并向上拖动，如图 1-21 所示。

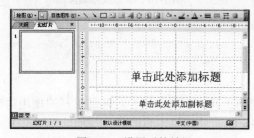

图 1-20　设置后的效果　　　　　　　图 1-21　拖动工具栏

（2）拖动过程中当"绘图"工具栏不在工具栏区域时将变为浮动状态，如图 1-22 所示，此时只需继续向上拖动即可。

（3）当"绘图"工具栏自动变为固定状态并显示在"格式"工具栏下方时释放鼠标完成工具栏的位置调整，如图 1-23 所示。

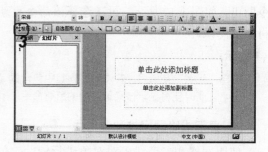

图 1-22　工具栏变为浮动状态　　　　　图 1-23　调整后的"绘图"工具栏

（4）单击"绘图"工具栏右侧的按钮，在弹出的下拉菜单中选择"添加或删除按钮/绘图"命令，在弹出的子菜单中选择"椭圆"选项，如图 1-24 所示。

（5）此时"椭圆"选项左侧的☑图标消失，工具栏上的"椭圆"按钮○便自动隐藏了。

（6）单击工作界面中的任意位置关闭显示的按钮列表，然后选择"视图/标尺"命令，如图 1-25 所示。

图 1-24　隐藏按钮

图 1-25　选择命令

（7）此时幻灯片编辑区上方和左侧将显示出标尺辅助工具，继续选择"视图/网格和参考线"命令，如图 1-26 所示。

（8）打开"网格线和参考线"对话框，选中"屏幕上显示网格"和"屏幕上显示绘图参考线"复选框，然后单击 确定 按钮，如图 1-27 所示。此时幻灯片编辑区上便显示出网格和参考线。

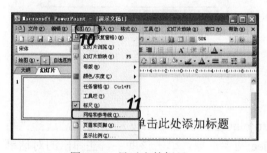

图 1-26　显示出的标尺

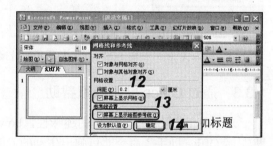

图 1-27　显示网格和参考线

1.3　获 取 帮 助

初学者在制作幻灯片的过程中经常会遇到一些常见问题，因此 PowerPoint 特别提供了功能强大的帮助系统，通过该系统可以在使用 PowerPoint 遇到问题时随时获取最直接的帮助。下面就详细介绍获取帮助的各种方法。

1.3.1　通过目录获取帮助

帮助目录可以帮助初学者获取想要的帮助信息。通过目录获取帮助的方法为：选择"帮助/Microsoft Office PowerPoint 帮助"命令或直接按"F1"键即可打开"PowerPoint 帮助"任务窗格，单击"目录"超级链接，然后单击展开的各级目录纲要便可获取想要的帮助。

1.3.2 通过关键字获取帮助

若想快速获取想要的帮助，还可通过输入关键字的方法来实现。其方法为：打开"PowerPoint 帮助"任务窗格，在"搜索"文本框中输入关键字后按"Enter"键或单击右侧的➡按钮，并单击搜索结果中符合条件的超级链接即可。

【例1-1】 通过输入关键字的方法获取"移动工具栏"的帮助信息。

（1）按"F1"键打开"PowerPoint 帮助"任务窗格，在"搜索"文本框中输入"移动工具栏"，然后单击右侧的➡按钮，如图1-28所示。

（2）在任务窗格的结果列表框中单击"移动工具栏"超级链接，如图1-29所示。

（3）打开"Microsoft Office PowerPoint 帮助"窗口，在其中即可查看实现移动工具栏的方法，如图1-30所示。查看完毕后单击窗口右上角的✕按钮即可。

  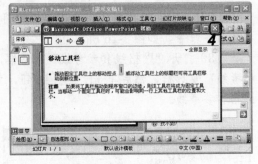

图1-28　输入关键字　　图1-29　单击结果超级链接　　　　图1-30　查看帮助内容

1.3.3 通过 Office 助手获取帮助

为了提高获取帮助时操作的趣味性，PowerPoint 还提供了 Office 助手功能，选择"帮助/显示 Office 助手"命令即可弹出生动的 Office 助手形象，单击该助手，在弹出的对话框的文本框中输入关键字，然后单击 搜索⑤ 按钮即可按照前面的方法快速获取帮助，如图1-31所示。

✍技巧：

> 在 Office 助手上单击鼠标右键，在弹出的快捷菜单中选择"选择助手"命令，可打开"Office 助手"对话框，从中可更改 Office 助手的外形，如图1-32所示。另外，要想关闭 Office 助手，选择"帮助/隐藏 Office 助手"命令即可。

 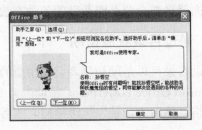

图1-31　Office 助手　　　　　　图1-32　选择 Office 助手形象

1.3.4　应用举例——通过目录纲要获取"设置默认打印机"的帮助信息

本例将通过 PowerPoint 提供的目录纲要帮助来获取设置默认打印机的帮助信息，通过练习进一步熟悉利用目录纲要获取帮助的方法。

操作步骤如下：

（1）选择"帮助/Microsoft Office PowerPoint 帮助"命令，打开"PowerPoint 帮助"任务窗格，单击"目录"超级链接。

（2）在"目录"列表框中单击"打印"超级链接，如图 1-33 所示。

（3）展开"打印"目录，单击其中的"设置打印机"超级链接，在展开的目录中单击"设置默认打印机"超级链接。

（4）在打开的窗口中即可查看设置默认打印机的具体方法，如图 1-34 所示。

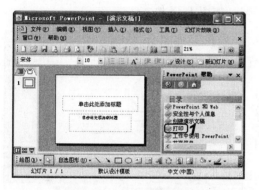
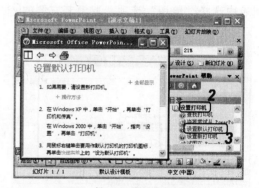

图 1-33　选择目录纲要　　　　　　图 1-34　展开目录并查看帮助

1.4　上机与项目实训

1.4.1　通过获取帮助来自定义工作界面

本次上机将利用 Office 助手来获取显示和隐藏工具栏的方法，然后根据帮助提供的方法隐藏"绘图"工具栏并将"图片"工具栏显示出来，最后将"图片"工具栏移动到原"绘图"工具栏的位置。

操作步骤如下：

（1）启动 PowerPoint，选择"帮助/显示 Office 助手"命令。

（2）单击出现的 Office 助手，在弹出的对话框的文本框中输入"显示工具栏"，然后单击 搜索(S) 按钮。

（3）打开"搜索结果"任务窗格，单击其中的"显示或隐藏工具栏"超级链接，如图 1-35 所示。

（4）打开"Microsoft Office PowerPoint 帮助"窗口，单击右上方的"全部显示"超级链接，如图 1-36 所示。

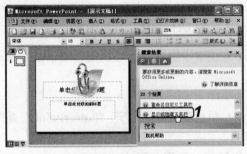

图 1-35　选择结果　　　　　　　　　　图 1-36　显示帮助内容

（5）此时将在窗口中查看显示或隐藏工具栏的相关信息，完成后单击 ⊠ 按钮，如图 1-37 所示。

（6）按照帮助系统提供的方法，在任意工具栏上单击鼠标右键，在弹出的工具栏下拉列表中选择"绘图"选项，取消其左侧的 ☑ 图标，如图 1-38 所示。

图 1-37　查看帮助内容　　　　　　　　图 1-38　隐藏工具栏

（7）此时"绘图"工具栏便从工作界面中隐藏起来，继续在工具栏上单击鼠标右键，在弹出的工具栏下拉列表中选择"图片"选项，如图 1-39 所示。

（8）此时"图片"工具栏便显示在工作界面上，将鼠标指针移至该工具栏左侧，如图 1-40 所示并按住鼠标左键不放，将其拖动到状态栏上方，释放鼠标完成调整操作。

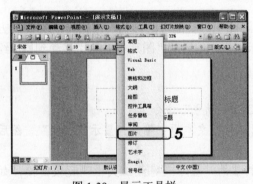

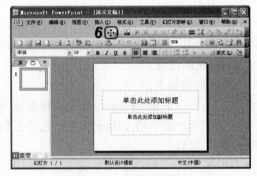

图 1-39　显示工具栏　　　　　　　　　图 1-40　移动工具栏

1.4.2　打造自己的 PowerPoint 工作界面

综合利用本章所学知识，对 PowerPoint 的工作界面进行适当设置，使其满足自己的操作习惯。

　　本练习可结合立体化教学中的视频演示进行学习（立体化教学:\视频演示\第 1 章\打造自己的 PowerPoint 工作界面.swf）。主要操作步骤如下：

　　（1）利用"开始"菜单启动 PowerPoint 2003。

　　（2）打开"PowerPoint 帮助"任务窗格，通过输入关键字的方法获取显示与隐藏网络线的方法。

　　（3）根据帮助系统提供的方法将网格显示在工作界面上。

　　（4）将"格式"工具栏调整为浮动状态。

　　（5）显示所有"常用"工具栏中包含的按钮。

　　（6）将"绘图"工具栏调整到"大纲/幻灯片"选项卡左侧。

　　（7）利用菜单命令退出 PowerPoint 2003。

1.5　练习与提高

　　1．在桌面上创建 PowerPoint 2003 的快捷启动图标，然后通过该图标启动 PowerPoint 程序。

　　2．关闭 PowerPoint 的任务窗格，然后利用快捷键重新将其打开。

　　3．将"艺术字"工具栏显示到工作界面上，并将其调整到"绘图"工具栏的右侧，然后隐藏该工具栏上的 按钮。

　　4．在幻灯片编辑区上显示出参考线。

　　5．利用目录纲要获取关于"隐藏幻灯片"的帮助信息。

　　提示：分别展开"创建演示文稿/使用幻灯片"目录。

　　6．显示 Office 助手，并将其更换为"孙悟空"形象。

　　提示：本练习可结合立体化教学中的视频演示进行学习（立体化教学:\视频演示\第 1 章\显示更换 Office 助手.swf）。

经验技巧　深入认识 PowerPoint 2003

　　本章主要介绍了 PowerPoint 2003 的入门知识，为了让初学者对 PowerPoint 2003 有更深刻的认识，这里总结以下几点供大家参考和探索：

　　➘　PowerPoint 2003 支持的媒体播放格式非常多，如 ASX、WMX、M3U、WVX、WAX、WMA 以及 mp3 等格式。

　　➘　PowerPoint 2003 中的帮助功能非常有用，获取帮助的方法也有多种，但最常用的还是通过关键字的方式获取。

　　➘　与老版本相比，如 PowerPoint 2000，该版本还增加了打包成 CD 的功能，并且对媒体播放进行了改进，使制作幻灯片变得更加简单。

第2章 PowerPoint 2003 基本操作

学习目标

☑ 利用 PowerPoint 提供的设计模板新建 "Layers" 演示文稿
☑ 根据内容提示向导创建 "公司手册" 演示文稿
☑ 创建、保存并放映 "招标" 演示文稿
☑ 通过删除、移动、添加和隐藏幻灯片调整 "结构" 演示文稿
☑ 创建并调整 "培训" 演示文稿
☑ 创建并设置 "论文" 演示文稿

目标任务&项目案例

"Layers" 演示文稿

"公司手册" 演示文稿

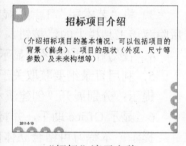

"招标" 演示文稿

"结构" 演示文稿

"培训" 演示文稿

"论文" 演示文稿

本章将具体讲解在 PowerPoint 中对演示文稿和幻灯片的各种基本操作，包括新建、保存、打开、关闭和放映演示文稿以及添加、选择、移动、复制、删除和隐藏幻灯片等内容。

2.1　演示文稿的基本操作

演示文稿是指由 PowerPoint 生成的扩展名为 ".ppt" 的文件，而幻灯片则是指演示文稿中包含的一张张页面。要想利用 PowerPoint 来制作幻灯片，首先应该掌握演示文稿的各种基本操作。

2.1.1　新建演示文稿

在 PowerPoint 中可通过多种方法来创建演示文稿，下面将介绍新建演示文稿的常用方法。

1．新建空白演示文稿

空白演示文稿是指没有包含任何内容的文件。启动 PowerPoint 后将自动创建一个空白演示文稿，也可通过选择 "文件/新建" 命令，在打开的 "新建演示文稿" 任务窗格中单击 "空演示文稿" 超级链接，或单击 "常用" 工具栏上的 按钮，或按 "Ctrl+N" 键创建一个空白演示文稿。

2．根据模板新建演示文稿

根据模板创建演示文稿时，所建文稿通常已具备一定的模板样式，整体上更加美观漂亮。

【例 2-1】　根据 PowerPoint 提供的 "Layers.pot" 设计模板新建演示文稿（立体化教学:\源文件\第 2 章\Layers.ppt）。

（1）启动 PowerPoint，选择 "文件/新建" 命令，如图 2-1 所示。

（2）打开 "新建演示文稿" 任务窗格，单击 "根据设计模板" 超级链接，如图 2-2 所示。

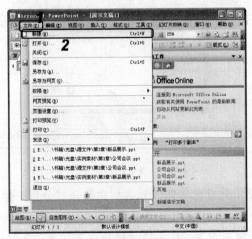

图 2-1　新建演示文稿

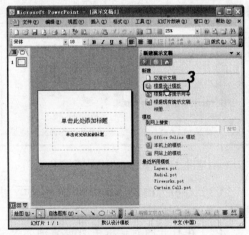

图 2-2　根据设计模板新建

（3）打开 "幻灯片设计" 任务窗格，在其中的列表框中单击 "Layers.pot" 模板缩略图，如图 2-3 所示。

（4）此时便完成了新建具有所选模板样式的演示文稿，在状态栏中将同步显示该演示文稿使用的设计模板名称，如图 2-4 所示。

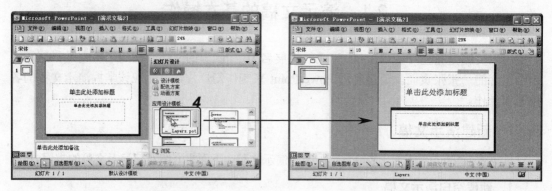

<table>
<tr><td>图 2-3　选择设计模板</td><td>图 2-4　新建的演示文稿效果</td></tr>
</table>

3. 根据内容提示向导新建演示文稿

根据内容提示向导新建的演示文稿中，每张幻灯片不仅包含有选定的设计模板效果，还具有该演示文稿应该具备的一些内容的提示，可以在创建后根据提示快速制作出正确的幻灯片。

【例 2-2】　根据内容提示向导新建"企业"类的"公司手册"演示文稿，要求每张幻灯片中不包含日期和编号（立体化教学:\源文件\第 2 章\公司手册.ppt）。

（1）选择"文件/新建"命令，在打开的"新建演示文稿"任务窗格中单击"根据内容提示向导"超级链接，如图 2-5 所示。

（2）打开"内容提示向导"对话框，单击 下一步(N) > 按钮，如图 2-6 所示。

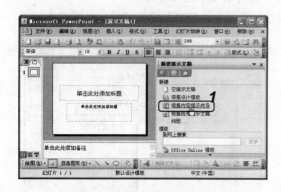
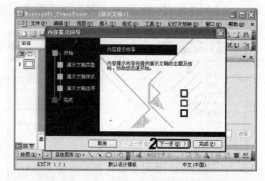

<table>
<tr><td>图 2-5　根据内容提示向导新建</td><td>图 2-6　"内容提示向导"对话框</td></tr>
</table>

（3）在打开的对话框中单击 企业(T) 按钮，然后在右侧的列表框中选择"公司手册"选项，单击 下一步(N) > 按钮，如图 2-7 所示。

（4）在打开的对话框中可设置演示文稿的输出类型，这里保持默认设置不变，直接单击 下一步(N) > 按钮，如图 2-8 所示。

🔊提示：

输出类型是指演示文稿创建后的用途，如用于投影机上播放则可在向导对话框中选中⊙黑白投影机(W) 单选按钮或⊙彩色投影机(C) 单选按钮；如用于上传到网上则可选中⊙Web 演示文稿(E) 单选按钮等。

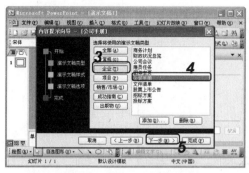

图 2-7　选择演示文稿类型

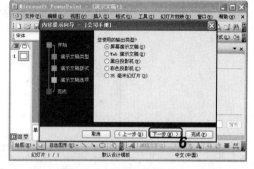

图 2-8　设置输出类型

（5）在打开的对话框中取消选中 □ 上次更新日期(I) 和 □ 幻灯片编号(S) 复选框，单击 下一步(N) > 按钮，如图 2-9 所示。

（6）在打开的对话框中单击 完成(F) 按钮，如图 2-10 所示。此时包含提示内容的演示文稿便创建完成了，如图 2-11 所示。

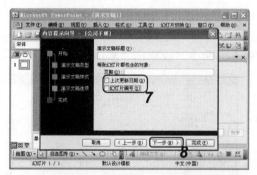

图 2-9　设置页脚包含的对象

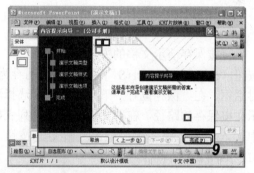

图 2-10　完成设置

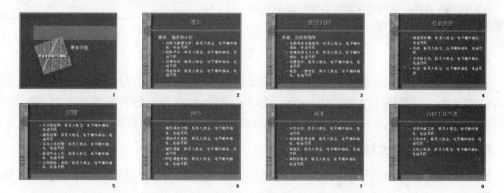

图 2-11　创建的演示文稿效果

4．根据现有演示文稿新建演示文稿

若需要在已有的演示文稿基础上创建新的演示文稿，则可打开"新建演示文稿"任务窗格，单击"根据现有演示文稿"超级链接，打开"根据现有演示文稿新建"对话框，在其中选择某个已有的演示文稿，然后单击 创建(C) 按钮即可，如图 2-12 所示。

图 2-12　选择已有演示文稿

2.1.2　保存演示文稿

为避免由于意外断电、电脑死机等现象导致文件丢失的情况发生，应在编辑演示文稿的过程中和完成编辑后对演示文稿进行保存。PowerPoint 提供了多种保存方式以供用户选择。

1．直接保存演示文稿

直接保存演示文稿的方法为：选择"文件/保存"命令，或单击"常用"工具栏中的图

按钮，也可以按"Ctrl+S"键，打开"另存为"
对话框，在"保存位置"下拉列表框中选择演
示文稿保存的路径，在"文件名"下拉列表框
中输入演示文稿名称，单击 保存(S) 按钮即
可，如图 2-13 所示。

◀))提示：

> 当前演示文稿已经进行过保存后，再次执行保存
> 操作将不会打开"另存为"对话框而直接保存。

图 2-13　保存演示文稿

2．另存演示文稿

另存演示文稿实际上就是在其他位置或以其他名称保存已保存过的演示文稿，从而达到备份的目的。另存演示文稿的方法为：选择"文件/另存为"命令或按"F12"键，打开"另存为"对话框，在其中按照直接保存演示文稿的方法进行操作即可。

3．加密保存演示文稿

在直接保存或另存演示文稿时，可对演示文稿进行加密保存设置，以提高演示文稿的安全性。

【例 2-3】　将新建的演示文稿以"重要"为名，加密保存在桌面上，其中打开权限和修改权限的密码均为"123456"（立体化教学:\源文件\第 2 章\重要.ppt）。

（1）启动 PowerPoint 自动新建一个空白演示文稿，然后选择"文件/保存"命令，如图 2-14 所示。

（2）打开"另存为"对话框，在"保存位置"下拉列表框中选择"桌面"选项，如

图 2-15 所示。

图 2-14　保存演示文稿

图 2-15　选择保存位置

（3）在"文件名"下拉列表框中输入"重要.ppt"，如图 2-16 所示。

（4）单击对话框右上方的 工具(L)· 按钮，在弹出的下拉菜单中选择"安全选项"命令，如图 2-17 所示。

图 2-16　输入保存名称

图 2-17　设置安全选项

（5）打开"安全选项"对话框，依次在"打开权限密码"和"修改权限密码"文本框中输入"123456"，单击 确定 按钮，如图 2-18 所示。

（6）打开"确认密码"对话框，在其中的文本框中输入"123456"，确认打开权限密码的设置，然后单击 确定 按钮，如图 2-19 所示。

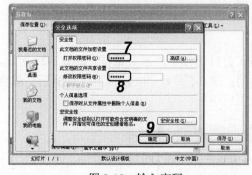

图 2-18　输入密码

图 2-19　确认打开权限密码

（7）打开"确认密码"对话框，在其中的文本框中输入"123456"，确认修改权限密码的设置，然后单击 确定 按钮，如图 2-20 所示。

（8）返回"另存为"对话框，单击 保存(S) 按钮即可，如图 2-21 所示。

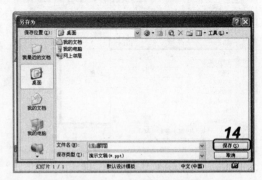

图 2-20 确认修改权限密码　　　　　　图 2-21 保存演示文稿

2.1.3 打开演示文稿

打开演示文稿的方法为：启动
PowerPoint，选择"文件/打开"命令，或单
击"常用"工具栏中的 按钮，也可以按
"Ctrl+O"键，打开"打开"对话框，如图 2-22
所示，在"查找范围"下拉列表框中选择演
示文稿存放的位置，在下方的列表框中选择
需要打开的演示文稿，然后单击 打开(O) 按
钮即可。

图 2-22 打开演示文稿

技巧：

在"打开"对话框或某个文件夹中双击演示文稿可快速启动 PowerPoint 并打开该文件。

2.1.4 关闭演示文稿

关闭演示文稿是指退出当前编辑的演示文稿文件，但不退出 PowerPoint 应用程序的操
作。常用的关闭演示文稿的方法有如下几种：

➥ 单击菜单栏最右侧的 按钮。
➥ 选择"文件/关闭"命令。

当关闭未进行保存的演示文稿时，PowerPoint 会自动打开提示对话框，如图 2-23 所示，
单击 是(Y) 按钮将对演示文稿进行保存后再关闭；单击 否(N) 按钮将不保存演示文稿直
接关闭文件；单击 取消 按钮将取消关闭操作。

图 2-23 提示对话框

2.1.5　放映演示文稿

放映演示文稿是指对制作好的幻灯片进行全屏浏览操作，其方法有如下几种：

- 选择"幻灯片放映/观看放映"或"视图/幻灯片放映"命令。
- 按"F5"键。
- 单击"大纲/幻灯片"选项卡下方的⚎按钮将从当前幻灯片开始放映。

2.1.6　应用举例——新建并保存"招标"演示文稿然后进行放映

本例将通过内容提示向导创建演示文稿，然后将其以"招标"为名保存在桌面上，最后进行放映操作（立体化教学:\源文件\第 2 章\招标.ppt）。

操作步骤如下：

（1）启动 PowerPoint，选择"文件/新建"命令，如图 2-24 所示。

（2）在打开的"新建演示文稿"任务窗格中单击"根据内容提示向导"超级链接，如图 2-25 所示。

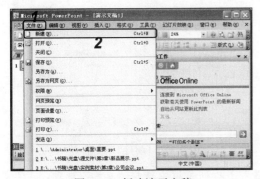

图 2-24　新建演示文稿

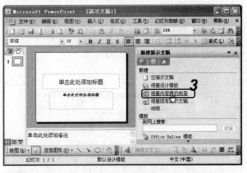

图 2-25　根据内容提示向导创建

（3）打开"内容提示向导"对话框，单击 下一步(N) > 按钮，如图 2-26 所示。

（4）在打开的对话框中单击 企业(T) 按钮，然后在右侧的列表框中选择"招标方案"选项，单击 下一步(N) > 按钮，如图 2-27 所示。

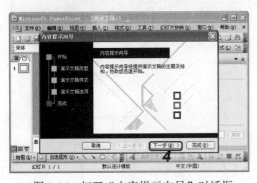

图 2-26　打开"内容提示向导"对话框

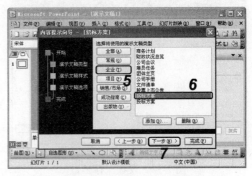

图 2-27　选择演示文稿类型

（5）在打开的对话框中直接单击 下一步(N) > 按钮，如图 2-28 所示。

（6）继续在打开的对话框中保持默认设置，单击 下一步(N) > 按钮，如图 2-29 所示。

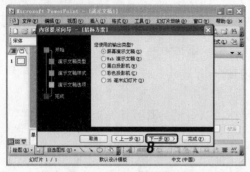

图 2-28　默认输出类型

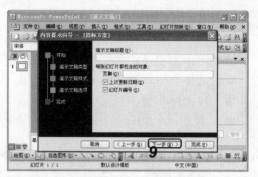

图 2-29　默认包含的对象

（7）在打开的对话框中单击 完成(F) 按钮，如图 2-30 所示。

（8）PowerPoint 将根据设置创建演示文稿，然后单击"常用"工具栏上的 按钮，如图 2-31 所示。

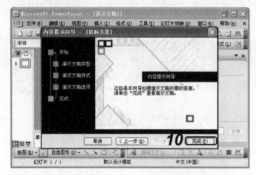

图 2-30　完成设置

图 2-31　保存演示文稿

（9）打开"另存为"对话框，在"保存位置"下拉列表框中选择"桌面"选项，在"文件名"下拉列表框中输入"招标.ppt"，单击 保存(S) 按钮，如图 2-32 所示。

（10）保存演示文稿后，PowerPoint 标题栏上显示的内容也将同步发生变化，选择"幻灯片放映/观看放映"命令，如图 2-33 所示。

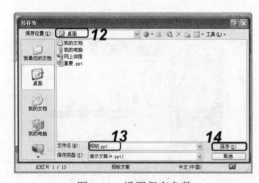

图 2-32　设置保存参数

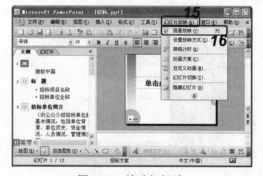

图 2-33　放映幻灯片

（11）此时 PowerPoint 将以全屏方式显示演示文稿的第 1 张幻灯片内容，单击鼠标即可观看幻灯片中包含的内容，继续单击鼠标便可切换到下一张幻灯片，如图 2-34 所示。

（12）继续单击鼠标便可逐步浏览幻灯片内容，当放映结束后，将出现如图 2-35 所示的全屏效果，再次单击鼠标便可退出放映状态。

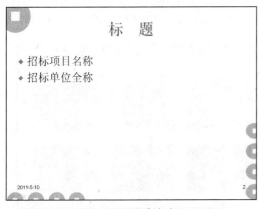

图 2-34　观看放映

图 2-35　结束放映

提示：

在放映幻灯片的过程中按 "Esc" 键可随时退出放映状态。

2.2　幻灯片的基本操作

演示文稿一般都由多张幻灯片组成，幻灯片是演示文稿内容的载体，每张幻灯片都有其特定的组成内容，各幻灯片环环相扣，组成一个严密的演示文稿系统。因此要制作一个完整的演示文稿，应该完全掌握幻灯片的基本操作，如幻灯片的添加、选择、移动、复制、删除和隐藏等。

2.2.1　添加新幻灯片

当演示文稿中已有的幻灯片不能满足实际需要时，就需要添加新的幻灯片。添加幻灯片的方法主要有以下几种：

- 选择 "插入/新幻灯片" 命令或按 "Ctrl+M" 键。
- 在 "大纲" 选项卡中的某张幻灯片图标🖻上单击鼠标右键，在弹出的快捷菜单中选择 "新幻灯片" 命令，如图 2-36 所示。
- 在 "幻灯片" 选项卡中的某张幻灯片缩略图上单击鼠标右键，在弹出的快捷菜单中选择 "新幻灯片" 命令或直接选择某张幻灯片缩略图后按 "Enter" 键。

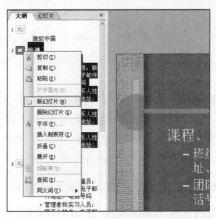

图 2-36　在 "大纲" 选项卡中添加幻灯片

2.2.2　选择幻灯片

选择幻灯片是演示文稿制作过程中最常用的操作之一,选择幻灯片的方法有如下几种:

➥ 在"大纲"选项卡中单击某张幻灯片图标▣或将文本插入点定位到某张幻灯片已有的文本中便可选择该张幻灯片。

➥ 在"幻灯片"选项卡中单击某张幻灯片缩略图即可选择该张幻灯片。

➥ 选择"视图/幻灯片浏览"命令或单击"大纲/幻灯片"选项卡下方的▣按钮切换到幻灯片浏览视图,单击其中的幻灯片缩略图即可选择对应的幻灯片,如图 2-37 所示。

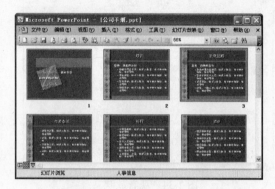

图 2-37　在幻灯片浏览视图下选择幻灯片

📢提示:

> 无论在"大纲"选项卡、"幻灯片"选项卡,或是在幻灯片浏览视图模式,按住"Ctrl"键单击幻灯片图标或缩略图可选择不连续的多张幻灯片;按住"Shift"键单击幻灯片图标或缩略图可选择连续的多张幻灯片。

2.2.3　移动和复制幻灯片

移动幻灯片是指调整幻灯片在演示文稿中的位置,以便更好地组织整个演示文稿的结构;而复制幻灯片是指在演示文稿中通过已有幻灯片创建出包含相同内容的幻灯片,以便在该幻灯片基础上更快地编辑出需要的内容。PowerPoint 提供了多种移动和复制幻灯片的方法,下面分别介绍。

1．通过菜单命令移动和复制幻灯片

在 PowerPoint 中可以利用下拉菜单或快捷菜单实现幻灯片的移动和复制操作,下面将分别进行讲解:

➥ 选择需移动或复制的幻灯片,然后选择"编辑/剪切"或"编辑/复制"命令,选择目标幻灯片,然后选择"编辑/粘贴"命令即可将幻灯片移动或复制到所选幻灯片后面。

➥ 在"大纲"选项卡或"幻灯片"选项卡中的某张幻灯片图标或缩略图上单击鼠标右键,在弹出的快捷菜单中选择"剪切"或"复制"命令,然后选择目标幻灯片,并在其上单击鼠标右键,在弹出的快捷菜单中选择"粘贴"命令即可将幻灯片移动或复制到当前幻灯片后面。

2．通过拖动鼠标移动和复制幻灯片

通过拖动鼠标移动和复制幻灯片的方法最为直观和快捷,PowerPoint 允许在"幻灯片"

选项卡或幻灯片浏览视图模式下利用鼠标来进行操作，其方法为：在需移动或复制的幻灯片上按住鼠标左键不放，并拖动到目标位置处，当出现横线（"幻灯片"选项卡）或竖线（幻灯片浏览视图模式）时释放鼠标即可移动幻灯片。在拖动的过程中按住"Ctrl"键不放可实现幻灯片的复制操作。如图 2-38 和图 2-39 所示即为在幻灯片浏览视图模式下移动和复制幻灯片的情况。

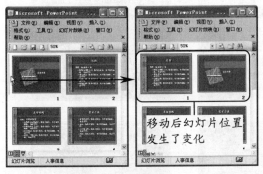

图 2-38　移动幻灯片　　　　　　　　图 2-39　复制幻灯片

3．通过快捷键移动和复制幻灯片

通过快捷键移动和复制幻灯片的方法为：选择需移动或复制的幻灯片，按"Ctrl+X"键剪切或按"Ctrl+C"键复制，然后选择目标幻灯片，按"Ctrl+V"键即可将幻灯片移动或复制到所选幻灯片的后面。

📢提示：

> 以上介绍的 3 种移动和复制幻灯片的方法是可以混合使用的，即可以先通过菜单命令剪切或复制幻灯片，然后利用快捷键粘贴幻灯片，反之亦然。

2.2.4　删除幻灯片

对于演示文稿中不需要的幻灯片，可通过以下几种方法将其删除：

- 选择需删除的幻灯片，按"Delete"键或"Backspace"键。
- 在"大纲/幻灯片"选项卡的某张幻灯片图标或缩略图上单击鼠标右键，在弹出的快捷菜单中选择"删除幻灯片"命令。
- 选择需删除的幻灯片，然后选择"编辑/删除幻灯片"命令。

2.2.5　隐藏幻灯片

PowerPoint 会默认放映演示文稿中的所有幻灯片，若想让某些幻灯片不在放映时显示出来，则可将其隐藏，方法为：在"幻灯片"选项卡或幻灯片浏览视图下的某张幻灯片缩略图上单击鼠标右键，在弹出的快捷菜单中选择"隐藏幻灯片"命令即可，如图 2-40 所示。再次选择该命令又可取消幻灯片的隐藏状态。

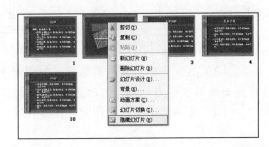

图 2-40　隐藏幻灯片

2.2.6 应用举例——调整"结构"演示文稿

本例将通过对"结构"演示文稿中的幻灯片进行删除、移动、添加和隐藏等操作来调整整个演示文稿的结构，最终效果如图 2-41 所示（立体化教学:\源文件\第 2 章\结构.ppt）。

图 2-41　最终效果

操作步骤如下：

（1）打开"结构.ppt"演示文稿（立体化教学:\实例素材\第 2 章\结构.ppt），单击"幻灯片"选项卡，如图 2-42 所示。

（2）在"幻灯片"选项卡中选择第 5 张幻灯片缩略图，并在其上单击鼠标右键，在弹出的快捷菜单中选择"删除幻灯片"命令，如图 2-43 所示。

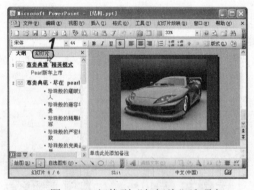

图 2-42　切换到"幻灯片"选项卡

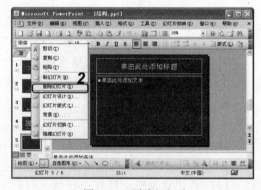

图 2-43　删除幻灯片

（3）第 5 张幻灯片被删除后，原编号为"6"的幻灯片将自动变为第 5 张幻灯片，选择此时的第 5 张幻灯片，然后选择"编辑/剪切"命令，如图 2-44 所示。

（4）选择第 1 张幻灯片缩略图定位剪切的幻灯片需要粘贴的位置，如图 2-45 所示。

图 2-44　剪切幻灯片

图 2-45　定位粘贴位置

（5）在第 1 张幻灯片上单击鼠标右键，在弹出的快捷菜单中选择"粘贴"命令，如图 2-46 所示。

（6）此时原第 5 张幻灯片将移动到第 1 张幻灯片后面，如图 2-47 所示。

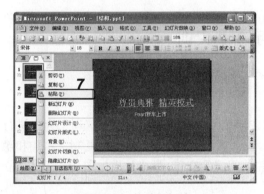

图 2-46　粘贴幻灯片

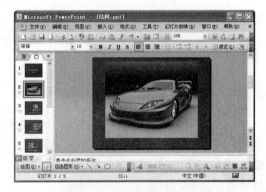

图 2-47　移动后的效果

（7）选择第 3 张幻灯片，然后选择"插入/新幻灯片"命令，如图 2-48 所示。

（8）在第 3 张幻灯片后面插入一张空白幻灯片后，选择"视图/幻灯片浏览"命令，如图 2-49 所示。

图 2-48　插入幻灯片

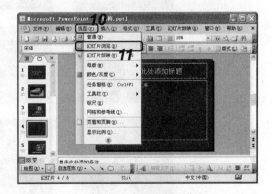

图 2-49　切换视图模式

（9）在第 4 张空白的幻灯片缩略图上单击鼠标右键，在弹出的快捷菜单中选择"隐藏幻灯片"命令，如图 2-50 所示。

（10）完成本例操作，此时第 4 张幻灯片的编号将变为 ⬛ 标记，表示该张幻灯片处于隐藏状态，如图 2-51 所示。

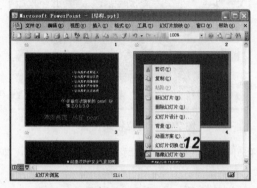 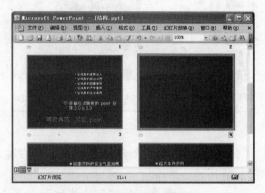

图 2-50　隐藏幻灯片　　　　　　　　　图 2-51　隐藏后的效果

2.3　上机与项目实训

2.3.1　创建并调整"培训"演示文稿

本次实训将首先通过内容提示向导快速创建演示文稿，然后将其以"培训"为名进行保存，接着切换到幻灯片浏览视图模式，通过对幻灯片进行删除、移动、复制、添加和隐藏等操作来调整演示文稿结构，最后再次保存并关闭演示文稿，最终效果如图 2-52 所示（立体化教学:\源文件\第 2 章\培训.ppt）。

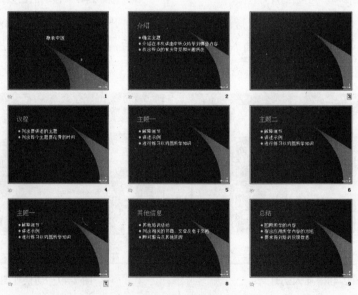

图 2-52　演示文稿的制作效果

操作步骤如下：

（1）启动 PowerPoint，选择"文件/新建"命令，如图 2-53 所示。

（2）在打开的"新建演示文稿"任务窗格中单击"根据内容提示向导"超级链接，如图 2-54 所示。

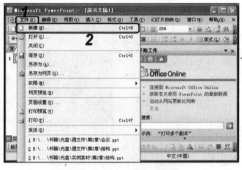

图 2-53　新建演示文稿

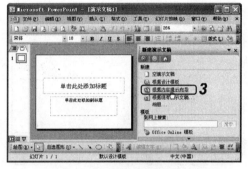

图 2-54　根据内容提示向导创建

（3）打开"内容提示向导"对话框，单击 下一步(N) 按钮，如图 2-55 所示。

（4）在打开的对话框中单击 常规(G) 按钮，然后在右侧的列表框中选择"培训"选项，单击 完成(F) 按钮，如图 2-56 所示。

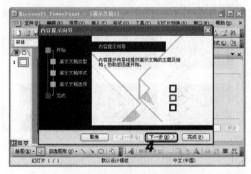

图 2-55　打开向导对话框

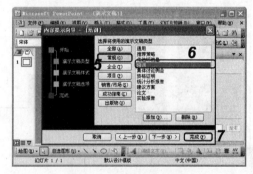

图 2-56　选择演示文稿类型

（5）返回到 PowerPoint 工作界面，完成演示文稿的创建，然后选择"文件/保存"命令，如图 2-57 所示。

图 2-57　保存演示文稿

29

（6）打开"另存为"对话框，在"文件名"下拉列表框中输入"培训.ppt"，然后单击 保存(S) 按钮，如图 2-58 所示。

（7）返回到 PowerPoint 工作界面，标题栏中显示的演示文稿名称将发生变化，选择"视图/幻灯片浏览"命令，如图 2-59 所示。

图 2-58 设置保存名称

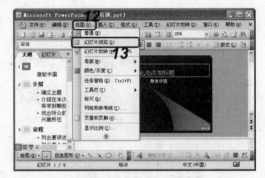
图 2-59 切换视图模式

（8）按住"Shift"键不放，依次单击第 4 张和第 5 张幻灯片缩略图，如图 2-60 所示。

（9）按"Delete"键将所选幻灯片删除，如图 2-61 所示。

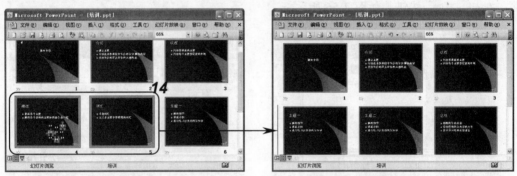

图 2-60 选择相邻幻灯片   图 2-61 删除幻灯片的效果

（10）在第 7 张幻灯片上按住鼠标左键不放，并将其拖动到第 5 张幻灯片后面，如图 2-62 所示。

（11）释放鼠标后即可调整第 7 张幻灯片的位置，如图 2-63 所示。

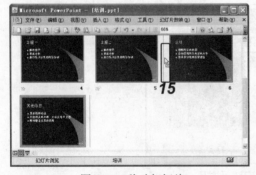
图 2-62 移动幻灯片

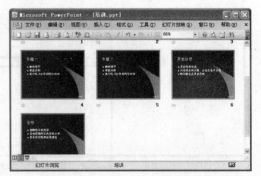
图 2-63 移动后的效果

（12）在第 4 张幻灯片缩略图上单击鼠标右键，在弹出的快捷菜单中选择"复制"命令，如图 2-64 所示。

（13）在第 5 张幻灯片缩略图上单击鼠标右键，在弹出的快捷菜单中选择"粘贴"命令，如图 2-65 所示。

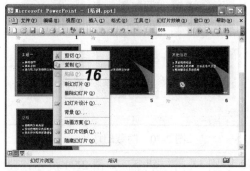

图 2-64　复制幻灯片

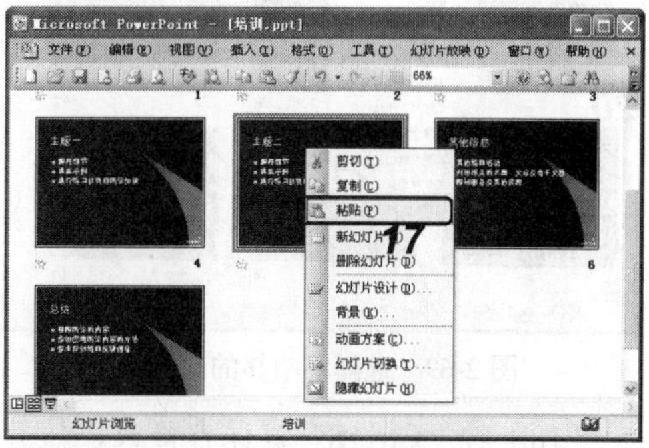

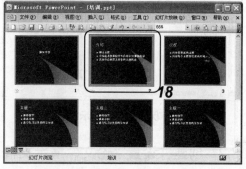

图 2-65　粘贴幻灯片

（14）此时将在第 5 张幻灯片后面复制出与第 4 张幻灯片完全相同的幻灯片，如图 2-66 所示。

（15）选择第 2 张幻灯片缩略图，如图 2-67 所示。

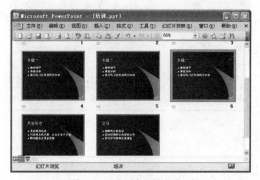

图 2-66　复制出的幻灯片

图 2-67　选择幻灯片

（16）按"Ctrl+M"键添加一张空白幻灯片，如图 2-68 所示。

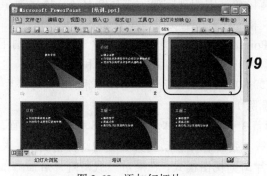

图 2-68　添加幻灯片

（17）按住"Ctrl"键单击第 7 张幻灯片，同时选择第 3 张和第 7 张幻灯片。在第 7

张幻灯片上单击鼠标右键,在弹出的快捷菜单中选择"隐藏幻灯片"命令,如图2-69所示。所选的两张幻灯片将同时被隐藏,如图2-70所示。

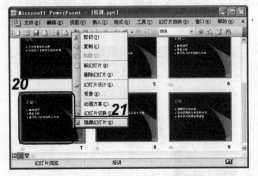

图 2-69　选择不相邻的幻灯片

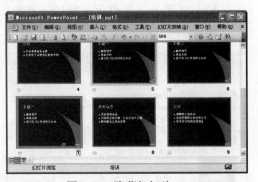

图 2-70　隐藏幻灯片

　　(18)按"Ctrl+S"键保存修改,然后选择"文件/关闭"命令,如图2-71所示。此时演示文稿将关闭但 PowerPoint 仍处于可用状态,如图2-72所示。

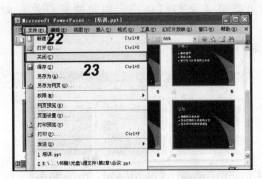

图 2-71　保存并关闭演示文稿

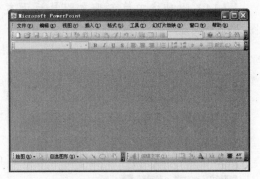

图 2-72　完成操作

2.3.2　创建并设置"论文"演示文稿

　　综合利用本章所学知识,创建并调整"论文"演示文稿(立体化教学:\源文件\第2章\论文.ppt)。

　　本练习可结合立体化教学中的视频演示进行学习(立体化教学:\视频演示\第2章\创建并设置"论文"演示文稿.swf)。主要操作步骤如下:

　　(1)启动 PowerPoint,利用内容提示向导新建"常规"类别下的论文演示文稿,要求输出类型为"彩色投影机",每张幻灯片包含日期和编号。

　　(2)在"幻灯片"选项卡中同时删除第6、17和18张幻灯片(利用"Ctrl"键同时选择这些幻灯片后进行删除)。

　　(3)将第2张和第3张幻灯片同时移动到第5张幻灯片后面。

　　(4)将调整后的第3张幻灯片移动到第2张幻灯片前面(要求利用快捷键进行操作)。

　　(5)切换到幻灯片浏览视图模式,在最后一张幻灯片后面添加一张空白幻灯片作为可能用到的备注信息。

　　(6)将演示文稿以"论文"为名保存在桌面上,要求进行加密保存,密码均为"999999"。

2.4　练习与提高

1．利用设计模板创建样式为"Maple"的演示文稿。

2．通过向导对话框创建"销售/市场"类别下的"商品介绍"演示文稿，并以"商品介绍"为名进行保存。

3．将第 1 题中创建的演示文稿以"枫叶"为名加密另存到 D 盘中，并将打开权限密码和修改权限密码分别设置为"123456"和"654321"。

4．将"建议方案.ppt"演示文稿（立体化教学:\实例素材\第 2 章\建议方案.ppt）中的幻灯片通过调整得到如图 2-73 所示的结构（立体化教学:\源文件\第 2 章\建议方案.ppt）。

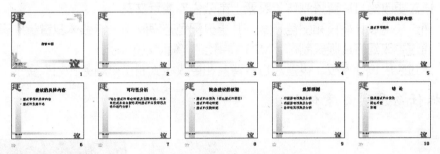

图 2-73　调整后的演示文稿

幻灯片操作方法集锦

　　幻灯片的操作是演示文稿设计过程中非常基础的一环，可以通过许多方法来实现相同的效果，下面总结幻灯片各项操作的实现方法，以帮助读者更好地学习。

➤ **添加幻灯片的方法**：选择"插入/新幻灯片"命令；按"Ctrl+M"键；在"大纲"选项卡或"幻灯片"选项卡的某张幻灯片缩略图上单击鼠标右键，在弹出的快捷菜单中选择"新幻灯片"命令；在"幻灯片"选项卡中选择某张幻灯片缩略图后按"Enter"键。

➤ **选择幻灯片的方法**：在"大纲"选项卡中单击幻灯片图标□或将文本插入点定位到幻灯片已有的文本中；在"幻灯片"选项卡中单击幻灯片缩略图；在幻灯片浏览视图中单击幻灯片缩略图，结合"Shift"键可选择连续的幻灯片，结合"Ctrl"键可选择不连续的幻灯片。

➤ **移动幻灯片的方法**：选择"编辑/剪切"命令；在"大纲"选项卡或"幻灯片"选项卡中单击鼠标右键，在弹出的快捷菜单中选择"剪切"命令；直接拖动幻灯片；按"Ctrl+X"键。

➤ **复制幻灯片的方法**：选择"编辑/复制"命令；在"大纲"选项卡或"幻灯片"选项卡中单击鼠标右键，在弹出的快捷菜单中选择"复制"命令；按住"Ctrl"键并拖动幻灯片；按"Ctrl+C"键。

➤ **粘贴幻灯片的方法**：选择"编辑/粘贴"命令；在"大纲"选项卡或"幻灯片"选项卡中单击鼠标右键，在弹出的快捷菜单中选择"粘贴"命令；按"Ctrl+V"键。

第 3 章　幻灯片布局与修饰

学习目标

- ☑ 通过对幻灯片的页面进行设置制作"软件开发流程"演示文稿
- ☑ 通过为幻灯片应用设计模板和配色方案制作"推荐策略"演示文稿
- ☑ 通过更改幻灯片背景制作"股票上市公告"演示文稿
- ☑ 通过应用设计模板和配色方案，并更改配色方案制作"诗歌体裁赏析"演示文稿
- ☑ 通过更改幻灯片版式制作"MP3 展销会"演示文稿
- ☑ 通过应用设计模板、设置幻灯片背景和更改版式制作"商务计划"演示文稿

目标任务&项目案例

"软件开发流程"演示文稿

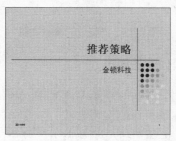

"推荐策略"演示文稿

"股票上市公告"演示文稿

"诗歌体裁赏析"演示文稿

"MP3 展销会"演示文稿

"商务计划"演示文稿

　　本章将具体讲解设置幻灯片页面、应用幻灯片设计模板、应用和编辑配色方案、设置幻灯片背景样式、常见幻灯片版面布局以及应用幻灯片自带版式等内容。

3.1　改变幻灯片外观

为了让幻灯片更具吸引力和观赏性，可通过改变幻灯片页面、设计模板、配色方案和背景样式等外观设置使幻灯片达到更加令人满意的效果。下面将详细对这些知识进行讲解。

3.1.1　幻灯片的页面设置

在演示文稿中选择"文件/页面设置"命令，将打开如图 3-1 所示的"页面设置"对话框，通过对该对话框中的各项参数进行设置即可更改幻灯片页面。其中各项参数的作用分别如下。

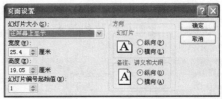

图 3-1　"页面设置"对话框

- **"幻灯片大小"下拉列表框**：在该下拉列表框中可选择幻灯片的大小，如 A3、A4 或自定义大小等。
- **"宽度"、"高度"数值框**：可在这两个数值框中输入需要的数值，自定义幻灯片大小。
- **"幻灯片编号起始值"数值框**：在其中设置某个数值后，演示文稿中的第 1 张幻灯片将以该数值作为起始值。
- **"幻灯片"栏**：在其中选中相应的单选按钮即可调整幻灯片的显示方向。
- **"备注、讲义和大纲"栏**：当幻灯片中包含了备注、讲义或大纲时，在该栏中选中相应的单选按钮可调整备注、讲义或大纲部分的显示方向。

【例 3-1】　通过对幻灯片进行页面设置，更改其显示方向和起始编号，最终效果如图 3-2 所示（立体化教学:\源文件\第 3 章\软件开发流程.ppt）。

图 3-2　设置页面后的效果

（1）打开"软件开发流程.ppt"演示文稿（立体化教学:\实例素材\第 3 章\软件开发流程.ppt），选择"文件/页面设置"命令，如图 3-3 所示。

（2）打开"页面设置"对话框，在"幻灯片"栏中选中⊙横向(L)单选按钮，如图 3-4 所示。

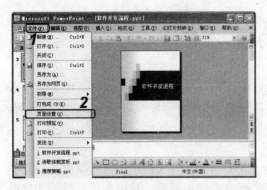

图 3-3 设置幻灯片页面

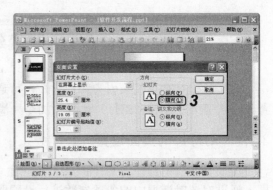

图 3-4 设置幻灯片显示方向

（3）将"幻灯片编号起始值"数值框中的数字设置为"1"，然后单击 确定 按钮，如图 3-5 所示。此时幻灯片的显示方向和起始编号即可发生相应的变化，如图 3-6 所示。

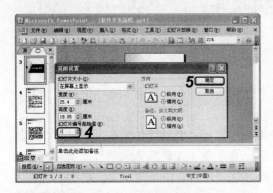

图 3-5 设置起始编号

图 3-6 完成设置

3.1.2 应用幻灯片设计模板

PowerPoint 自带了许多幻灯片设计模板，使用这些模块不仅可以提高幻灯片的制作效率，而且使幻灯片看上去更加美观和专业。应用幻灯片设计模板的方法为：打开需应用设计模板的演示文稿，选择"格式/幻灯片设计"命令，在右侧打开的"幻灯片设计"任务窗格中单击某个设计模板缩略图即可。

【例 3-2】 为"推荐策略.ppt"幻灯片应用"Network.pot"设计模板，最终效果如图 3-7 所示。

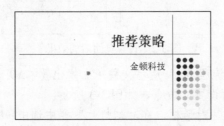

图 3-7 应用设计模板后的效果

（1）打开"推荐策略.ppt"演示文稿（立体化教学:\实例素材\第 3 章\推荐策略.ppt），选择"格式/幻灯片设计"命令，如图 3-8 所示。

（2）打开"幻灯片设计"任务窗格，在其中的"应用设计模板"列表框中单击"Network.pot"缩略图，如图 3-9 所示。此时所有幻灯片即可应用该设计模板的效果。

图 3-8　选择命令　　　　　　　　　　图 3-9　应用设计模板

提示：

若只需要为单张幻灯片应用设计模板，可先选择该幻灯片，然后将鼠标指针移至某个设计模板缩略图上，单击出现的下拉按钮，在弹出的下拉菜单中选择"应用于选定幻灯片"命令即可。

3.1.3　应用自带的配色方案

配色方案是指幻灯片中各种对象的显示颜色。对于颜色不太敏感的用户来说，应用 PowerPoint 自带的配色方案可使幻灯片上的颜色搭配更加合理、美观。应用配色方案的方法为：在"幻灯片设计"任务窗格中单击"配色方案"超级链接，在下方的列表框中单击某个配色方案缩略图即可。

【例 3-3】　为"推荐策略.ppt"幻灯片应用 PowerPoint 自带的第 2 行第 1 个配色方案，最终效果如图 3-10 所示。

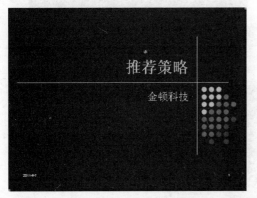

图 3-10　应用配色方案后的效果

（1）单击"幻灯片设计"任务窗格中的"配色方案"超级链接，如图 3-11 所示。

（2）在"应用配色方案"列表框中单击第2行第1个配色方案缩略图即可，如图3-12所示。

图3-11　单击超级链接　　　　　　　　图3-12　应用配色方案

3.1.4　编辑幻灯片配色方案

应用了配色方案后，还可根据喜好对其中的某个对象颜色进行更改，以突出自己的设计风格。编辑幻灯片配色方案的方法为：为幻灯片应用某个配色方案后，在"幻灯片设计"任务窗格下方单击"编辑配色方案"超级链接，打开"编辑配色方案"对话框，选择某个颜色后单击 更改颜色(O) 按钮更改颜色，最后单击 应用(A) 按钮即可。

【例3-4】　在上例的基础上，更改配色方案中标题配色方案的颜色为白色，最终效果如图3-13所示（立体化教学:\源文件\第3章\推荐策略.ppt）。

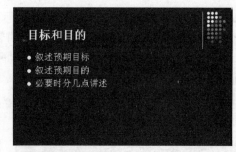

图3-13　更改标题配色方案后的效果

（1）单击"幻灯片设计"任务窗格下方的"编辑配色方案"超级链接，如图3-14所示。

图3-14　编辑配色方案

（2）打开"编辑配色方案"对话框，选择"标题文本"选项左侧的色块，单击 更改颜色(0)... 按钮，如图 3-15 所示。

（3）打开"标题文本颜色"对话框，在"标准"选项卡中单击中央的色块，然后单击 确定 按钮，如图 3-16 所示。

图 3-15　选择需修改颜色的对象

图 3-16　设置颜色

✎技巧：

在更改颜色的对话框中单击"自定义"选项卡，可以通过拖动鼠标、单击鼠标或在"RGB"或"HSL"颜色模式中设置数值来选择更多的颜色对象。

（4）返回"编辑配色方案"对话框，单击 应用(A) 按钮，如图 3-17 所示。此时幻灯片便应用了所作修改，如图 3-18 所示。

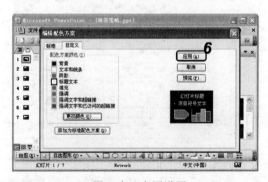

图 3-17　应用设置

图 3-18　设置后的效果

3.1.5　设置幻灯片背景样式

幻灯片的背景样式可以是单一的颜色、渐变的颜色、纹理、图案或图片等对象。根据实际需要可对幻灯片背景样式进行修改，其方法为：在幻灯片背景上单击鼠标右键，在弹出的快捷菜单中选择"背景"命令，打开"背景"对话框，如图 3-19 所示。在其中的下拉列表框中选择"其他颜色"命令可在打开的对话框中选择单一的颜色；选择"填充

图 3-19　"背景"对话框

效果"命令可在打开的对话框中设置渐变颜色、纹理、图案或图片等对象作为幻灯片背景。

【例 3-5】 将"股票上市公告.ppt"幻灯片的背景设置为褐色大理石纹理，最终效果如图 3-20 所示（立体化教学:\源文件\第 3 章\股票上市公告.ppt）。

 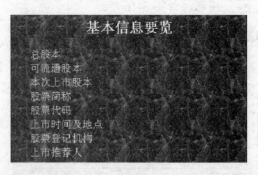

图 3-20 设置背景后的效果

（1）打开"股票上市公告.ppt"演示文稿（立体化教学:\实例素材\第 3 章\股票上市公告.ppt），在幻灯片背景上单击鼠标右键，在弹出的快捷菜单中选择"背景"命令，如图 3-21 所示。

（2）打开"背景"对话框，单击下拉列表框右侧的 ▼ 按钮，在弹出的下拉菜单中选择"填充效果"命令，如图 3-22 所示。

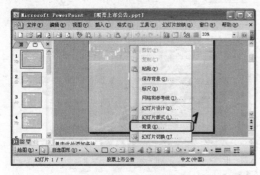 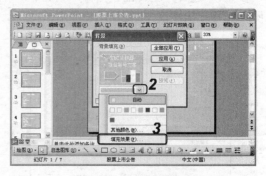

图 3-21 设置背景　　　　　　　　图 3-22 选择设置命令

（3）打开"填充效果"对话框，选择"纹理"选项卡，在下方的"纹理"列表框中单击"褐色大理石"缩略图，然后单击 确定 按钮，如图 3-23 所示。

（4）返回"背景"对话框，单击 全部应用(T) 按钮，如图 3-24 所示。此时所有幻灯片的背景都将应用选择的褐色大理石效果，如图 3-25 所示。

📢提示：

在"背景"对话框中设置好背景样式后，若单击 应用(A) 按钮，则将只对当前选择的幻灯片应用背景样式。

图 3-23 选择纹理

图 3-24 应用背景

图 3-25 应用后的效果

3.1.6 应用举例——制作"诗歌体裁赏析"演示文稿

通过应用设计模板、配色方案以及对配色方案进行编辑，制作出如图 3-26 所示的"诗歌"演示文稿（立体化教学:\源文件\第 3 章\诗歌体裁赏析.ppt）。

图 3-26 制作的最终效果

操作步骤如下：

（1）打开"诗歌体裁赏析.ppt"演示文稿（立体化教学:\实例素材\第 3 章\诗歌体裁赏析.ppt），选择"格式/幻灯片设计"命令，如图 3-27 所示。

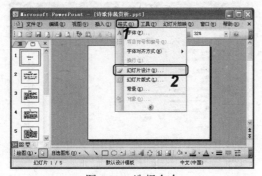

图 3-27 选择命令

（2）打开"幻灯片设计"任务窗格，在其中的"应用设计模板"列表框中单击"诗情画意.pot"缩略图，如图 3-28 所示。

（3）此时所有幻灯片都应用了所选设计模板的效果，继续单击"幻灯片设计"任务窗格中的"配色方案"超级链接，如图 3-29 所示。

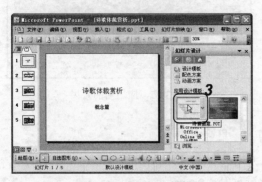

图 3-28　选择设计模板　　　　　　　　　　图 3-29　设置配色方案

（4）在"应用配色方案"列表框中单击如图 3-30 所示的配色方案缩略图。

（5）应用所选配色方案后，继续单击"幻灯片设计"任务窗格下方的"编辑配色方案"超级链接，如图 3-31 所示。

图 3-30　选择配色方案　　　　　　　　　　图 3-31　编辑配色方案

（6）打开"编辑配色方案"对话框，选择"文本和线条"选项左侧的色块，单击 更改颜色(0)... 按钮，如图 3-32 所示。

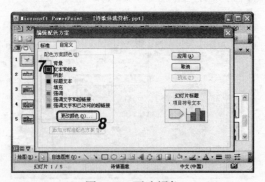

图 3-32　更改颜色

（7）打开"文本和线条颜色"对话框，在"标准"选项卡中单击右下角的色块，然后单击 确定 按钮，如图 3-33 所示。

（8）返回"编辑配色方案"对话框后，单击 应用(A) 按钮完成操作，如图 3-34 所示。

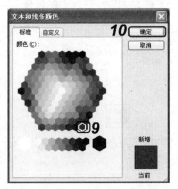

图 3-33　选择颜色

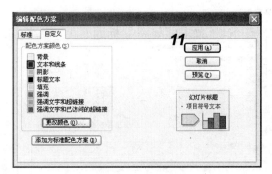

图 3-34　应用设置

3.2　设计幻灯片布局

设计幻灯片布局是指对幻灯片版式进行编辑，让每张幻灯片中的内容能更加合理地分布，使幻灯片整体看上去更加美观和清晰。下面就对幻灯片布局的相关知识进行介绍。

3.2.1　常见幻灯片版面布局

对于初学者来讲，自己设计出专业美观的幻灯片版面布局是很困难的，此时可利用 PowerPoint 提供的各种预设布局样式来解决这一问题。PowerPoint 提供了许多版面布局样式（即幻灯片版式），大致可将这些版式分为 4 类，下面就对这 4 类版式的用途进行介绍。

- ➡ **文字版式**：这类版式主要用于主体为文字的幻灯片，包括 6 种效果，如图 3-35 所示即为"标题和两栏文本"效果，应用该版式后，单击相应区域即可快速进行文字输入。
- ➡ **内容版式**：这类版式主要用于主体为图片、剪贴画等各种对象的幻灯片，包括 7 种效果，如图 3-36 所示即为"标题和两项内容"效果。这类效果的每一个内容区域都包含 6 个图标，单击图标即可插入对应的对象。

图 3-35　文字版式

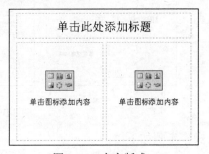

图 3-36　内容版式

- **文字和内容版式**：这类版式混合了文字版式和内容版式的对象，包括 7 种效果，如图 3-37 所示即为"标题，文本与内容"效果。
- **其他版式**：这类版式包括 11 种效果，主要用于幻灯片中包含有垂直排列的文字、单独的表格、组织结构图或图表等对象。如图 3-38 所示即为"标题和表格"效果。

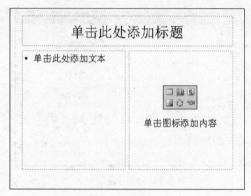

图 3-37　文字和内容版式　　　　　　　　图 3-38　其他版式

3.2.2　应用幻灯片版式

为幻灯片应用版式的操作非常简单，一般包括如下两种。

- **更改版式**：是指对已存在的幻灯片进行版式更改的操作，其方法为：选择某张幻灯片，然后选择"格式/幻灯片版式"命令，在打开的"幻灯片版式"任务窗格中单击某种版式缩略图即可。
- **新建版式**：是指选择某种版式后新建具有该版式幻灯片的操作，其方法为：选择"格式/幻灯片版式"命令，打开"幻灯片版式"任务窗格，将鼠标指针移至某种版式缩略图上，单击自动出现的下拉按钮，在弹出的下拉菜单中选择"插入新幻灯片"命令。

3.2.3　应用举例——美化"MP3 展销会"演示文稿

下面通过为不同的幻灯片应用不同的版式效果来美化"MP3 展销会"幻灯片布局，效果如图 3-39（立体化教学:\源文件\第 3 章\MP3 展销会.ppt）。

图 3-39　制作的最终效果

操作步骤如下：

（1）打开"MP3 展销会.ppt"演示文稿（立体化教学:\实例素材\第 3 章\MP3 展销会.ppt），

在左侧的"幻灯片"选项卡中选择第 2 张幻灯片，如图 3-40 所示。

（2）选择"格式/幻灯片版式"命令，如图 3-41 所示。

图 3-40　选择幻灯片　　　　　　　　　　图 3-41　选择命令

（3）打开"幻灯片版式"任务窗格，在"文字版式"栏中单击如图 3-42 所示的版式缩略图。

（4）此时第 2 张幻灯片便应用了所选版式效果，继续选择第 3 张幻灯片，如图 3-43 所示。

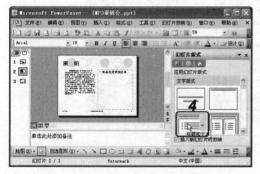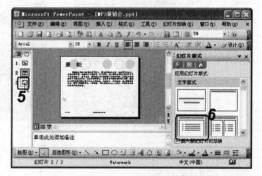

图 3-42　选择第 2 张幻灯片版式　　　　　图 3-43　应用版式 1

（5）在"文字和内容版式"栏中单击如图 3-44 所示的版式缩略图。此时第 3 张幻灯片便应用了所选版式效果，如图 3-45 所示。

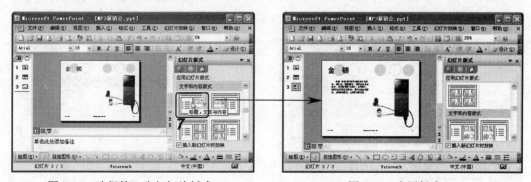

图 3-44　选择第 3 张幻灯片版式　　　　　图 3-45　应用版式 2

3.3   上机与项目实训

3.3.1   设置"商务礼仪培训"演示文稿

下面将通过对"商务礼仪培训.ppt"演示文稿进行外观和布局等设置,制作出如图 3-46 所示的最终效果(立体化教学:\源文件\第 3 章\商务礼仪培训.ppt)。在这个练习中将主要涉及到幻灯片页面大小的设置、设计模板的应用、配色方案的选择以及版式的修改等。

图 3-46   演示文稿的制作效果

操作步骤如下:

(1)打开"商务礼仪培训.ppt"演示文稿(立体化教学:\实例素材\第 3 章\商务礼仪培训.ppt),选择"文件/页面设置"命令,如图 3-47 所示。

(2)打开"页面设置"对话框,在"幻灯片大小"下拉列表框中选择"在屏幕上显示"选项,然后单击 确定 按钮,如图 3-48 所示。

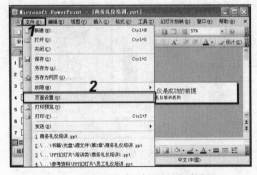

图 3-47   对幻灯片进行页面设置

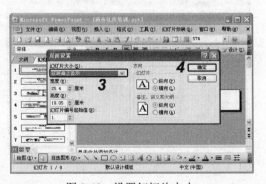

图 3-48   设置幻灯片大小

（3）更改了幻灯片大小后，选择"格式/幻灯片设计"命令，如图 3-49 所示。

（4）打开"幻灯片设计"任务窗格，在"应用设计模板"列表框中单击"Profile.pot"缩略图，如图 3-50 所示。

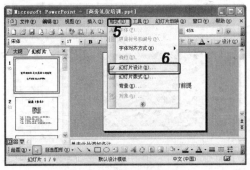

图 3-49　选择命令

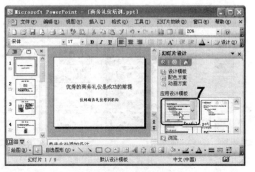

图 3-50　选择设计模板

（5）此时所有幻灯片将应用该设计模板效果。单击"幻灯片设计"任务窗格中的"配色方案"超级链接，如图 3-51 所示。

（6）在"应用配色方案"列表框中单击绿色背景对应的效果缩略图，如图 3-52 所示。

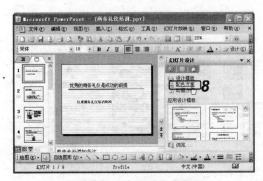

图 3-51　应用配色方案

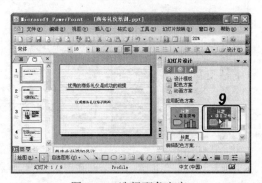

图 3-52　选择配色方案

（7）在左侧的"幻灯片"选项卡中选择第 2 张幻灯片，如图 3-53 所示。

（8）选择"格式/幻灯片版式"命令，如图 3-54 所示。

图 3-53　选择幻灯片

图 3-54　设置幻灯片版式

（9）打开"幻灯片版式"任务窗格，在"文字和内容版式"栏中单击"标题，文本与内容"版式缩略图，如图 3-55 所示。

（10）此时第 2 张幻灯片便应用了所选版式效果，继续选择第 4 张幻灯片，如图 3-56 所示。

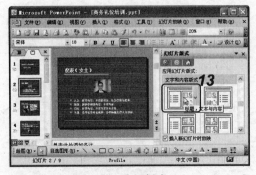

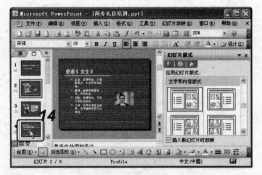

图 3-55　选择版式　　　　　　　　　　　　　图 3-56　选择幻灯片

（11）在"文字和内容版式"栏中单击"标题，文本与内容"版式缩略图，如图 3-57 所示。

（12）此时第 4 张幻灯片便应用了所选版式效果，如图 3-58 所示，保存设置完成操作。

图 3-57　选择版式　　　　　　　　　　　　　图 3-58　设置后的效果

3.3.2　设置"商务计划"演示文稿

综合利用本章所学知识，对"商务计划.ppt"演示文稿进行一系列设置，最终效果如图 3-59 所示（立体化教学:\源文件\第 3 章\商务计划.ppt）。

本练习可结合立体化教学中的视频演示进行学习（立体化教学:\视频演示\第 3 章\商务计划.swf）。主要操作步骤如下：

（1）打开"商务计划.ppt"演示文稿，将其页面大小设置为"投影机"、幻灯片起始编号设置为"1"。

（2）为所有幻灯片应用"Edge.pot"设计模板。

（3）将所有幻灯片的背景设置为"渐变颜色"，其中要求为预设的"雨后初晴"效果，渐变样式为"角部辐射"，方向为"变形"栏中右下角的缩略图效果。

（4）将第 3 张幻灯片版式更改为"文字和内容版式"栏下的"标题和文本在内容之上"效果。

（5）将第 7 张幻灯片版式更改为"文字和内容版式"栏下的"标题，文本和内容"效果，最后保存设置。

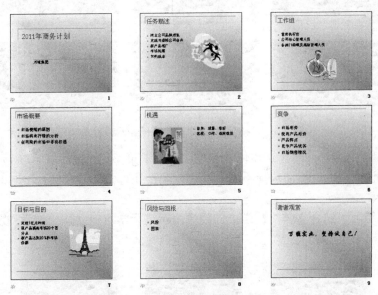

图 3-59　设置后的演示文稿效果

3.4　练习与提高

1．将"股东大会.ppt"（立体化教学:\实例素材\第 3 章\股东大会.ppt）幻灯片大小进行自定义设置，得到如图 3-60 所示的效果。

提示：在"页面设置"对话框将宽度设置为"30"、高度设置为"16"。

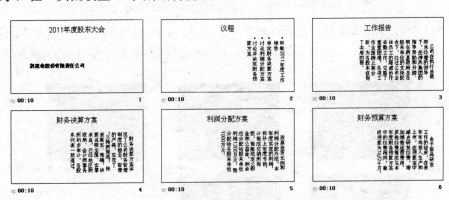

图 3-60　设置幻灯片页面大小

2．在上一练习的基础上，为幻灯片应用"Mountain Top.pot"设计模板，然后为第 1 张幻灯片应用"标题幻灯片"版式，其余幻灯片应用"标题和文本"版式，效果如图 3-61 所示（立体化教学:\源文件\第 3 章\股东大会.ppt）。

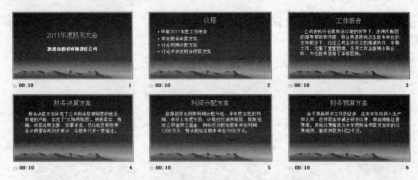

图 3-61 为幻灯片应用设计模板并调整版式

3．为"新品展示.ppt"（立体化教学:\实例素材\第 3 章\新品展示.ppt）幻灯片应用 "Globe.pot" 设计模板，然后选择不同的配色方案，让每张幻灯片具有不同的色彩，效果如图 3-62 所示。

提示：本练习可结合立体化教学中的视频演示进行学习（立体化教学:\视频演示\第 3 章\新品展示.swf）。

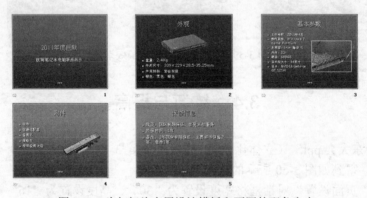

图 3-62 为幻灯片应用设计模板和不同的配色方案

4．在上一练习的基础上，为所有幻灯片应用 PowerPoint 自带的填充效果中的第 3 行第 6 列的图案作为背景，效果如图 3-63 所示（立体化教学:\源文件\第 3 章\新品展示.ppt）。

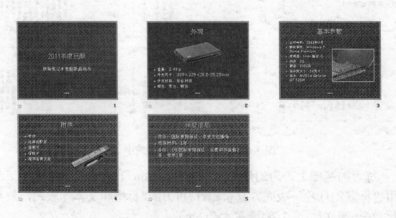

图 3-63 为幻灯片设置图案背景

5. 为"公司会议.ppt"（立体化教学\实例素材\第 3 章\公司会议.ppt）幻灯片应用设计模板和配色方案，效果如图 3-64 所示（立体化教学\源文件\第 3 章\公司会议.ppt）。

提示：文本颜色即"文本和线条"颜色，项目符号颜色即"强调文字和超链接"颜色。本练习可结合立体化教学中的视频演示进行学习（立体化教学\视频演示\第 3 章\公司会议.swf）。

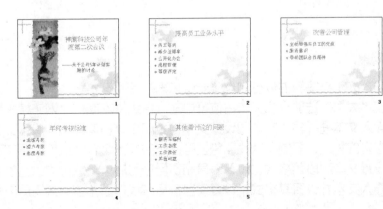

图 3-64　为幻灯片应用配色方案并进行适当编辑

 **最基本的色彩搭配技巧**

　　色彩搭配是体现幻灯片美观的一个重要因素，虽然 PowerPoint 提供了配色方案，但这些选项始终是有限的。下面列举了一些常见的色彩搭配技巧以供参考。

- ➥ **色调配色**：指具有某种相同性质（冷暖调，明度，艳度）的色彩搭配在一起，色相越全越好，最少也要三种色相以上，如同等明度的红、黄、蓝搭配在一起。彩虹就是很好的色调配色。

- ➥ **近似配色**：选择相邻或相近的色相进行搭配。这种配色因为含有三原色中某一共同颜色，所以很协调。因为色相接近，所以也比较稳定，如果是单一色相的浓淡搭配则称为同色系配色。紫色配绿色、紫色配橙色、绿色配橙色等均为近似配色。

- ➥ **渐进配色**：按色相、明度、纯度三要素之一的程度高低依次排列颜色。特点是即使色调沉稳，也很醒目，尤其是色相和明度的渐进配色。彩虹既是色调配色，也属于渐进配色。

- ➥ **对比配色**：用色相、明度或艳度的反差进行搭配，有鲜明的强弱对比和视觉冲击。其中，明度的对比给人明快清晰的印象，可以说只要有明度上的对比，配色就不会太失败。红色配绿色、黄色配紫色、蓝色配橙色等均属对比配色。

- ➥ **单重点配色**：让两种颜色形成面积的大反差。"万绿丛中一点红"就是一种单重点配色。单重点配色也是一种对比，相当于一种颜色作底色，另一种颜色作图形。

- ➥ **分隔式配色**：如果两种颜色比较接近，看上去不太分明，可以靠对比色加在这两种颜色之间增加强度，整体效果就更为协调。最简单的加入色是无色系的颜色和米色等中性色。

第4章 文本的输入与编辑

学习目标

- ☑ 通过输入文本与编辑占位符制作"安全指南"演示文稿
- ☑ 通过在"大纲"选项卡和文本占位符中输入各级文本制作"网站模块"演示文稿
- ☑ 通过插入文本框并输入文本和设置文本格式制作"古韵鸣风"演示文稿
- ☑ 通过文本的输入、复制、查找和替换等操作制作"企业组织"演示文稿
- ☑ 通过设置文本和段落格式、设置编号和项目符号制作"领导力的艺术"演示文稿
- ☑ 通过输入文本并设置其格式、设置项目符号等操作制作"个人简历"演示文稿

目标任务&项目案例

"安全指南"演示文稿

"网站模块"演示文稿

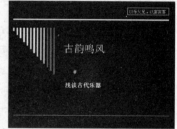

"古韵鸣风"演示文稿

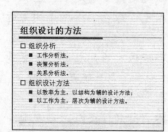

"企业组织"演示文稿

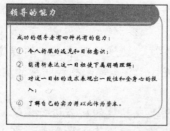

"领导力的艺术"演示文稿

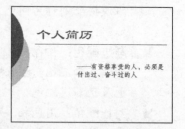

"个人简历"演示文稿

文本是幻灯片的主要表现方式，通过它可以快速地了解幻灯片要表达的内容，为了使幻灯片的内容更加丰富就需要输入与编辑文字。本章将具体讲解在占位符、"大纲"选项卡、备注区和文本框中输入和编辑文本、设置文本和段落格式以及设置编号和项目符号等内容。

4.1　输入并编辑文本

文本是组成幻灯片的重要元素，它能让观赏者对幻灯片要表达的内容一目了然。在幻灯片中输入文本的方法有很多种，下面就详细介绍利用 PowerPoint 在幻灯片中输入并编辑文本的各种操作。

4.1.1　在占位符中输入文本

占位符是 PowerPoint 中特有的对象，通过它可以输入文本、插入对象等，下面将重点介绍利用占位符输入文本的方法。

1．占位符类型

PowerPoint 包含 3 种占位符，即标题占位符、文本占位符和对象占位符，其中标题占位符和文本占位符用于输入文本；对象占位符用于插入图片、图形、图表等对象，如图 4-1 所示。

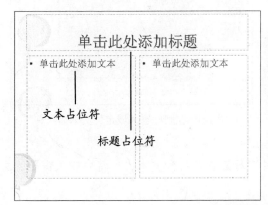
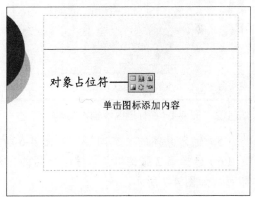

图 4-1　PowerPoint 中的占位符

2．输入文本

当占位符中出现"单击此处添加标题"、"单击此处添加副标题"或"单击此处添加文本"等字样时，表示可在该占位符中输入文本，此时在占位符中单击鼠标即可定位文本插入点，接着便可输入想要的文本了。

【例 4-1】　分别在"安全指南"演示文稿中的标题占位符、副标题占位符和文本占位符中输入相应的文本。

（1）打开"安全指南.ppt"演示文稿（立体化教学:\实例素材\第 4 章\安全指南.ppt），在"幻灯片"选项卡中选择第 1 张幻灯片，在标题占位符的"单击此处添加标题"区域单击鼠标，如图 4-2 所示。

（2）此时占位符中的"单击此处添加标题"字样将消失，且出现闪烁的文本插入点，如图 4-3 所示。

图 4-2　单击标题占位符

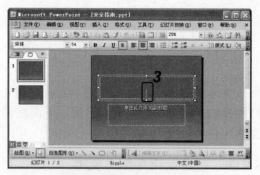

图 4-3　定位文本插入点

（3）切换到合适的中文输入法，输入"安全指南"文本，此时输入的文本将显示在标题占位符中，如图 4-4 所示。

（4）单击"单击此处添加副标题"区域，在该占位符中定位文本插入点，如图 4-5 所示。

图 4-4　在标题区域输入文本

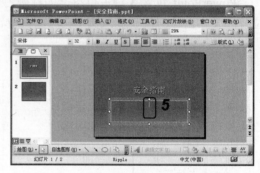

图 4-5　在副标题区域定位文本插入点

（5）输入具体的文本内容，如图 4-6 所示。

（6）选择第 2 张幻灯片，按照相同的方法在标题占位符和文本占位符中输入需要的文本即可，如图 4-7 所示。

图 4-6　输入文本

图 4-7　在第 2 张幻灯片中输入文本

📢**提示：**

> PowerPoint 的文本占位符中会自动包含项目符号，当在其中输入文本并按"Enter"键进行分段时，新的段落也会自动应用相同的项目符号。要想取消项目符号，可在文本占位符中单击鼠标定位插入点后，按"Backspace"键删除项目符号，然后再输入需要的文本。

3．编辑占位符

占位符的大小、位置等并不是固定不变的，根据实际需要可以随时对占位符进行选择、调整、移动、剪切、复制、删除、旋转、对齐和设置占位符格式等操作。下面分别对这些操作进行介绍。

➥ **选择占位符**：在需选择的占位符中单击鼠标定位文本插入点，此时单击占位符边框即可将其选择。按住"Shift"键不放的同时还可选择多个占位符。另外，在幻灯片的空白区域拖动鼠标框选占位符也可将其选择，如图 4-8 所示。

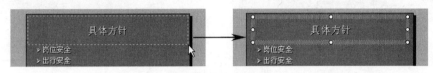

图 4-8　框选占位符

➥ **调整占位符**：选择占位符后，拖动其边框上任意一个白色的控制点便可调整占位符的宽度和高度，如图 4-9 所示。需要注意的是，占位符中的文本大小会随占位符大小而自动发生变化。

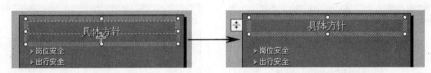

图 4-9　调整占位符大小

➥ **移动占位符**：选择占位符后，在其边框上按住鼠标左键不放并拖动鼠标即可调整占位符在幻灯片中的位置，如图 4-10 所示。

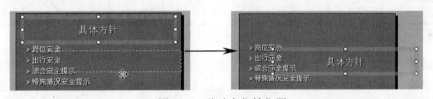

图 4-10　移动占位符位置

➥ **剪切和复制占位符**：选择占位符后，按"Ctrl+X"键或"Ctrl+C"键可将占位符剪切或复制到剪贴板中，然后选择需粘贴的幻灯片，按"Ctrl+V"键即可粘贴占位符，如图 4-11 所示。

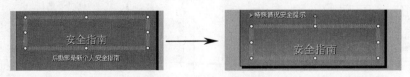

图 4-11　复制占位符

➥ **删除占位符**：选择占位符后，按"Delete"键即可将占位符删除。

➥ **旋转占位符**：选择占位符后，单击"绘图"工具栏上的 绘图(R)▾ 按钮，在弹出的下拉菜单中选择"旋转或翻转"命令，在弹出的子菜单中选择需要的命令即可。当选择"自由旋转"命令后，可将鼠标指针移至占位符边框上出现的绿色控制点上，按住鼠标左键并拖动鼠标便可随意改变占位符角度，如图 4-12 所示。

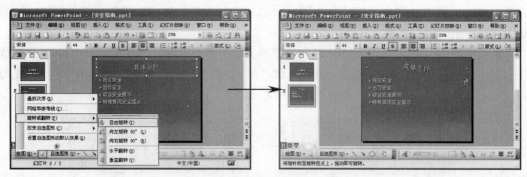

图 4-12　旋转占位符

> **对齐占位符**：选择多个占位符后，单击"绘图"工具栏上的 绘图(R)▼ 按钮，在弹出的下拉菜单中选择"对齐或分布"命令，在弹出的子菜单中选择需要的命令即可。如图 4-13 所示为右对齐占位符的效果。

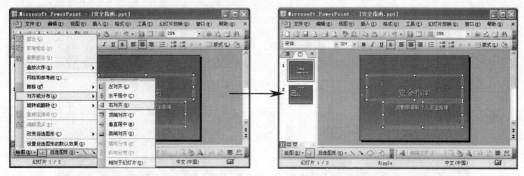

图 4-13　右对齐占位符

> **设置占位符格式**：选择占位符后，在其边框上单击鼠标右键，在弹出的快捷菜单中选择"设置占位符格式"命令或直接在边框上双击鼠标，将打开"设置自选图形格式"对话框，单击"颜色和线条"选项卡，在其中便可设置占位符的边框和填充效果，如图 4-14 所示。

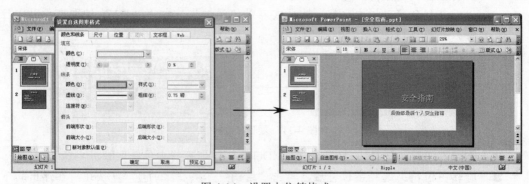

图 4-14　设置占位符格式

✍技巧：

> 选择某个占位符后，在其边框上单击鼠标右键，在弹出的快捷菜单中选择"叠放次序"命令，可在弹出的子菜单中选择需要的命令来改变该占位符在幻灯片中的叠放位置。

【例 4-2】　通过对占位符进行各种编辑和调整，将"安全指南.ppt"演示文稿各幻灯片中的占位符设置为如图 4-15 所示的效果（立体化教学:\源文件\第 4 章\安全指南.ppt）。

图 4-15　设置占位符后的最终效果

（1）在"安全指南.ppt"演示文稿的第 1 张幻灯片的标题占位符中单击鼠标，如图 4-16 所示。

（2）在出现的占位符边框上单击鼠标选择占位符，如图 4-17 所示。

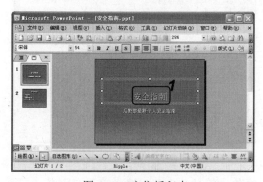 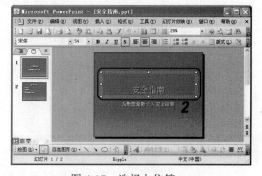

图 4-16　定位插入点　　　　　　　　图 4-17　选择占位符

（3）将鼠标指针移至该占位符右上角的白色控制点上，按住鼠标左键不放并向左下方拖动，适当缩小占位符大小，如图 4-18 所示。

图 4-18　调整占位符大小

（4）在调整大小后的占位符边框上按住鼠标左键不放，向上拖动调整占位符位置，如图 4-19 所示。

（5）选择该幻灯片中的另外一个占位符，采用类似的方法适当缩小其高度，如图 4-20 所示。

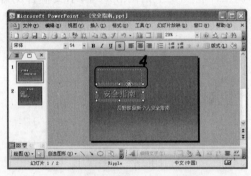

图 4-19　调整占位符位置

图 4-20　调整占位符高度

（6）将该占位符的位置适当向右上方移动，如图 4-21 所示。

（7）重新选择标题占位符，然后按"Ctrl+C"键进行复制操作，如图 4-22 所示。

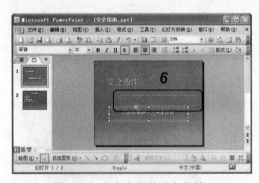

图 4-21　向右上方移动占位符

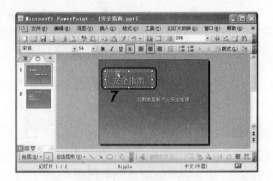

图 4-22　复制占位符

（8）在"幻灯片"选项卡中选择第 2 张幻灯片，按"Ctrl+V"键将前面复制的占位符粘贴到当前幻灯片中，如图 4-23 所示。

（9）将该占位符移动到幻灯片右下角，如图 4-24 所示。

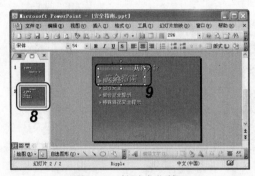

图 4-23　粘贴占位符

图 4-24　移动占位符

（10）单击"绘图"工具栏中的 绘图(R) 按钮，在弹出的下拉菜单中选择"旋转或翻转"命令，在弹出的菜单中选择"自由旋转"命令，在该占位符上的绿色控制点上按住鼠标左键不放并拖动鼠标，适当对占位符进行旋转，如图 4-25 所示。

（11）将文本占位符的高度适当缩小，然后在其边框上双击鼠标，如图 4-26 所示。

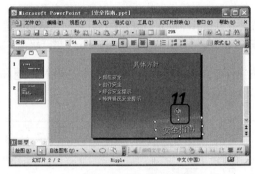
图 4-25 旋转占位符

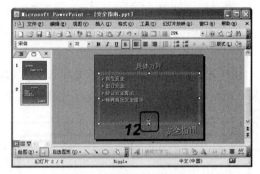
图 4-26 缩小占位符高度

（12）打开"设置自选图形格式"对话框，单击"颜色和线条"选项卡，在"线条"栏的"颜色"下拉列表框中选择"深蓝"选项，在"虚线"下拉列表框中选择如图 4-27 所示的样式。

（13）单击 确定 按钮，此时文本占位符的边框便应用了所做设置，如图 4-28 所示，按照相同方法为标题占位符设置相同格式即可。

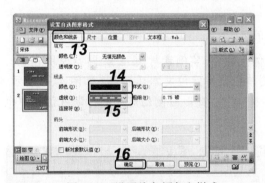
图 4-27 设置线条颜色和样式

图 4-28 设置后的效果

4.1.2 在"大纲"选项卡中输入文本

单击"大纲"选项卡，然后在需输入文本的幻灯片对应的图标右侧单击鼠标可将文本插入点定位到其中，之后便可输入内容。在"大纲"选项卡中输入文本时主要包含以下常用操作：

- 在"大纲"选项卡的幻灯片图标 □ 后面输入的文本内容，将作为该幻灯片的标题，并自动显示在幻灯片的标题占位符中。
- 按"Ctrl+Enter"键可换行输入下一级别的文本，此时按"Enter"键可换行输入同一级别的文本。
- 将文本插入点定位到某一级别文本的项目符号右侧，按"Tab"键可将文本作降级处理,如可将第一级文本下降为第 2 级文本。

❥ 将文本插入点定位到某一级别文本的项目符号右侧,按"Shift+Tab"键则可将文本作升级处理。

📢提示:

> PowerPoint 在"大纲"选项卡中会以不同的格式和缩进显示不同级别的文本,以便使用户更好地进行区分和操作。另外,更改文本级别的操作也可直接在幻灯片中的占位符中进行,将文本插入点定位到占位符中某级别文本的项目符号右侧,然后按"Tab"键降级文本;按"Shift+Tab"键升级文本。

【例 4-3】 利用"大纲"选项卡和文本占位符在"网站模块"演示文稿中输入标题和各级文本,效果如图 4-29 所示(立体化教学:\源文件\第 4 章\网站模块.ppt)。

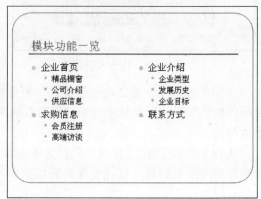

图 4-29 输入的文本效果

(1)打开"网站模块.ppt"演示文稿(立体化教学:\实例素材\第 4 章\网站模块.ppt),单击"大纲"选项卡,在第 1 张幻灯片图标右侧单击鼠标定位文本插入点,如图 4-30 所示。

(2)切换到中文输入法,输入"客户网站模块",此时右侧幻灯片的标题占位符中也将同步显示输入的内容,如图 4-31 所示。

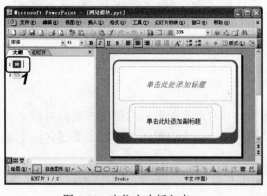
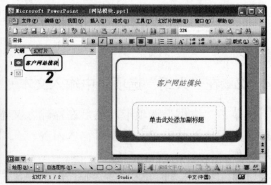

图 4-30 定位文本插入点   图 4-31 输入标题

(3)按"Ctrl+Enter"键,此时文本插入点将自动换行并缩进为下一级文本,如图 4-32 所示。

（4）输入"初步功能确定"，此时右侧幻灯片的副标题占位符中也将同步显示输入的内容，如图 4-33 所示。

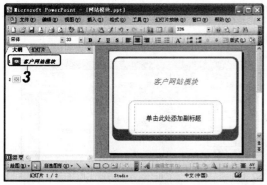

图 4-32　更改文本级别

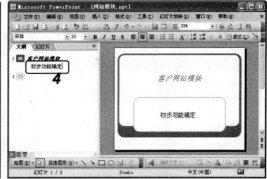

图 4-33　输入副标题

（5）在"大纲"选项卡的第 2 张幻灯片图标右侧单击鼠标定位插入点，此时将自动选择第 2 张幻灯片，如图 4-34 所示。

（6）输入"模块功能一览"，此时将自动把输入的文本确定为幻灯片标题，并显示在标题占位符中，如图 4-35 所示。

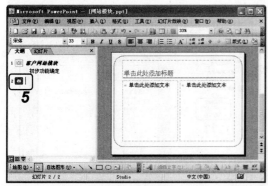

图 4-34　选择第 2 张幻灯片　　　　　图 4-35　输入标题

（7）按"Ctrl+Enter"键更改文本级别，然后输入"企业首页"，如图 4-36 所示。

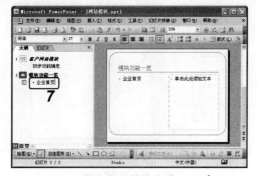

图 4-36　输入文本

由于第 2 张幻灯片的版式包含两个文本占位符，因此"大纲"选项卡中会出现 **1** 标记。

（8）按"Enter"键保持文本级别的同时换行文本插入点，如图 4-37 所示。

（9）按"Tab"键降低文本级别，如图 4-38 所示。

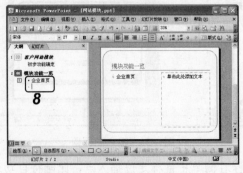

图 4-37　换行文本插入点　　　　　图 4-38　降低文本级别

（10）输入"精品橱窗"，如图 4-39 所示。

（11）按"Enter"键换行并输入"公司介绍"，然后按照相同方法再输入同级文本"供应信息"，如图 4-40 所示。

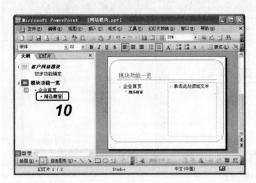
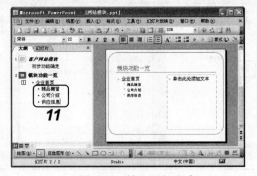

图 4-39　输入文本　　　　　　　　图 4-40　输入同级文本

（12）按"Enter"键换行，然后按"Shift+Tab"键提高文本级别，如图 4-41 所示。

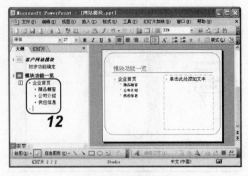

图 4-41　升级文本

（13）输入文本"求购信息"，如图 4-42 所示。

（14）按照前面介绍的方法在"求购信息"文本下输入下一级文本"会员注册"和"高端访谈"，如图 4-43 所示。

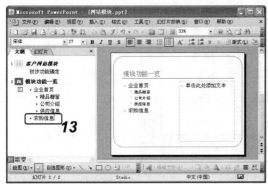

图 4-42　输入文本

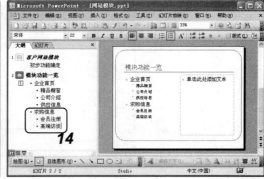

图 4-43　输入下级文本

（15）单击第 2 张幻灯片右侧的文本占位符，在其中定位文本插入点，如图 4-44 所示。

（16）输入"企业介绍"，然后按"Enter"键换行，如图 4-45 所示。

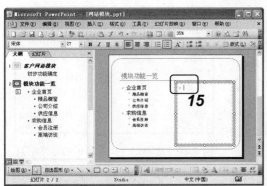

图 4-44　定位文本插入点

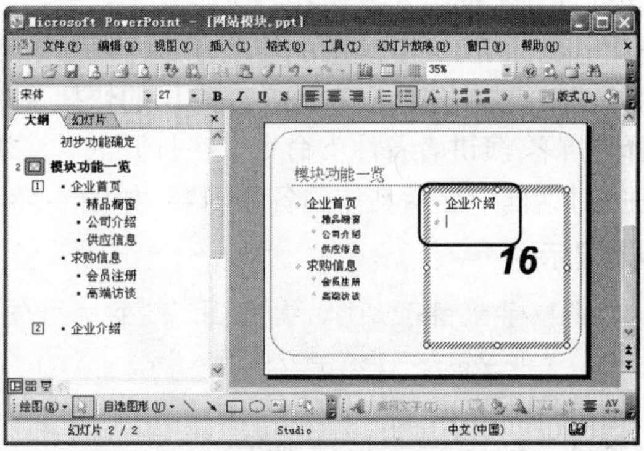

图 4-45　文本换行

（17）按"Tab"键降低文本级别，并利用"Enter"键输入如图 4-46 所示的同级文本。

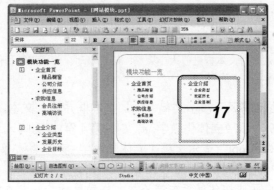

图 4-46　输入文本

（18）按 "Enter" 键换行，然后按 "Shift+Tab" 键升级文本，并输入文本 "联系方式"，如图 4-47 所示。

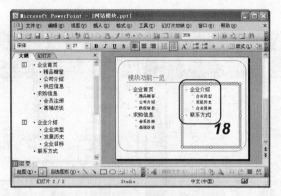

图 4-47　提高文本级别并输入文本

4.1.3　在幻灯片备注区中输入文本

在幻灯片备注区中单击鼠标定位文本插入点后便可输入文本，选择 "视图/备注页" 命令可查看在备注区中输入的文本效果。备注区的文本不仅可以在打印时显示到纸张上，还可在放映幻灯片时通过单击鼠标右键，在弹出的快捷菜单中选择 "屏幕/演讲者备注" 命令，在打开的 "演讲者备注" 对话框中显示具体的备注内容，如图 4-48 所示。

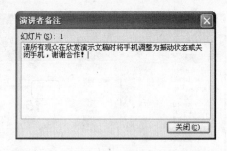

🔊 提示：

将鼠标指针移至幻灯片编辑区和备注区之间的分隔线上，拖动鼠标可调整备注区的大小。

图 4-48　放映幻灯片时显示的备注信息

4.1.4　利用文本框添加文本

要想在幻灯片的任意位置添加需要的文本，可利用文本框来实现。其方法为：单击 "绘图" 工具栏中的 按钮，然后在幻灯片中拖动鼠标绘制文本框，释放鼠标后便可在文本框中输入文本了。

🔊 提示：

按照编辑占位符的方法可对文本框进行大小调整、位置移动、剪切复制和格式设置等各种操作，其操作方法完全相同。

【例 4-4】　在 "古韵鸣风" 演示文稿中添加文本框并输入文本，然后对文本框进行适当设置，效果如图 4-49 所示（立体化教学:\源文件\第 4 章\古韵鸣风.ppt）。

（1）打开 "古韵鸣风.ppt" 演示文稿（立体化教学:\实例素材\第 4 章\古韵鸣风.ppt），单击 "绘图" 工具栏中的 按钮，如图 4-50 所示。

（2）在幻灯片空白区域按住鼠标左键不放并拖动鼠标绘制文本框，如图 4-51 所示。

图 4-49　添加文本框后的效果

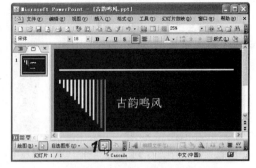

图 4-50　单击按钮

（3）释放鼠标完成文本框的绘制，此时文本框中会自动出现闪烁的文本插入点，如图 4-52 所示。

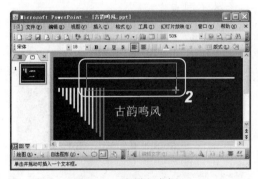

图 4-51　绘制文本框

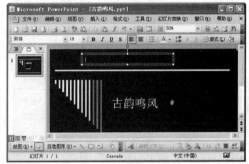

图 4-52　完成文本框的绘制

（4）直接在文本框中输入需要的文本，如图 4-53 所示。

（5）在文本框边框上单击鼠标右键，在弹出的快捷菜单中选择"设置文本框格式"命令，如图 4-54 所示。

图 4-53　输入文本

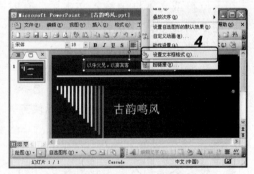

图 4-54　设置文本框格式

（6）打开"设置文本框格式"对话框，单击"颜色和线条"选项卡，在"线条"栏的"颜色"下拉列表框中选择"白色"选项，单击 确定 按钮，如图 4-55 所示。

（7）拖动文本框边框上的白色控制点适当缩小其宽度，如图 4-56 所示。

图 4-55 选择线条颜色

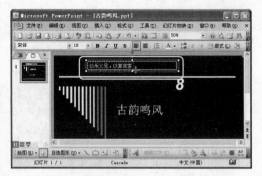

图 4-56 缩小文本框宽度

（8）在文本框边框上拖动鼠标调整其位置，如图 4-57 所示。

（9）释放鼠标后完成操作，效果如图 4-58 所示。需注意的是，文本框中的文本将不会显示在"大纲"选项卡中，这是它与占位符最大的不同点之一。

图 4-57 移动文本框位置

图 4-58 完成设置

4.1.5 选择文本

在占位符或文本框中输入文本后，有时需要对其进行修改或格式设置，此时应先选择文本。在 PowerPoint 中选择文本的方法主要有如下几种：

- 在要选择的文本开始位置按住鼠标左键不放并拖动鼠标到要选择的文本结束位置，释放鼠标便可选择鼠标经过时的文本，如图 4-59 所示。

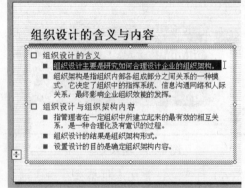

图 4-59 拖动鼠标选择文本

- 将文本框插入点定位到要选择的文本开始位置，按住"Shift"键不放的同时单击需选择文本的结束位置，即可选择两次单击处之间的所有文本。

- 将鼠标指针移至某段文本左侧，当其变为 形状时单击鼠标可选择该段所有文本。

- 当需要选择占位符或文本框中的所有文本时，应首先将文本插入点定位到其中，然后选择"编辑/全选"命令。
- 当需要选择的文本是英语单词时，直接在该单词位置双击鼠标即可。

4.1.6 移动和复制文本

与移动和复制幻灯片相似，移动和复制文本也包含 3 种方法，即通过菜单命令操作、通过鼠标拖动操作和通过快捷键操作等，具体实现方法分别如下。

- **菜单命令**：选择需移动或复制的文本，选择"编辑/剪切"或"编辑/复制"命令，然后将文本插入点定位到目标位置，选择"编辑/粘贴"命令即可。
- **鼠标拖动**：选择需移动或复制的文本，在其上按住鼠标左键不放并拖动到目标位置即可移动文本，在拖动的过程中按住"Ctrl"键不放可实现文本的复制操作。
- **快捷键**：选择需移动或复制的文本，按"Ctrl+X"键剪切或按"Ctrl+C"键复制文本到剪贴板，然后将文本插入点定位到目标位置，按"Ctrl+V"键即可粘贴剪贴板中的文本。

◀»)提示：

选择文本后，在其上单击鼠标右键，在弹出的快捷菜单中利用相应命令也可实现文本的移动和复制操作。另外，在"大纲"选项卡中也可采用与上相同的任意方法对文本进行移动和复制操作。

4.1.7 查找与替换文本

当发现已输入的文本中有多处文本出现了相同错误，如将"方针"误输入为"提示"，此时可利用查找和替换的方法将"提示"文本快速更正为"方针"文本，其方法为：选择第 1 张幻灯片，然后选择"编辑/替换"命令，打开"替换"对话框，在"查找内容"下拉列表框中输入"提示"，在"替换为"下拉列表框中输入"方针"，单击 查找下一个(F) 按钮可查找幻灯片中符合条件的文本并将其选择，如图 4-60 所示。此时单击 替换(R) 按钮即可将其替换为"方针"，单击 全部替换(A) 按钮可一次性替换演示文稿中所有的"提示"一词。

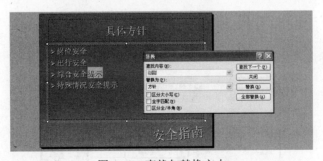

图 4-60 查找与替换文本

4.1.8 撤销与恢复操作

在编辑演示文稿的过程中，难免会出现误操作，这时就可以利用 PowerPoint 提供的撤销与恢复操作快速纠正错误。假如分别对占位符进行了"调整大小"和"调整位置"两个操作，则撤销操作是指撤销"调整位置"操作，将占位符恢复到"调整大小"后的状态；而恢复操作是指重新执行"调整位置"操作，将占位符变为"调整位置"后的状态。在PowerPoint中实现撤销与恢复操作的方法主要有如下几种：

- 单击"常用"工具栏中的 按钮或按"Ctrl+Z"键可撤销最近一次的操作，再次单击该按钮或按"Ctrl+Z"键又将撤销之前的一步操作。
- 单击 按钮右侧的下拉按钮，可在弹出的下拉列表中直接选择需撤销到的操作位置。
- 单击"常用"工具栏中的 按钮或按"Ctrl+Y"键可恢复最近撤销的一次操作，再次单击该按钮或按"Ctrl+Y"键又将恢复之前撤销的一步操作。
- 单击 按钮右侧的下拉按钮，可在弹出的下拉列表中直接选择需恢复的操作位置。

4.1.9 应用举例——制作"企业组织"演示文稿

本例将利用前面介绍的输入文本、更改文本级别、复制文本、查找和替换文本等方法制作"企业组织"演示文稿，最终效果如图4-61所示（立体化教学:\源文件\第4章\企业组织.ppt）。

图 4-61　制作的演示文稿最终效果

操作步骤如下：

（1）打开"企业组织.ppt"演示文稿（立体化教学:\实例素材\第4章\企业组织.ppt），单击幻灯片中的标题占位符，如图4-62所示。

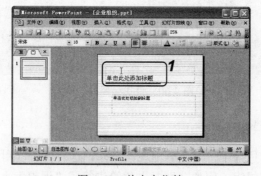

图 4-62　单击占位符

（2）在标题占位符中输入文本"认识企业组织"，如图 4-63 所示。

（3）用相同方法在副标题占位符中输入如图 4-64 所示的文本。

图 4-63　输入标题

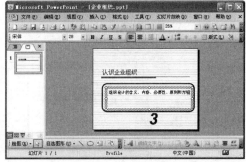

图 4-64　输入副标题

（4）在"幻灯片"选项卡中的幻灯片缩略图上单击鼠标右键，在弹出的快捷菜单中选择"新幻灯片"命令，如图 4-65 所示。

（5）新建第 2 张幻灯片，单击"大纲"选项卡，如图 4-66 所示。

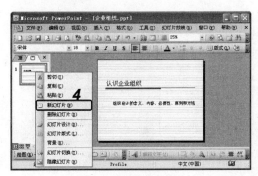

图 4-65　新建幻灯片

图 4-66　切换到"大纲"选项卡

（6）在"大纲"选项卡的第 2 张幻灯片图标右侧单击鼠标定位文本插入点，然后输入"组织设计的含义与内容"文本，作为该幻灯片标题，如图 4-67 所示。

（7）按"Ctrl+Enter"键换行并降低文本级别，输入需要的内容，然后再按"Enter"键换行文本，如图 4-68 所示。

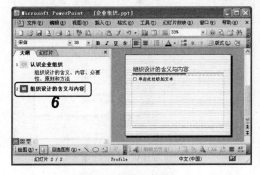

图 4-67　输入标题

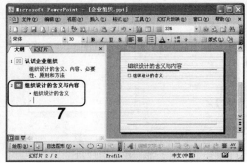

图 4-68　输入文本

69

（8）按"Tab"键降低文本级别并输入内容，然后按"Enter"键换行并输入同级别文本，如图 4-69 所示。

（9）输入同级文本后按"Enter"键再次换行并输入文本，如图 4-70 所示。

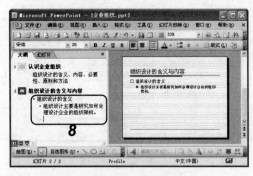 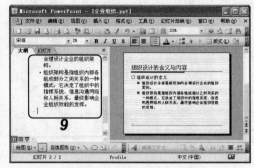

图 4-69　降低文本级别并输入文本　　　　图 4-70　输入同级文本

（10）按"Shift+Tab"键提升文本级别，并输入相应内容，如图 4-71 所示。

（11）按照相同方法在第 2 张幻灯片中输入剩余各级别的文本，如图 4-72 所示。

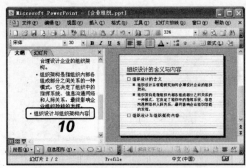 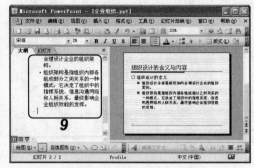

图 4-71　提升文本级别并输入文本　　　　图 4-72　输入其他文本

（12）按"Ctrl+M"键新建幻灯片，并将文本插入点定位到第 3 张幻灯片图标右侧，如图 4-73 所示。

（13）利用讲解的方法依次在该幻灯片中输入相应的标题和各级文本，如图 4-74 所示。

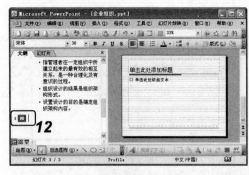 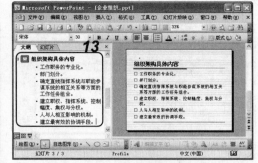

图 4-73　新建幻灯片　　　　　　　　　　图 4-74　输入标题和文本

（14）按"Ctrl+M"键新建第 4 张幻灯片并输入标题和各级文本，如图 4-75 所示。

（15）在该幻灯片中拖动鼠标选择标题文本，选择"编辑/复制"命令，如图 4-76 所示。

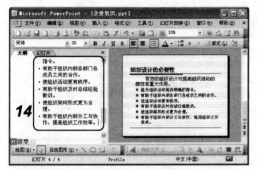

图 4-75　新建幻灯片并输入文本

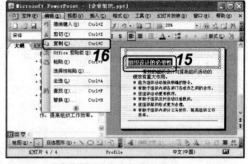

图 4-76　复制文本

（16）按"Ctrl+M"键新建第 5 张幻灯片，定位插入点后按"Ctrl+V"键粘贴标题，如图 4-77 所示。

（17）选择"大纲"选项卡中的"必要性"文本，将其修改为"原则"，这样便快速输入了第 5 张幻灯片的标题，如图 4-78 所示。

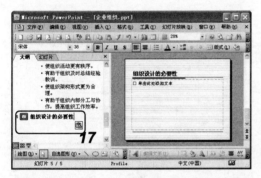

图 4-77　粘贴文本

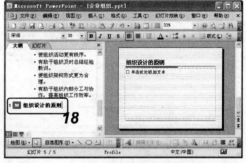

图 4-78　修改标题

（18）接着在"大纲"选项卡或直接在幻灯片的文本占位符中输入各级文本内容，如图 4-79 所示。

（19）新建第 6 张幻灯片，继续输入该幻灯片的标题和各级文本，如图 4-80 所示。

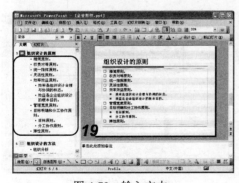

图 4-79　输入文本

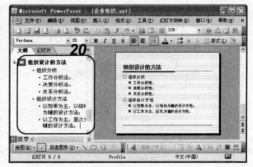

图 4-80　新建幻灯片并输入文本

（20）重新切换到"幻灯片"选项卡，并选择第 1 张幻灯片，然后选择"编辑/替换"

命令，如图 4-81 所示。

（21）打开"替换"对话框，在"查找内容"下拉列表框中输入"含义"，在"替换为"下拉列表框中输入"涵义"，单击 查找下一个(F) 按钮，如图 4-82 所示。

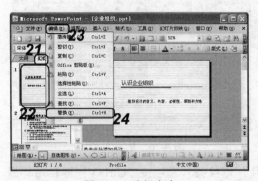
图 4-81　选择命令

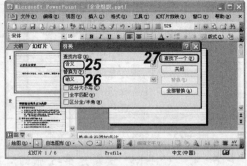
图 4-82　查找文本

（22）此时将从第 1 张幻灯片开始查找符合条件的文本并将其选择，此时单击 替换(R) 按钮，如图 4-83 所示，所选"含义"一词便被替换为"涵义"，单击 全部替换(A) 按钮，如图 4-84 所示。

图 4-83　替换文本

图 4-84　替换所有文本

（23）打开提示对话框，提示替换的文本数量，直接单击 确定 按钮即可，如图 4-85 所示，返回"替换"对话框，单击 关闭 按钮完成操作，如图 4-86 所示。

图 4-85　完成替换

图 4-86　关闭对话框

4.2　设置文本和段落格式

在占位符或文本框中输入文本后，默认的文本格式和段落格式不一定能满足设计者的要求，为了让文本看上去更加美观和吸引眼球，可以对文本和段落进行各种格式设置。

4.2.1　设置字体格式

选择需设置格式的文本后，通过单击"格式"工具栏中的一些下拉列表框和按钮便可快速对文本格式进行设置，如图 4-87 所示。其中各下拉列表框和按钮的作用分别如下。

➥　**"字体"下拉列表框**`宋体`**：**单击该下拉列表框右侧的下拉按钮，可在弹出的下拉列表中选择已安装到电脑中的字体格式。

🔊提示：

> 获取到字体文件后，将其复制到系统盘下的"WINDOWS\Fonts"文件夹中即可为电脑安装相应的字体格式。

➥　**"字号"下拉列表框**`18`**：**单击该下拉列表框右侧的下拉按钮，可在弹出的下拉列表中为所选文本应用不同的字体大小。

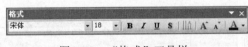

图 4-87　"格式"工具栏

➥　**"加粗"按钮**`B`**：**单击该按钮可加粗选择的文本。

➥　**"倾斜"按钮**`I`**：**单击该按钮可倾斜选择的文本。

➥　**"下划线"按钮**`U`**：**单击该按钮可为选择的文本添加下划线效果。

➥　**"阴影"按钮**`S`**：**单击该按钮可为选择的文本添加阴影效果。

➥　**"增大字号"按钮**`A`**：**单击该按钮可适当增加所选文本的字体大小。

➥　**"减小字号"按钮**`A`**：**单击该按钮可适当减小所选文本的字体大小。

➥　**"字体颜色"按钮**`A`**：**该按钮由两部分组成，单击左侧的按钮将为选择的文本应用当前颜色；单击右侧的下拉按钮，可在弹出的下拉列表中选择其他颜色应用到文本上。

除了"格式"工具栏以外，还可选择"格式/字体"命令，在打开的"字体"对话框中对所选文本格式进行设置，如图 4-88 所示。其中不仅可以实现在"格式"工具栏中的各种设置操作，而且还能对同一段落的文本设置不同的中文字体和西文字体，并能为文本设置阳文、上标和下标等更多的特殊效果。

图 4-88　"字体"对话框

【例 4-5】　综合利用"格式"工具栏和"字体"对话框为"课程选修纲要"演示文稿中各占位符的文本进行格式设置，效果如图 4-89 所示。

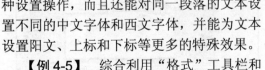

图 4-89　设置文本格式后的最终效果

（1）打开"课程选修纲要.ppt"演示文稿（立体化教学:\实例素材\第4章\课程选修纲要.ppt），选择第1张幻灯片标题占位符中的所有文本，单击"格式"工具栏中"字体"下拉列表框右侧的下拉按钮，在弹出的下拉列表中选择"微软雅黑"选项，如图 4-90 所示。

（2）所选字体应用"微软雅黑"字体格式后，继续在"格式"工具栏的"字号"下拉列表框中选择"54"选项，如图 4-91 所示。

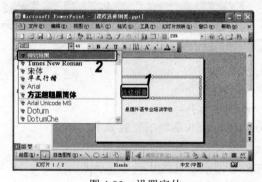
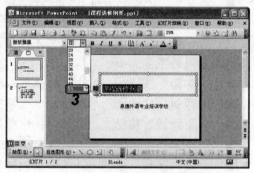

图 4-90　设置字体　　　　　　　　　　　　图 4-91　设置字号

（3）文本应用所选字号后，单击"格式"工具栏中的 B 按钮，如图 4-92 所示。

（4）加粗文本后，单击"格式"工具栏中的 A 按钮右侧的下拉按钮，在弹出的下拉列表中选择"其他颜色"命令，如图 4-93 所示。

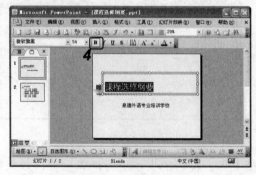
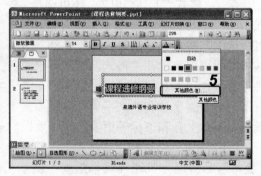

图 4-92　加粗字体　　　　　　　　　　　　图 4-93　设置文本颜色

（5）打开"颜色"对话框，在"标准"选项卡中单击如图 4-94 所示的色块，然后单击 确定 按钮。

（6）此时标题文本的效果如图 4-95 所示，继续选择副标题占位符中的文本。

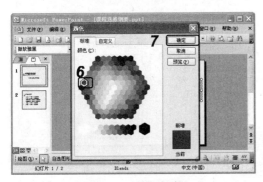

图 4-94　选择颜色

图 4-95　选择文本

（7）依次单击"格式"工具栏中的 I 、U 和 S 按钮，对文本进行倾斜、下划线和阴影效果处理，如图 4-96 所示。

（8）单击两次"格式"工具栏中的 A 按钮，对文本字号进行适当增大，如图 4-97 所示。

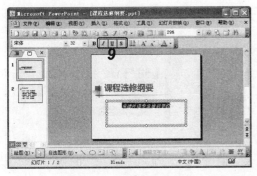

图 4-96　设置文本格式

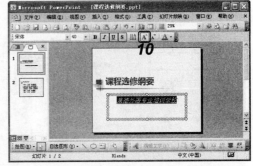

图 4-97　增大字号

（9）单击幻灯片中的其他区域查看副标题占位符中的文本格式效果，如图 4-98 所示，然后单击"幻灯片"选项卡中的第 2 张幻灯片缩略图。

图 4-98　选择幻灯片

（10）利用"格式"工具栏将标题占位符中的文本格式设置为"微软雅黑、44、加粗、深绿色"，如图 4-99 所示。

（11）选择文本占位符中的所有文本，然后选择"格式/字体"命令，如图 4-100 所示。

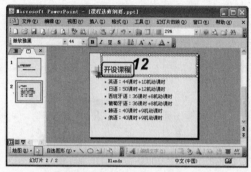
图 4-99 设置标题文本格式

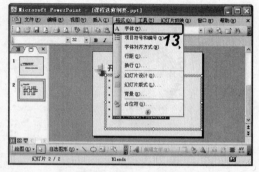
图 4-100 选择命令

（12）打开"字体"对话框，分别在"中文字体"和"西文字体"下拉列表框中选择"微软雅黑"和"Time New Roman"选项，然后在"字号"列表框中选择"28"选项，最后单击 确定 按钮，如图 4-101 所示。

（13）单击幻灯片的空白区域查看设置后的文本效果，如图 4-102 所示。

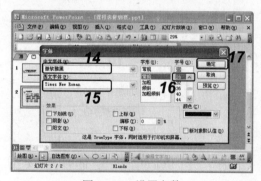
图 4-101 设置参数

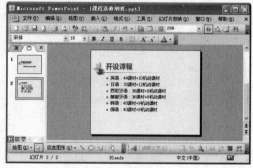
图 4-102 设置后的效果

4.2.2 设置段落格式

输入文本时只要按"Enter"键或"Ctrl+Enter"键后，就表示此前输入的文本成为一个独立的段落了。对于段落而言，可根据需要设置其对齐方式、行距和段落间距等格式，下面具体介绍这两种操作的实现方法。

1. 设置对齐方式

设置段落对齐方式的方法为：选择需设置的所有段落，选择"格式/对齐方式"命令，在弹出的子菜单中选择相应的命令或直接在"格式"工具栏中单击对齐方式按钮即可设置段落的对齐方式。各对齐方式的作用分别如下。

> 左对齐：选择该命令或单击▤按钮将使所选段落以占位符或文本框左端为标准进行对齐处理。

- 　**居中**：选择该命令或单击▤按钮将使所选段落以占位符或文本框水平中央位置为标准进行对齐处理。
- 　**右对齐**：选择该命令或单击▤按钮将使所选段落以占位符或文本框右端为标准进行对齐处理。
- 　**两端对齐**：选择该命令的效果与左对齐效果类似，只是会对上一行的文本做扩散到两端的处理。
- 　**分散对齐**：选择该命令或单击▤按钮得到的效果与两端对齐相反，会对段落中最后一行的文本做扩散到两端的处理。

图 4-103　各对齐方式的效果

如图 4-103 所示即为各对齐方式的效果。

2. 设置行距和段落间距

行距是指段落中行与行之间的距离；段落间距是指段落与段落之间的距离。通过对行距和段落间距进行适当调整，可以让演示文稿显示的内容更加紧凑或具有层次感。设置行距和段落间距的方法为：选择需要设置行距和段落间距的段落，然后选择"格式/行距"命令，打开"行距"对话框，如图 4-104 所示。在"行距"数值框中可设置行与行之间的距离；在"段前"数值框中可设置段落与上一段之间的距离；在"段后"数值框中可设置段落与后一段之间的距离，完成后单击 确定 按钮即可。

图 4-104　设置行距和段落间距

技巧：

选择段落后，直接单击"格式"工具栏中的▤按钮或▤按钮可增加或减少段落间距。

【例 4-6】　对"课程选修纲要"演示文稿中的副标题占位符进行左对齐处理，并将文本占位符中各段落的段前和段后距离均设置为"0.5 行"，最终效果如图 4-105 所示（立体化教学:\源文件\第 4 章\课程选修纲要.ppt）。

（1）将文本插入点定位到"课程选修纲要.ppt"演示文稿中的第 1 张幻灯片的副标题占位符中或直接选择该占位符中的所有文本，如图 4-105 所示。

（2）选择"格式/对齐方式/左对齐"命令，如图 4-106 所示。

（3）此时副标题占位符中的段落便应用了左对齐效果，如图 4-107 所示。

图 4-105　选择段落

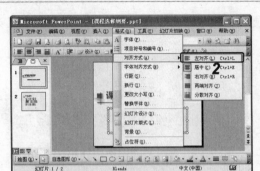
图 4-106　选择对齐方式

图 4-107　应用左对齐效果

（4）选择第 2 张幻灯片，拖动鼠标选择文本占位符中的所有段落，如图 4-108 所示。

（5）选择"格式/行距"命令，如图 4-109 所示。

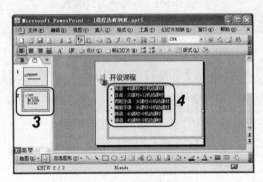
图 4-108　选择段落

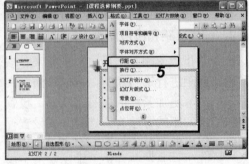
图 4-109　选择命令

（6）打开"行距"对话框，将"段前"和"段后"数值框中的数字均设置为"0.5"，然后单击 确定 按钮，如图 4-110 所示。完成段落间距设置的效果如图 4-111 所示。

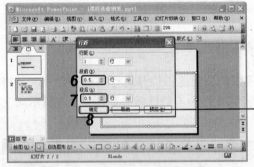
图 4-110　设置段落间距

图 4-111　设置后的效果

4.2.3　添加编号和项目符号

编号和项目符号是演示文稿中使用率很高的对象，当占位符中的段落具备先后顺序的关系时，则可为其添加编号使内容更具条理；当段落具备并列关系时，则可为其添加项目符号使内容更加醒目。下面就介绍在演示文稿中添加并设置编号和项目符号的方法。

1．添加并设置编号

为段落添加编号的方法为：将文本插入点定位到需添加编号的段落或直接选择该段落中的所有文本，然后选择"格式/项目符号和编号"命令，在打开的"项目符号和编号"对话框中单击"编号"选项卡，在其中即可选择编号类型并设置编号大小、颜色和起始号码等，如图 4-112 所示。

【例 4-7】　为"可行性分析"演示文稿的文本占位符中的第一级文本段落添加样式为"一、二、三……"的编号，并设置编号大小为"100"，颜色为"淡紫色"，效果如图 4-113 所示。

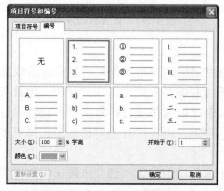

图 4-112　添加并设置编号

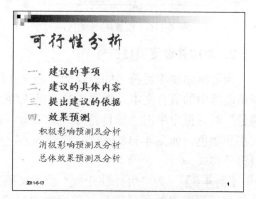

图 4-113　添加编号后的效果

（1）打开"可行性分析.ppt"演示文稿（立体化教学:\实例素材\第 4 章\可行性分析.ppt），选择文本占位符中的前 4 段文本，然后选择"格式/项目符号和编号"命令，如图 4-114 所示。

（2）打开"项目符号和编号"对话框，单击"编号"选项卡，然后选择样式为"一、二、三……"的选项，并将"大小"数值框中的数字设置为"100"，如图 4-115 所示。

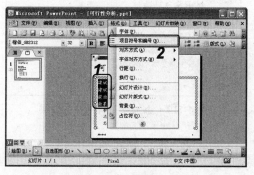

图 4-114　选择命令

图 4-115　选择编号样式

（3）单击"颜色"下拉列表框右侧的下拉按钮，在弹出的下拉列表中单击淡紫色对应的色块，然后单击 确定 按钮，如图 4-116 所示。

（4）关闭"项目符号和编号"对话框，此时所选段落的左侧便应用了设置的编号样式，如图 4-117 所示。

图 4-116 设置编号颜色

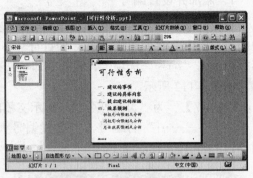

图 4-117 设置后的效果

2. 添加并设置项目符号

为段落添加项目符号的方法为：将文本插入点定位到需添加项目符号的段落或直接选择该段落中的所有文本，然后选择"格式/项目符号和编号"命令，在打开的"项目符号和编号"对话框中单击"项目符号"选项卡，在其中即可选择项目符号类型并设置项目符号大小和颜色，如图 4-118 所示。若单击 自定义(U)... 按钮，可在打开的对话框中选择更多的项目符号样式。

【例 4-8】 为"可行性分析"演示文稿文本占位符中的第二级文本段落添加样式为选中的复选框效果的项目符号，并设置项目符号大小为"100"，颜色为"红色"，效果如图 4-119 所示（立体化教学:\源文件\第 4 章\可行性分析.ppt）。

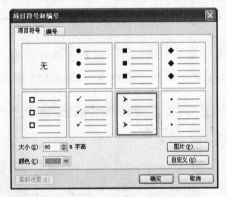

图 4-118 添加并设置项目符号

图 4-119 添加项目符号后的效果

📢提示：

> 选择段落后，直接单击"格式"工具栏中的 ⊟ 或 ⊟ 按钮可快速为段落添加默认样式的编号和项目符号，再次单击按钮则可取消编号和项目符号。

（1）在"可行性分析.ppt"演示文稿中选择文本占位符中的后 3 段文本，然后选择"格式/项目符号和编号"命令，如图 4-120 所示。

（2）在打开"项目符号和编号"对话框中单击"项目符号"选项卡，然后单击 自定义(U)... 按钮，如图 4-121 所示。

图4-120 添加项目符号

图4-121 自定义项目符号样式

（3）打开"符号"对话框，选择如图4-122所示的选项，然后单击 确定 按钮。

（4）返回到"项目符号和编号"对话框，将"大小"数值框中的数字设置为"100"，如图4-123所示。

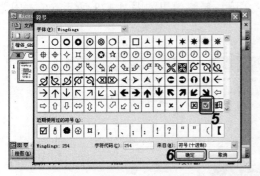

图4-122 选择项目符号

图4-123 设置项目符号大小

（5）单击"颜色"下拉列表框右侧的下拉按钮，在弹出的下拉列表中选择"其他颜色"命令，如图4-124所示。

（6）打开"颜色"对话框，在"标准"选项卡中单击如图4-125所示的色块，然后单击 确定 按钮。

图4-124 选择"其他颜色"命令

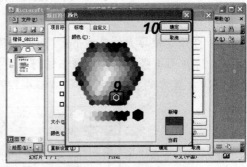

图4-125 选择颜色

（7）返回到"项目符号和编号"对话框，单击 确定 按钮，如图4-126所示。此时所选段落的左侧便应用了设置的项目符号，如图4-127所示。

图 4-126　确认设置

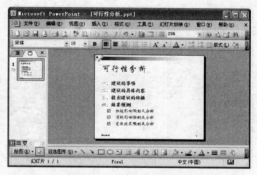

图 4-127　设置后的效果

4.2.4　应用举例——美化"领导力的艺术"演示文稿

本例将通过设置文本字体、字号、颜色，设置段落对齐方式和行距、设置编号和项目符号等多种操作来美化"领导力的艺术"演示文稿，最终效果如图 4-128 所示（立体化教学:\源文件\第 4 章\领导力的艺术.ppt）。

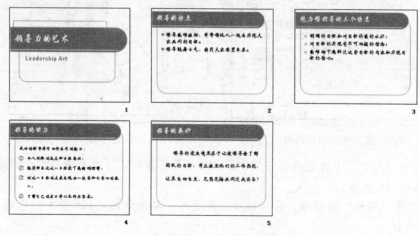

图 4-128　美化后的最终效果

操作步骤如下：

（1）打开"领导力的艺术.ppt"演示文稿（立体化教学:\实例素材\第 4 章\领导力的艺术.ppt），选择第 1 张幻灯片标题占位符中的文本，利用"格式"工具栏中的"字体"下拉列表将字体设置为"华文行楷"，如图 4-129 所示。

图 4-129　设置字体

（2）保持文本的选择状态，单击两次"格式"工具栏上的 Ⓐ 按钮，适当增大标题字号，如图 4-130 所示。

（3）选择副标题占位符中的文本，在"格式"工具栏中的"字体"下拉列表框中选择"Arial Black"选项作为该文本的字体，如图 4-131 所示。

图 4-130　设置字号

图 4-131　设置字体

（4）保持文本的选择状态，单击"格式"工具栏中 Ⓐ 按钮右侧的下拉按钮，在弹出的下拉列表中选择如图 4-132 所示的颜色作为字体颜色。

（5）单击幻灯片的空白区域，查看设置后的格式效果，如图 4-133 所示。

图 4-132　设置字体颜色

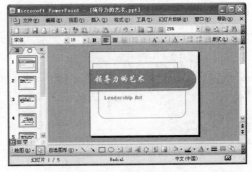

图 4-133　设置后的效果

（6）选择第 2 张幻灯片，分别将标题占位符和文本占位符中的文本字体设置为"华文行楷"和"华文新魏"，如图 4-134 所示。

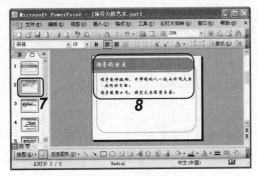

图 4-134　设置字体

（7）选择文本占位符中的所有段落文本，单击"格式"工具栏中的 按钮，如图4-135所示。

（8）单击幻灯片的空白区域，查看设置后的格式效果，如图4-136所示。

图4-135　选择文本　　　　　　　　　　图4-136　设置后的效果

（9）选择第3张幻灯片，同样将标题占位符和文本占位符中的文本字体分别设置为"华文行楷"和"华文新魏"，如图4-137所示。

（10）选择文本占位符中的所有段落文本，然后选择"格式/项目符号和编号"命令，如图4-138所示。

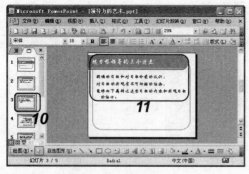
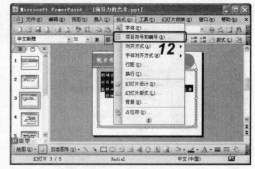

图4-137　设置字体　　　　　　　　　　图4-138　添加项目符号

（11）在打开的"项目符号和编号"对话框中单击"项目符号"选项卡，选择如图4-139所示的项目符号样式，并将"大小"数值框中的数字设置为"50"。

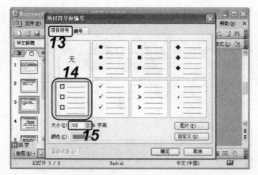

图4-139　选择项目符号样式

（12）在"颜色"下拉列表框中选择如图 4-140 所示的选项，然后单击 确定 按钮。

（13）单击幻灯片的空白区域，查看设置后的格式效果，如图 4-141 所示。

图 4-140　选择颜色

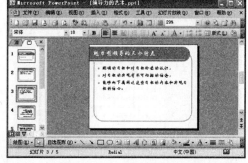
图 4-141　设置后的效果

（14）选择第 4 张幻灯片，将标题占位符和文本占位符中的文本字体分别设置为"华文行楷"和"华文新魏"，如图 4-142 所示。

（15）选择文本占位符中的所有段落文本，单击"格式"工具栏中的 按钮设置段落为左对齐，如图 4-143 所示。

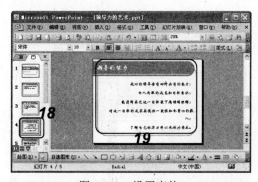
图 4-142　设置字体

图 4-143　设置对齐方式

（16）继续选择"格式/项目符号和编号"命令，如图 4-144 所示。

（17）在打开的"项目符号和编号"对话框中单击"编号"选项卡，选择如图 4-145 所示的编号样式，设置大小为"100"、颜色为"绿色"，单击 确定 按钮。

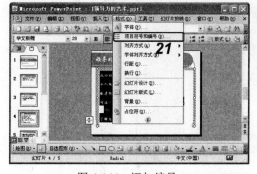
图 4-144　添加编号

图 4-145　设置编号

（18）单击幻灯片的空白区域，查看设置后的格式效果，如图 4-146 所示。

（19）查看效果后发现第 1 段文本不需要添加编号，因此选择该段文本，单击"格式"工具栏中的 🔢 按钮取消编号即可，如图 4-147 所示。

图 4-146　设置后的效果　　　　　　　　图 4-147　取消编号

（20）选择第 5 张幻灯片，将标题占位符和文本占位符中的文本字体分别设置为"华文行楷"和"华文新魏"，如图 4-148 所示。

（21）选择文本占位符中的段落文本，单击"格式"工具栏中的 🔢 按钮取消项目符号，如图 4-149 所示。

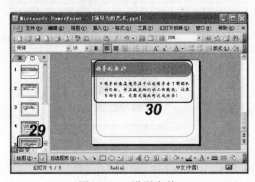

图 4-148　设置字体　　　　　　　　　　图 4-149　取消项目符号

（22）将文本插入点定位到占位符中的最前方，按"Tab"键调整文本首行的缩进距离，如图 4-150 所示。

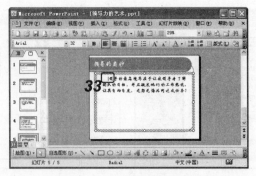

图 4-150　调整首行缩进距离

（23）选择段落文本，然后选择"格式/行距"命令，如图 4-151 所示。

（24）打开"行距"对话框，将"行距"数值框设置为"2"，单击 确定 按钮，如图 4-152 所示。

图 4-151　设置行距

图 4-152　调整行距

📢提示：

设置行距、段前和段后间距时，PowerPoint 默认的单位为"行"，实际操作中可根据需要将单位进行改变，方法为：在"行距"对话框的"行"下拉列表框中选择其他单位选项即可。

（25）单击幻灯片的空白区域，查看设置后的效果，如图 4-153 所示。

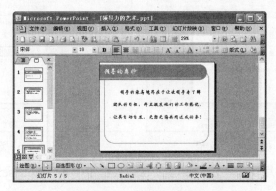

图 4-153　设置后的效果

4.3　上机与项目实训

4.3.1　制作"个人简历"演示文稿

下面将制作"个人简历.ppt"演示文稿，其中需要体现出个人的基本情况、教育情况、工作经历、个人能力以及个人素质等内容。通过对该演示文稿的制作，综合练习演示文稿的新建、模板的应用等操作，并将重点练习文本的输入、格式设置、段落设置和项目符号的使用等内容，制作出的最终效果如图 4-154 所示（立体化教学:\源文件\第 4 章\个人简历.ppt）。

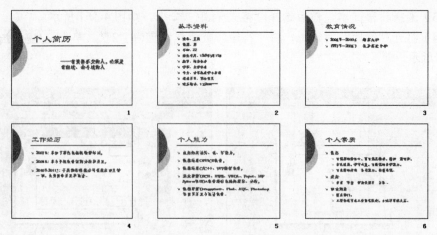

图 4-154　演示文稿的制作效果

1．输入文本

下面首先新建演示文稿，为其应用模板后逐一输入各幻灯片中的文本，操作步骤如下：

（1）启动 PowerPoint，自动新建空白的演示文稿，如图 4-155 所示。

（2）选择"格式/幻灯片设计"命令，如图 4-156 所示。

图 4-155　自动新建演示文稿

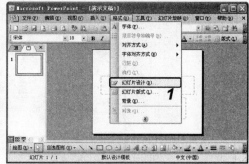

图 4-156　选择命令

（3）打开"幻灯片设计"任务窗格，在列表框中单击"Eclipse.pot"模板缩略图，如图 4-157 所示。

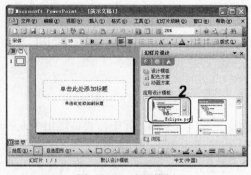

图 4-157　选择模板

（4）为演示文稿应用所选模板后，关闭"幻灯片设计"任务窗格，如图 4-158 所示。

（5）在标题占位符中输入"个人简历"文本作为标题，如图 4-159 所示。

图 4-158　应用设计模板

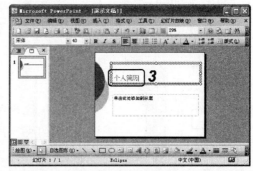

图 4-159　输入标题

（6）在副标题占位符中输入个人的座右铭文本，如图 4-160 所示。

（7）单击"幻灯片"选项卡中的幻灯片缩略图，按"Enter"键新建幻灯片，如图 4-161 所示。

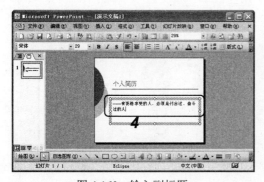

图 4-160　输入副标题

图 4-161　新建幻灯片

（8）单击"大纲"选项卡，在第 2 张幻灯片图标右侧单击鼠标定位文本插入点，如图 4-162 所示。

（9）输入"基本资料"文本，PowerPoint 自动将输入的文本默认为标题，如图 4-163 所示。

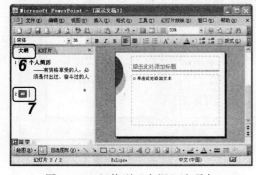

图 4-162　切换到"大纲"选项卡

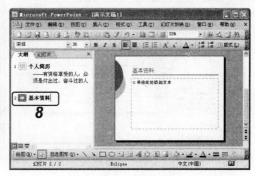

图 4-163　输入标题

（10）按"Ctrl+Enter"键将标题文本降级为普通文本，然后输入具体的内容，如图 4-164 所示。

（11）按"Enter"键，输入同级的另一段文本，如图 4-165 所示。

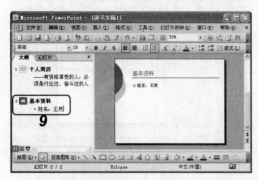
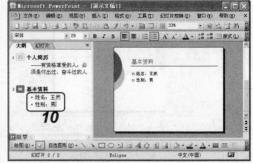

图 4-164　降级输入文本　　　　　　　　　　图 4-165　输入同级文本

（12）继续按"Enter"键并输入同级的其他段落文本，如图 4-166 所示。

（13）按"Ctrl+M"键新建幻灯片，如图 4-167 所示。

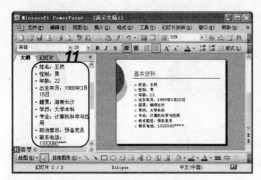
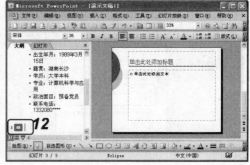

图 4-166　输入其他同级文本　　　　　　　　图 4-167　新建幻灯片

（14）在"大纲"选项卡中依次输入该幻灯片中的标题文本和普通文本，如图 4-168 所示。

（15）新建第 4 张幻灯片，并在"大纲"选项卡中输入需要的文本，如图 4-169 所示。

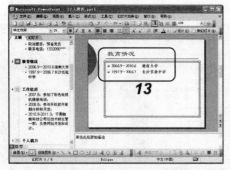
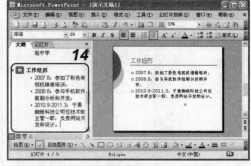

图 4-168　输入标题和普通文本　　　　　　　图 4-169　新建幻灯片并输入文本

（16）新建第 5 张幻灯片，并在"大纲"选项卡中输入需要的文本，如图 4-170 所示。

（17）新建第 6 张幻灯片，在"大纲"选项卡中输入标题文本和下一级别的一段文本，如图 4-171 所示。

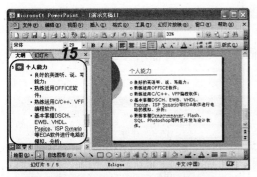
图 4-170　新建第 5 张幻灯片并输入文本

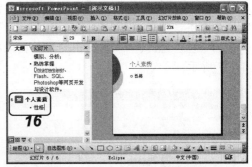
图 4-171　新建第 6 张幻灯片并输入文本

（18）按"Enter"键换行插入点，然后按"Tab"键降级文本，并输入具体的内容，如图 4-172 所示。

（19）利用"Enter"键输入降级后的其他同级文本，如图 4-173 所示。

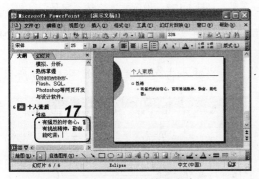
图 4-172　降级并输入文本

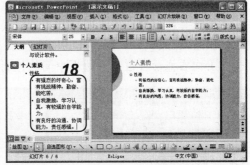
图 4-173　输入同级文本

（20）按"Enter"键换行插入点，按"Shift+Tab"键升级文本并输入具体的内容，如图 4-174 所示。

（21）按照相同方法继续输入不同级别的文本，完成文本输入操作的效果如图 4-175 所示。

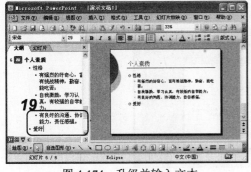
图 4-174　升级并输入文本

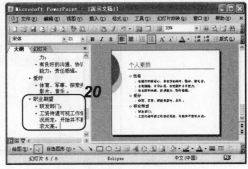
图 4-175　输入其他文本

2．设置格式

下面依次对每张幻灯片中的文本和段落进行格式设置，操作步骤如下：

（1）单击"幻灯片"选项卡，选择第 1 张幻灯片缩略图，并拖动鼠标选择标题占位符中的所有文本，如图 4-176 所示。

（2）通过"格式"工具栏中的下拉列表框将标题文本的格式设置为"隶书、60"，如图 4-177 所示。

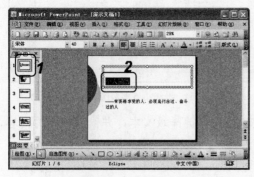

图 4-176　选择文本

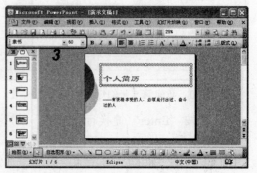

图 4-177　设置文本字体、字号

（3）选择副标题文本，同样利用"格式"工具栏将文本格式设置为"华文仿宋、29、加粗、阴影、深绿色"，如图 4-178 所示。

（4）向右拖动占位符左边框中间的控制点，适当减小占位符宽度，如图 4-179 所示。

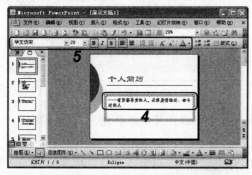

图 4-178　设置文本格式

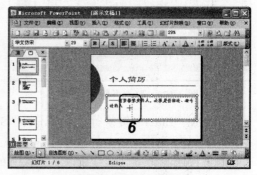

图 4-179　调整占位符

（5）释放鼠标，完成占位符宽度的调整，如图 4-180 所示。

图 4-180　调整后的副标题占位符

（6）选择第 2 张幻灯片，将标题占位符中的文本格式设置为"隶书、44"，将文本占位符中的文本格式设置为"华文仿宋、21、加粗、深绿色"，效果如图 4-181 所示。

（7）选择文本占位符中的所有段落，然后选择"格式/项目符号和编号"命令，如图 4-182 所示。

图 4-181 设置文本格式效果   图 4-182 设置项目符号

（8）在打开"项目符号和编号"对话框中单击"项目符号"选项卡，然后单击 自定义(U)... 按钮，如图 4-183 所示。

（9）打开"符号"对话框，选择如图 4-184 所示的项目符号选项，然后单击 确定 按钮。

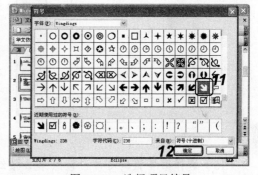

图 4-183 自定义项目符号   图 4-184 选择项目符号

（10）返回"项目符号和编号"对话框，单击 确定 按钮，如图 4-185 所示。

图 4-185 确认设置

（11）保持段落的选择状态，选择"格式/行距"命令，如图 4-186 所示。

（12）打开"行距"对话框，将"段后"数值框中的数字设置为"0.2"，单击 确定 按钮，如图 4-187 所示。

图 4-186　设置行距　　　　　　　　图 4-187　设置段后间距

（13）单击幻灯片的空白区域，查看设置后的效果，如图 4-188 所示。

（14）选择第 3 张幻灯片，按照第 2 张幻灯片的效果，分别设置标题文本、普通文本和项目符号格式，如图 4-189 所示。

图 4-188　设置后的效果　　　　　　图 4-189　设置第 3 张幻灯片

（15）选择第 4 张幻灯片，按照第 2 张幻灯片的效果，分别设置标题文本、普通文本和项目符号格式，并将段后间距设置为"0.5 行"，如图 4-190 所示。

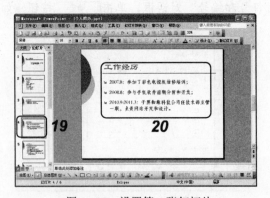

图 4-190　设置第 4 张幻灯片

（16）选择第 5 张幻灯片，按照第 2 张幻灯片的效果，分别设置标题文本、普通文本和项目符号格式，并将段后间距设置为"0.3 行"，如图 4-191 所示。

（17）选择第 6 张幻灯片，按照第 2 张幻灯片的效果，分别设置标题文本、普通文本和项目符号格式，并将段后间距设置为"0.1 行"，最后保存演示文稿完成本例操作，如图 4-192 所示。

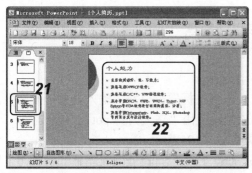

图 4-191　设置第 5 张幻灯片　　　　　　　图 4-192　设置第 6 张幻灯片

4.3.2　制作"毕业设计"演示文稿

综合利用本章所学知识，制作"毕业设计.ppt"演示文稿，完成后的最终效果如图 4-193 所示（立体化教学:\源文件\第 4 章\毕业设计.ppt）。

图 4-193　演示文稿的最终效果

本练习可结合立体化教学中的视频演示进行学习（立体化教学:\视频演示\第 4 章\毕业设计.swf）。主要操作步骤如下：

（1）启动 PowerPoint，为自动新建的空白演示文稿应用"Refined.pot"设计模板。

（2）将幻灯片数量增加到 8 张，并分别在各张幻灯片中输入文本。

（3）将标题文本格式设置为"华文彩云、44"（第 1 张幻灯片的标题字号为"56"，其他标题幻灯片的标题文本中每字之间添加一个空格）。

（4）将其他占位符中的文本格式设置为"华文琥珀、31"。

（5）单独选择第5张幻灯片，选择文本占位符中的所有文本，利用"字体"对话框将西文字体设置为"Arial"。

（6）取消第3张和第7张幻灯片的项目符号，按两次"Tab"键调整文本的缩进距离。

（7）将第2张和第4张幻灯片的项目符号样式更改为"笑脸"样式█。

（8）为第5张和第6张幻灯片添加编号，样式为"①、②、③……"。

4.4 练习与提高

1．新建演示文稿并输入文本，效果如图4-194所示。

提示：首先为其应用"标题和文本"版式，然后在标题占位符中输入"月下独酌"，在文本占位符中输入具体的诗词内容，最后为幻灯片应用"飞天月舞.pot"设计模板。

2．在上一题的基础上设置文本格式，效果如图4-195所示。

提示：将标题文本格式设置为"华文隶书、66、白色"，将普通文本格式设置为"华文行楷、36、白色、居中对齐"，并取消段落左侧的项目符号。

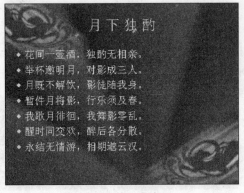

图 4-194　输入文本

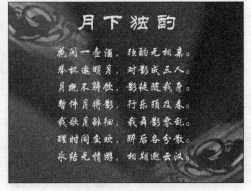

图 4-195　设置文本格式

3．在上一题的基础上，利用文本框添加诗词的作者名称，效果如图4-196所示（立体化教学:\源文件\第4章\月下独酌.ppt）。

提示：将字体格式设置为"楷体、24、加粗"，最后适当调整文本框的大小和位置。

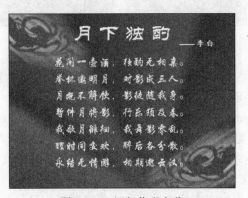

图 4-196　添加作者名称

4. 应用"心心相印.pot"设计模板，新建演示文稿，并在每张幻灯片中输入相应的内容，然后分别对每张幻灯片的文本以及第 1 张幻灯片的占位符进行不同的格式设置，主要包括字体、字号、颜色，自定义项目符号和对齐方式以及行距的设置等，最终效果如图 4-197 所示（立体化教学:\源文件\第 4 章\教学设计.ppt）。

提示：本练习可结合立体化教学中的视频演示进行学习（立体化教学:\视频演示\第 4 章\教学设计.swf）。

图 4-197　演示文稿的最终效果

经验技巧　文本在演示文稿中的应用

文本是组成演示文稿的重要元素，但如何使用文本才能最大限度的发挥它的作用呢？下面简要对文本在演示文稿中的应用方法以及有利于提高文本输入效率的方法进行介绍。

- **找准重点**：文本是幻灯片内容表达的窗口，观看者通过文本就能第一时间了解幻灯片要传达的内容，因此幻灯片中的文本，特别是标题文本，一定要找准重点，否则设计得再精美，内容再丰富，也无法达到最初想要表达的目的。

- **简明扼要**：演示文稿中的每张幻灯片面积有限，因此其中能容纳文本的地方也是有限的，特别是对于标题文本，一定要简明扼要，让观看者一眼就能了解此演示文稿或此张幻灯片要展示的内容。

- **避免拖沓**：标题文本一定要简明扼要，但这并不表示内容文本就可以拖沓，观看者可以忍受极少数的幻灯片中充满文本的情况，但绝对不会忍受所有幻灯片中都是拖沓的文本。因此对于内容文本而言，也尽量简洁，既体现了要表现的东西，又能避免拖沓。

- **格式统一**：整个演示文稿中的文本一定要格式统一，五花八门的格式会让观看者更容易产生视觉疲劳。一般来说，标题幻灯片中的文本格式可以别具一格，然后每张幻灯片中的标题文本格式应统一，每张幻灯片的内容文本格式也应统一。

第 5 章　图形的使用

学习目标

- ☑ 通过插入与编辑剪贴画制作"古董展示"演示文稿
- ☑ 通过插入与编辑剪贴画和图片制作"成功"演示文稿
- ☑ 通过绘制与编辑自选图形制作"卧龙大熊猫"演示文稿
- ☑ 通过插入与编辑艺术字制作"吉祥如意"演示文稿
- ☑ 通过添加和编辑组织结构图等制作"组织结构图"演示文稿
- ☑ 通过创建相册制作"雁荡山"演示文稿

目标任务&项目案例

"古董展示"演示文稿

"成功"演示文稿

"卧龙大熊猫"演示文稿

"吉祥如意"演示文稿

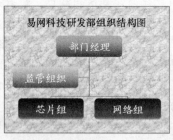

"组织结构图"演示文稿

"雁荡山"演示文稿

　　在幻灯片中插入图形对象可使幻灯片的内容更加美观，吸引观众的视线。本章将具体讲解剪贴画、图片、自选图形、艺术字以及组织结构图等对象的插入与编辑方法，并将介绍利用 PowerPoint 快速创建相册等内容。

5.1 插入与编辑剪贴画和图片

若一个演示文稿仅仅依靠文本来传递观点、主题，难免会让观众感觉枯燥，此时若在演示文稿中插入合适、贴切的图片，则很容易让观众产生共鸣。下面就介绍在演示文稿中插入与编辑剪贴画和图片的方法。

5.1.1 插入剪贴画

剪贴画是一种.wmf 格式的图片对象，PowerPoint 提供了大量的剪贴画，它们位于 Microsoft 剪辑库中，插入剪贴画的方法主要有以下两种：

- 选择"插入/图片/剪贴画"命令或单击"绘图"工具栏中的▣按钮，打开"剪贴画"任务窗格，如图 5-1 所示。在"搜索文字"文本框中输入需插入的剪贴画名称，在"搜索范围"下拉列表框中设置搜索范围，在"结果类型"下拉列表框中设置搜索对象，单击 搜索 按钮，然后在搜索结果中单击所需剪贴画缩略图即可将其插入到幻灯片中。
- 单击对象占位符中的▣按钮，打开"选择图片"对话框，如图 5-2 所示。在"搜索文字"文本框中输入需插入的剪贴画名称，单击 搜索 按钮，然后在搜索结果中选择所需图片缩略图并单击 确定 按钮即可将其插入到占位符中。

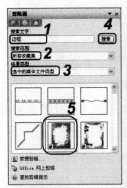

图 5-1 通过任务窗格插入剪贴画　　　　　图 5-2 通过对象占位符插入剪贴画

提示：

若电脑可以连接到 Internet 中，PowerPoint 默认会自动搜索 Internet 上符合条件的剪贴画对象以获取更多精致的剪贴画。在搜索结果列表框中剪贴画缩略图左下角若出现▣图标，则表示该剪贴画是通过连接 Internet 获得的。

【例 5-1】 在"古董展示.ppt"演示文稿的第 1 张幻灯片中通过任务窗格搜索并插入"标志"剪贴画。

（1）打开"古董展示.ppt"演示文稿（立体化教学:\实例素材\第 5 章\古董展示.ppt），选择第 1 张幻灯片，然后选择"插入/图片/剪贴画"命令，如图 5-3 所示。

（2）打开"剪贴画"任务窗格，在"搜索文字"文本框中输入"标志"，在"搜索范

PowerPoint 幻灯片制作

"围"下拉列表框中选择"所有收藏集"选项，如图 5-4 所示。

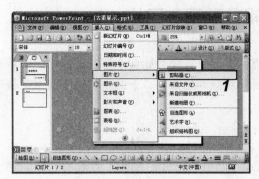 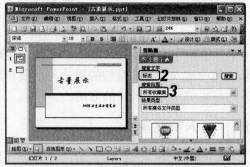

图 5-3　插入剪贴画　　　　　　　　图 5-4　输入名称并设置搜索范围

（3）单击"结果类型"下拉列表框右侧的下拉按钮，在弹出的下拉列表中选中☑ 剪帖画复选框，如图 5-5 所示。

（4）设置完搜索条件后，单击 搜索 按钮，如图 5-6 所示。

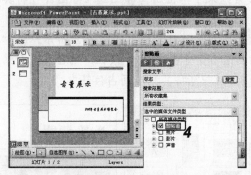 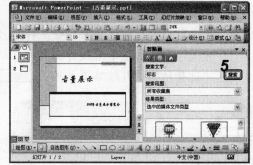

图 5-5　设置搜索类型　　　　　　　　图 5-6　开始搜索剪贴画

（5）在搜索结果列表框中单击需插入的剪贴画缩略图，如图 5-7 所示。此时所选剪贴画便插入到第 1 张幻灯片中了，效果如图 5-8 所示。

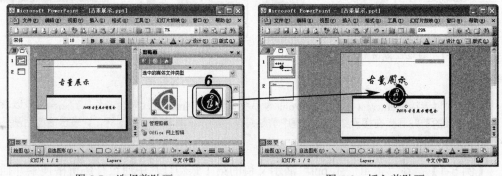

图 5-7　选择剪贴画　　　　　　　　图 5-8　插入剪贴画

5.1.2　插入图片

剪贴画虽然能在一定程度上丰富演示文稿的内容，但往往不能满足设计者对图片的实

100

际需求,此时就可考虑通过插入电脑中的图片来进行补充。与剪贴画类似,在演示文稿中插入图片的方法也有如下两种:

➥ 选择"插入/图片/来自文件"命令或单击"绘图"工具栏中的█按钮。

➥ 单击对象占位符中的█按钮。

执行以上任意操作后都将打开"插入图片"对话框,如图 5-9 所示。在"查找范围"下拉列表框中选择图片保存的文件夹,在列表框中选择需插入的图片,单击 插入(S) 按钮即可将其插入到幻灯片中。

图 5-9 "插入图片"对话框

【例 5-2】 在"古董展示.ppt"演示文稿的第 2 张幻灯片中通过对象占位符插入"t1"和"t2"图片。

(1)选择"古董展示.ppt"演示文稿(立体化教学:\实例素材\第 5 章\古董展示.ppt)中的第 2 张幻灯片,单击左侧对象占位符中的█按钮,如图 5-10 所示。

(2)打开"插入图片"对话框,在"查找范围"下拉列表框中选择立体化教学提供的实例素材中的"第 5 章"选项,在下方的列表框中选择"t1.jpg"图片,单击 插入(S) 按钮,如图 5-11 所示。

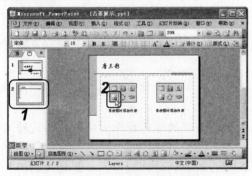

图 5-10 单击对象占位符按钮

图 5-11 选择图片

(3)此时选择的图片便插入到左侧的占位符中,继续单击右侧占位符中的█按钮,如图 5-12 所示。

图 5-12 单击对象占位符按钮

（4）打开"插入图片"对话框，选择"t2.jpg"图片（立体化教学:\实例素材\第5章\t2.jpg），单击 [插入(S)] 按钮，如图5-13所示。此时所选图片便插入到右侧的占位符中了，如图5-14所示。

图5-13　选择图片　　　　　　　　　　　图5-14　插入的图片

5.1.3　编辑剪贴画与图片

在演示文稿中插入了剪贴画和图片后，可以调整这些对象的大小及其在幻灯片中的位置，还可利用"图片"工具栏对其色彩、对比度、亮度等进行设置，如图5-15所示。下面介绍常见的编辑剪贴画与图片的方法以及"图片"工具栏上各按钮的作用。

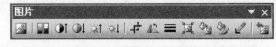

图5-15　"图片"工具栏

- ➥ **调整大小**：选择剪贴画或图片后，通过拖动其四周的任意一个白色控制点即可调整对象的宽度和高度。
- ➥ **调整位置**：将鼠标指针移至剪贴画或图片上，按住鼠标左键不放并拖动即可移动对象的位置。
- ➥ **旋转对象**：选择剪贴画或图片后，拖动其上出现的绿色控制点便可自由旋转所选对象。
- ➥ **"插入图片"按钮**：单击该按钮后，可在打开的对话框中选择需插入的图片并插入到幻灯片中。
- ➥ **"颜色"按钮**：单击该按钮后，可在弹出的下拉列表中选择相应的颜色选项来调整所选对象的色彩，包括"自动"、"灰度"、"黑白"和"冲蚀"等效果。
- ➥ **"增加对比度"按钮**：单击该按钮可增加所选对象的对比度。
- ➥ **"降低对比度"按钮**：单击该按钮可降低所选对象的对比度。
- ➥ **"增加亮度"按钮**：单击该按钮可增加所选对象的亮度。
- ➥ **"降低亮度"按钮**：单击该按钮可降低所选对象的亮度。
- ➥ **"裁剪"按钮**：单击该按钮后，可通过拖动出现在对象边框上的短线裁剪对象内容，完成后单击幻灯片其他区域确认裁剪操作即可。
- ➥ **"向左旋转90°"按钮**：单击该按钮可按每次逆时针旋转90°的模式旋转对象。
- ➥ **"线型"按钮**：单击该按钮后，可在弹出的下拉列表中选择不同线型为所选对象快速添加边框。
- ➥ **"压缩图片"按钮**：单击该按钮，可打开"压缩图片"对话框，通过对参数进行设置可适当减少对象大小，但有可能降低对象质量。

➥ "图片重新着色"按钮📷：单击该按钮，可在打开的对话框中为所选对象重新设置颜色，常用于剪贴画。

➥ "设置图片格式"按钮📷：单击该按钮或在对象上单击鼠标右键，在弹出的快捷菜单中选择"设置图片格式"命令，打开"设置图片格式"对话框，从中可以更为精确地设置对象大小、位置以及为对象设置边框等。

➥ "设置透明色"按钮✍：单击该按钮后，将鼠标指针移至对象上需隐藏的色彩位置并单击鼠标，可将对象上所有相同的颜色透明化，适用于有背景色的图片。

➥ "重设图片"按钮📷：单击该按钮将取消所有对对象的设置，将对象恢复为插入时的默认状态。

【例 5-3】 对"古董展示.ppt"演示文稿中的剪贴画和图片进行适当编辑（立体化教学:\源文件\第 5 章\古董展示.ppt）。

（1）选择"古董展示.ppt"演示文稿中的第 1 张幻灯片，选择其中插入的剪贴画，在自动打开的"图片"工具栏（若没有自动打开，则在工具栏空白处单击鼠标右键，在弹出的快捷菜单中选择"图片"命令）中单击📷按钮，如图 5-16 所示。

（2）打开"图片重新着色"对话框，在"更改为"栏下的第 1 个下拉列表框中单击如图 5-17 所示的色块，然后单击 确定 按钮。

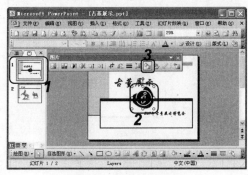
图 5-16 选择剪贴画

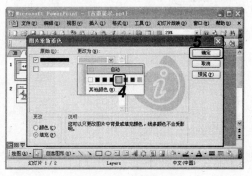
图 5-17 重新着色

（3）此时剪贴画应用了新的颜色，向左下方拖动剪贴画右上角的控制点，适当缩小剪贴画的大小，如图 5-18 所示。

图 5-18 调整剪贴画大小

（4）将鼠标指针移至剪贴画上，按住鼠标左键向右上方拖动，调整剪贴画的位置，如图 5-19 所示。

（5）单击幻灯片其他区域，查看编辑剪贴画后的效果，如图 5-20 所示。

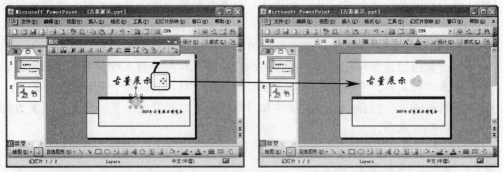

图 5-19　调整剪贴画位置　　　　　图 5-20　编辑剪贴画后的效果

（6）选择第 2 张幻灯片，并选择左侧的图片，如图 5-21 所示。

（7）单击"图片"工具栏上的按钮，此时鼠标指针将变为如图 5-22 所示的形状，在所选图片上的白色区域单击鼠标。

图 5-21　选择图片　　　　　　　　图 5-22　设置图片透明色

（8）此时图片的白色背景消失了，接着适当缩小图片，如图 5-23 所示。

（9）将图片稍微向右上方移动，如图 5-24 所示。

图 5-23　缩小图片　　　　　　　　图 5-24　移动图片

（10）选择右侧的图片，用相同方法去除白色背景，如图 5-25 所示。

（11）单击"图片"工具栏上的 按钮两次，增加图片亮度，如图 5-26 所示。

图 5-25　取消背景颜色　　　　　　　　图 5-26　增加亮度

（12）单击"图片"工具栏上的 按钮 4 次，增加图片对比度，完成对图片的编辑操作，效果如图 5-27 所示。

图 5-27　增加对比度

5.1.4　应用举例——在"成功"演示文稿中插入与编辑图片

本例通过在"成功.ppt"演示文稿中插入并编辑图片和剪贴画来综合练习前面讲解的内容，最终效果如图 5-28 所示（立体化教学:\源文件\第 5 章\成功.ppt）。

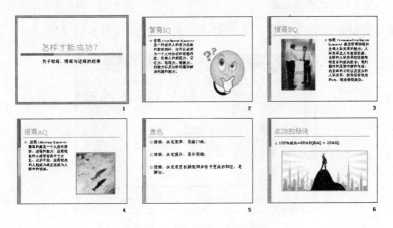

图 5-28　演示文稿的最终效果

操作步骤如下：

（1）打开"成功.ppt"演示文稿（立体化教学:\实例素材\第 5 章\成功.ppt），选择第 2
张幻灯片，单击对象占位符中的圖按钮，如图 5-29 所示。

（2）打开"选择图片"对话框，在"搜索文字"文本框中输入"思考"，单击右侧的
搜索 按钮，如图 5-30 所示。

图 5-29　单击按钮

图 5-30　搜索剪贴画

（3）单击搜索结果列表框中如图 5-31 所示的剪贴画缩略图，然后单击 确定 按钮。

（4）此时所选剪贴画便被插入到幻灯片中，拖动左下角的控制点，适当放大剪贴画大
小，如图 5-32 所示。

图 5-31　选择剪贴画

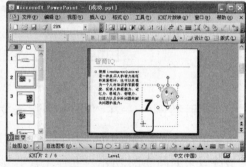

图 5-32　调整剪贴画大小

（5）拖动剪贴画，适当调整其在幻灯片中的位置，如图 5-33 所示。

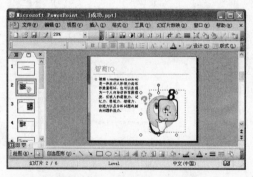

图 5-33　调整剪贴画位置

（6）保持剪贴画的选择状态，单击"图片"工具栏上的 按钮，如图 5-34 所示。

（7）打开"图片重新着色"对话框，在"更改为"栏的第 3 个下拉列表框中选择如图 5-35 所示的颜色，然后单击 确定 按钮。

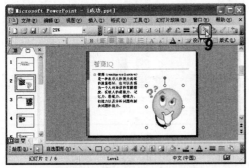 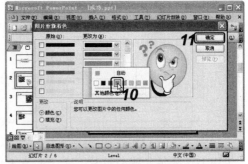

图 5-34　为剪贴画重新着色　　　　　图 5-35　选择颜色

（8）单击幻灯片空白区域，查看设置后的剪贴画效果，如图 5-36 所示。

（9）选择第 3 张幻灯片，然后选择"插入/图片/来自文件"命令，如图 5-37 所示。

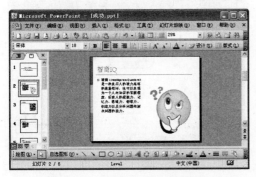 

图 5-36　设置后的剪贴画效果　　　　　图 5-37　选择命令

（10）打开"插入图片"对话框，在其中选择"qs.jpg"图片（立体化教学:\实例素材\第 5 章\qs.jpg），然后单击 插入(S) 按钮，如图 5-38 所示。

（11）将插入到幻灯片中的图片移动到如图 5-39 所示的位置。

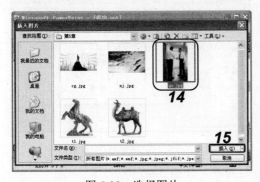 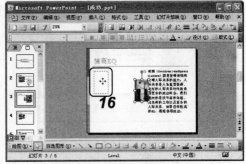

图 5-38　选择图片　　　　　图 5-39　移动图片

（12）拖动图片右下角的控制点，适当调整图片大小，如图 5-40 所示。

（13）单击幻灯片空白区域，查看图片设置后的效果，如图 5-41 所示。

图 5-40　放大图片　　　　　　　　　　图 5-41　设置后的图片效果

（14）选择第 4 张幻灯片，单击对象占位符中的■按钮，如图 5-42 所示。

（15）打开"插入图片"对话框，选择"nj.jpg"图片（立体化教学:\实例素材\第 5 章\nj.jpg），然后单击 插入(S) 按钮，如图 5-43 所示。

图 5-42　单击按钮　　　　　　　　　　　图 5-43　选择图片

（16）图片插入到幻灯片中后，单击"图片"工具栏中的■按钮，如图 5-44 所示。

（17）向右拖动图片左侧边框中间的裁剪控制条，如图 5-45 所示。

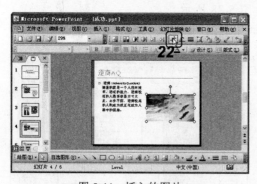

图 5-44　插入的图片　　　　　　　　　　图 5-45　裁剪图片

（18）释放鼠标，此时图片将显示裁剪后的内容，如图 5-46 所示。

（19）单击幻灯片其他区域，确认对图片的裁剪操作，如图 5-47 所示。

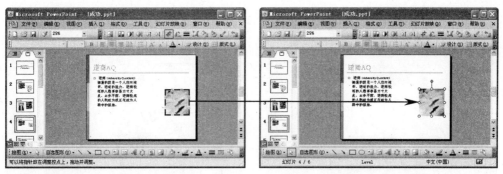

图 5-46　裁剪后的效果　　　　　　图 5-47　确认裁剪

（20）适当调整图片大小和位置，效果如图 5-48 所示。

（21）在图片上单击鼠标右键，在弹出的快捷菜单中选择"设置图片格式"命令，如图 5-49 所示。

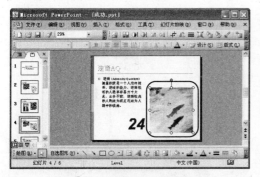

图 5-48　调整图片大小和位置

图 5-49　选择"设置图片格式"命令

（22）在打开的"设置图片格式"对话框中单击"颜色和线条"选项卡，在"线条"栏中的"颜色"下拉列表框中选择黄绿色对应的颜色选项，在右侧的"样式"下拉列表框中选择 6 磅线条对应的选项，然后单击 确定 按钮，如图 5-50 所示。

（23）单击幻灯片空白区域，查看图片设置后的效果，如图 5-51 所示。

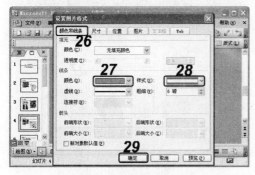

图 5-50　设置边框颜色和样式

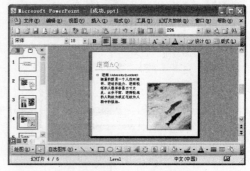

图 5-51　图片设置后的效果

（24）选择第 6 张幻灯片，单击对象占位符中的 按钮，如图 5-52 所示。

（25）打开"插入图片"对话框，选择"cg.jpg"图片（立体化教学:\实例素材\第 5

章\cg.jpg），然后单击 插入(S) 按钮，如图5-53所示。

图5-52 插入图片

图5-53 选择图片

（26）调整图片的大小和位置，效果如图5-54所示。

（27）保持图片的选择状态，单击"图片"工具栏中的 ▦ 按钮，在弹出的下拉列表中选择"灰度"选项，如图5-55所示。

图5-54 调整图片大小和位置

图5-55 设置图片色彩

（28）此时图片将变为灰色效果，如图5-56所示。最后为图片添加颜色为"黄绿色"、样式为 ▬▬▬ 的边框，完成操作后的效果如图5-57所示。

图5-56 应用色彩

图5-57 添加边框

✎ 技巧：

双击图片或剪贴画可快速打开"设置图片格式"对话框。

5.2　添加自选图形与艺术字

本节将重点介绍除剪贴画和图片之外的其他具有图片属性的对象，它们是自选图形和艺术字。在演示文稿中合理使用自选图形和艺术字，不仅可以提高演示文稿的生动性和美观性，而且可以更加自主地设置幻灯片的布局。下面就开始介绍这两种对象的使用方法。

5.2.1　绘制与编辑自选图形

由于自选图形具备图片属性，所以对其进行位置、大小、旋转和格式等设置都与图片的设置方法相同。这里将主要介绍绘制自选图形以及在自选图形上添加文本的方法。

1．绘制自选图形

绘制自选图形的方法为：选择"插入/图片/自选图形"命令，打开"自选图形"工具栏，或直接在"绘图"工具栏上单击 自选图形(U)▾ 按钮，在弹出的下拉列表中选择所需图形的类别选项，在弹出的列表中选择对应图形选项，然后将鼠标指针移至幻灯片空白区域，按住鼠标左键不放并拖动，确定自选图形大小后释放鼠标即可绘制出所选的图形。

【例 5-4】　在"卧龙大熊猫.ppt"演示文稿中添加云形标注，并对该自选图形进行适当设置。

（1）打开"卧龙大熊猫.ppt"演示文稿（立体化教学:\实例素材\第 5 章\卧龙大熊猫.ppt），单击"绘图"工具栏中的 自选图形(U)▾ 按钮，在弹出的下拉列表中选择"标注"选项下的"云形标注"选项，如图 5-58 所示。

（2）将鼠标指针移至幻灯片中，当其变为＋形状时，按住鼠标左键不放并拖动鼠标绘制选择的自选图形，如图 5-59 所示。

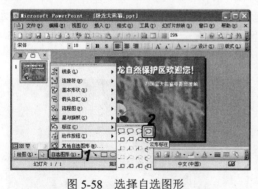

图 5-58　选择自选图形

图 5-59　绘制自选图形

（3）释放鼠标，完成云形标注的绘制，如图 5-60 所示。

（4）拖动云形标注上的黄色控制点，调整标注柄的位置，如图 5-61 所示。

📢 提示:

当选择自选图形后出现黄色控制点时，表示拖动该控制点可以调整自选图形中部分图形的形状，而并不是所有自选图形都具备这种设置功能，比如线条、矩形、圆形等基本图形则只能通过控制点调整大小和旋转角度。

图 5-60　绘制的云形标注

图 5-61　调整标注柄的位置

（5）在云形标注的边框上拖动鼠标，调整云形位置，如图 5-62 所示。

（6）然后在云形标注上单击鼠标右键，在弹出的快捷菜单中选择"设置自选图形格式"命令，如图 5-63 所示。

图 5-62　调整云形位置

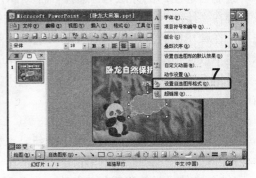

图 5-63　设置云形标注格式

（7）在打开的"设置自选图形格式"对话框中单击"颜色和线条"选项卡，在"填充"栏的"颜色"下拉列表框中选择绿色对应的选项，然后单击 [确定] 按钮，如图 5-64 所示。

（8）关闭对话框后，单击幻灯片的空白区域，查看云形标注设置后的效果，如图 5-65 所示。

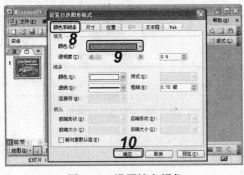

图 5-64　设置填充颜色

图 5-65　设置后的云形标注

2．为自选图形添加和编辑文本

除了线条、连接符等少数自选图形外，其他自选图形都允许在其中进行文本的添加和编辑等操作，其方法与在文本框中输入文本和设置文本格式类似，只需在自选图形上单击鼠标右键，在弹出的快捷菜单中选择"添加文本"或"编辑文本"命令，然后输入并设置文本格式即可。

【例 5-5】 在"卧龙大熊猫.ppt"演示文稿中的云形标注上添加并设置文本格式，效果如图 5-66 所示（立体化教学:\源文件\第 5 章\卧龙大熊猫.ppt）。

（1）在"卧龙大熊猫.ppt"演示文稿中的云形标注上单击鼠标右键，在弹出的快捷菜单中选择"编辑文本"命令，如图 5-67 所示。

图 5-66 最终效果

图 5-67 选择命令

（2）此时云形标注中将出现闪烁的文本插入点，如图 5-68 所示。

（3）输入需要的文本内容，如图 5-69 所示。

（4）拖动鼠标选择文本，将其字体格式设置为"华文行楷、24"，完成操作。

图 5-68 出现的文本插入点

图 5-69 输入文本

5.2.2 插入与编辑艺术字

艺术字结合了文本和图片的双重特点，是美化幻灯片的一个非常实用的对象，特别适用于幻灯片中的标题文本或需要吸引观众眼球的文本。在演示文稿中插入与编辑艺术字的方法为：选择"插入/图片/艺术字"命令或直接单击"绘图"工具栏上的 按钮，在打开的对话框中选择艺术字样式，然后输入艺术字内容并设置艺术字字体格式即可。插入艺术字后，可按照编辑图片的方法调整艺术字的大小、位置和旋转角度，并可进一步利用自动打开的"艺术字"工具栏对艺术字进行更多的编辑操作。

【例 5-6】 在"吉祥如意.ppt"演示文稿中插入并编辑艺术字，效果如图 5-70 所示（立体化教学:\源文件\第 5 章\吉祥如意.ppt）。

（1）打开"吉祥如意.ppt"演示文稿，选择"插入/图片/艺术字"命令，如图 5-71 所示。

图 5-70　设置后的效果

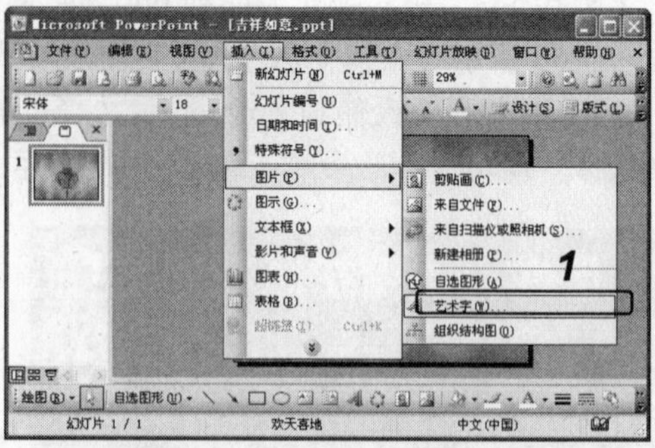

图 5-71　选择插入艺术字命令

（2）打开"艺术字库"对话框，在其中选择如图 5-72 所示的艺术字样式，然后单击 确定 按钮。

（3）打开"编辑'艺术字'文字"对话框，在"文字"文本框中输入"吉祥如意"，在"字体"下拉列表框中选择"隶书"选项，单击 确定 按钮，如图 5-73 所示。

图 5-72　选择艺术字样式

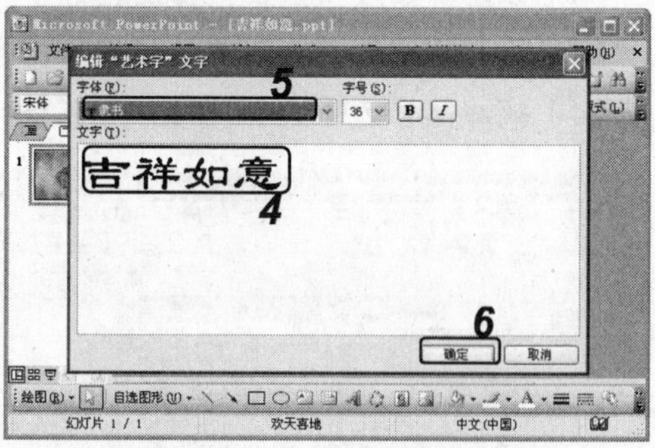

图 5-73　输入并设置艺术字字体

（4）此时幻灯片中将插入所设置的艺术字，并自动打开"艺术字"工具栏，如图 5-74 所示。

（5）单击"艺术字"工具栏上的"艺术字形状"按钮，在弹出的下拉列表中选择"细上弯弧"选项，如图 5-75 所示。

📢提示：

> 插入艺术字后，双击该艺术字对象可重新打开"编辑'艺术字'文字"对话框，以方便用户对艺术字内容和字体格式进行修改。

（6）保持艺术字的选择状态，向右下方拖动艺术字右下角的白色控制点，适当放大艺术字大小，如图 5-76 所示。

图 5-74　插入的艺术字效果

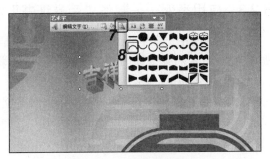

图 5-75　设置艺术字形状

（7）拖动艺术字左下侧的黄色控制点，适当增加艺术字的弯曲程度，如图 5-77 所示。

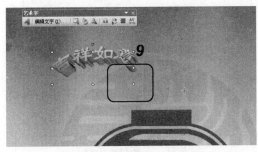

图 5-76　设置艺术字大小

图 5-77　调整艺术字弯曲程度

（8）拖动艺术字上方的绿色控制点，将艺术字稍微向顺时针方向旋转一定角度，如图 5-78 所示。

（9）在艺术字上拖动鼠标调整艺术字位置，如图 5-79 所示。

（10）单击幻灯片空白区域，查看艺术字的最终效果。

图 5-78　旋转艺术字

图 5-79　移动艺术字

技巧：

选择艺术字后，单击"艺术字"工具栏上的 按钮，可在弹出的下拉列表中通过选择不同的选项调整艺术字文字之间的间距。

5.2.3 应用举例——制作"荣誉证书"演示文稿

本例通过在"荣誉证书.ppt"演示文稿中插入与编辑自选图形和艺术字的操作，来制作如图 5-80 所示的荣誉证书幻灯片（立体化教学:\源文件\第 5 章\荣誉证书.ppt）。

操作步骤如下：

（1）打开"荣誉证书.ppt"演示文稿（立体化教学:\实例素材\第 5 章\荣誉证书.ppt），单击"绘图"工具栏上的 自选图形(U) 按钮，在弹出的下拉列表中选择"星与旗帜"类别下的"前凸带形"选项，如图 5-81 所示。

图 5-80 演示文稿的最终效果

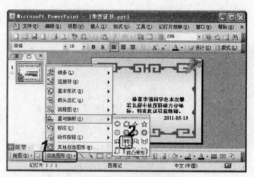

图 5-81 选择自选图形

（2）在幻灯片上方按住鼠标左键不放并拖动鼠标，绘制选择的自选图形，如图 5-82 所示。

（3）释放鼠标完成自选图形的绘制，拖动下方的黄色控制点，适当增加自选图形中圆角矩形的宽度，如图 5-83 所示。

图 5-82 绘制自选图形

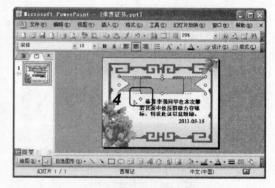

图 5-83 调整圆角矩形的宽度

（4）在自选图形上单击鼠标右键，在弹出的快捷菜单中选择"设置自选图形格式"命令，如图 5-84 所示。

（5）打开"设置自选图形格式"对话框，单击"颜色和线条"选项卡，在"线条"栏中的"颜色"下拉列表框中选择红色对应的选项，单击 确定 按钮，如图 5-85 所示。

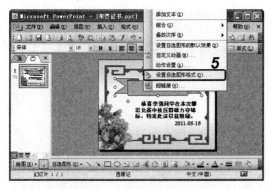

图 5-84　选择"设置自选图形格式"命令

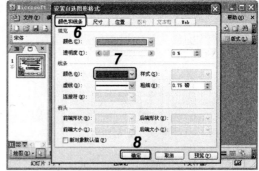

图 5-85　调整线条颜色

（6）完成自选图形的编辑后，单击"绘图"工具栏中的按钮，如图 5-86 所示。

（7）打开"艺术字库"对话框，选择如图 5-87 所示的艺术字样式，单击 确定 按钮。

图 5-86　单击插入艺术字按钮

图 5-87　选择艺术字样式

（8）打开"编辑'艺术字'文字"对话框，在"文字"文本框中输入"荣 誉 证 书"，并将字体设置为"华文中宋"，然后单击 确定 按钮，如图 5-88 所示。

（9）将插入到幻灯片中的艺术字拖动到自选图形的圆角矩形区域，如图 5-89 所示。

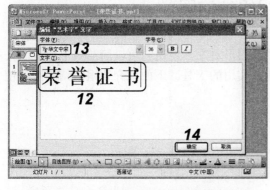

图 5-88　输入艺术字内容并设置艺术字字体

图 5-89　移动艺术字

（10）拖动白色控制点适当调整艺术字的高度和宽度，效果如图 5-90 所示。

（11）保持艺术字的选择状态，单击"艺术字"工具栏中的按钮，如图 5-91 所示。

 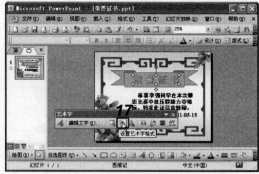

图 5-90　调整艺术字大小　　　　　　　　图 5-91　设置艺术字格式

（12）打开"设置艺术字格式"对话框，单击"颜色和线条"选项卡，将填充颜色和线条颜色均设置为红色，然后单击 确定 按钮，如图 5-92 所示。

（13）完成艺术字的设置，如图 5-93 所示，保存演示文稿即可。

图 5-92　设置艺术字颜色　　　　　　　　图 5-93　设置后的效果

5.3　插入组织结构图

组织结构图是一种具有流程、层次等关系的图形对象，使用它可以简洁明了地说明公司的组织结构或工作的具体流程等，是一种非常实用的工具。下面就介绍组织结构图的使用方法。

5.3.1　添加组织结构图

在幻灯片中添加组织结构图的方法非常简单，主要有如下两种方法：

- 选择"插入/图片/组织结构图"命令即可，如图 5-94 所示。
- 选择"插入/图示"命令或直接单击"绘图"工具栏中的按钮，打开"图示库"对话框，在其中选择"组织结构图"选项后，单击 确定 按钮，如图 5-95 所示。

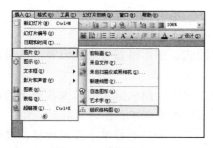

图 5-94 选择命令

图 5-95 选择图示类型

📢提示：

> 除组织结构图外，在"图示库"中还包括循环图、射线图、棱锥图、维恩图和目标图等图形对象可供使用。

5.3.2 在组织结构图中编辑文本

在幻灯片中添加了组织结构图后，便可在各图形中输入与编辑文本了，还可以根据需要插入或删除组织结构图中的图形。下面就对这些操作的实现方法进行介绍。

- 📩 **输入与编辑文本**：单击组织结构图中的某个图形便可输入文本，如图 5-96 所示，之后拖动鼠标选择文本便可进行修改和格式设置等操作。
- 📩 **选择图形**：将鼠标指针移至某个图形上，当其变为🖐形状后单击鼠标即可选择该图形，也可先将文本插入点定位到图形中，然后单击该图形的边框来选择图形，如图 5-97 所示。

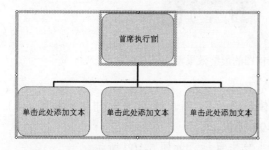

图 5-96 输入文本

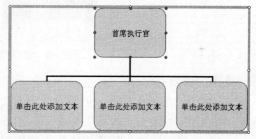

图 5-97 选择图形

✒技巧：

> 单击"组织结构图"工具栏上的 选择(C)▼ 按钮，在弹出的下拉列表中选择相应的选项可快速选择组织结构图中对应的图形对象。

- 📩 **插入图形**：选择某个图形后，单击"组织结构图"工具栏上 插入形状(N)▼ 按钮右侧的下拉按钮，可在弹出的下拉列表中选择需插入的图形级别，其中"下属"表示将插入当前图形的下一级图形；"同事"表示将插入当前图形的同一级图形；"助手"表示将插入当前图形与下一级图形之间的图形。
- 📩 **删除图形**：选择某个图形后，直接按"Delete"键即可将其删除。

5.3.3 设置组织结构图

根据实际需要，可以对组织结构图的版式、图形格式等进行设置，各操作的实现方法分别如下。

- ➥ **设置版式**：选择需要设置的图形，单击"组织结构图"工具栏上的 版式(L)▼ 按钮，在弹出的下拉列表中便可设置所选图形及其下属图形的版式结构。
- ➥ **设置格式**：双击需要设置的图形，或选择图形后单击鼠标右键，在弹出的快捷菜单中选择"设置自选图形格式"命令，便可在打开的对话框中设置所选图形的填充和线条格式等属性。

5.3.4 应用举例——制作"组织结构图"演示文稿

本例通过添加组织结构图、输入与设置文本和编辑组织结构图格式等操作制作如图 5-98 所示的公司组织结构图，以综合练习并巩固前面介绍的知识（立体化教学:\源文件\第 5 章\组织结构图.ppt）。

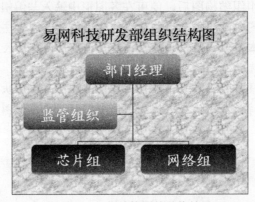

图 5-98　组织结构图的最终效果

操作步骤如下：

（1）打开"组织结构图.ppt"演示文稿（立体化教学:\实例素材\第 5 章\组织结构图.ppt），选择"插入/图片/组织结构图"命令，如图 5-99 所示。

（2）在插入的组织结构图的最上方图形上单击鼠标，如图 5-100 所示。

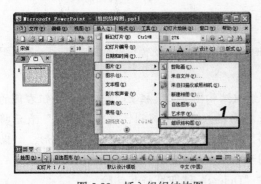

图 5-99　插入组织结构图

图 5-100　定位插入点

（3）在所选图形中出现文本插入点后，输入需要的文本，这里输入"部门经理"，如图 5-101 所示。

（4）用相同方法在下方的前两个图形中分别输入"芯片组"和"网络组"，如图 5-102 所示。

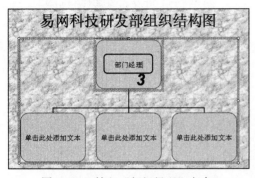

图 5-101　输入"部门经理"文本

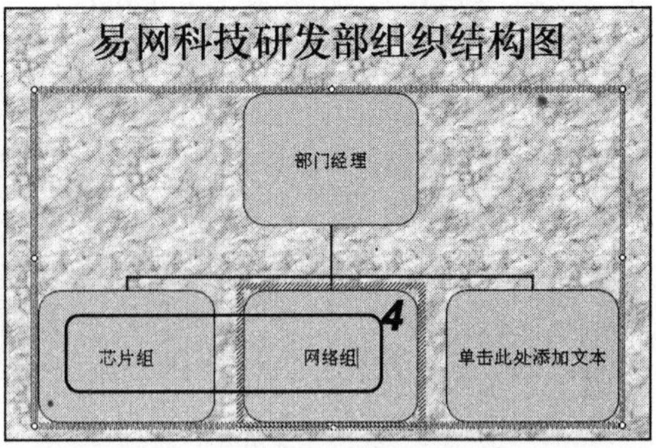

图 5-102　输入"芯片组和网络组"文本

（5）在下方最右侧的图形上单击鼠标，此时将出现文本插入点，如图 5-103 所示。

（6）在图形边框上单击鼠标，选择该图形后，按"Delete"键将其删除，如图 5-104 所示。

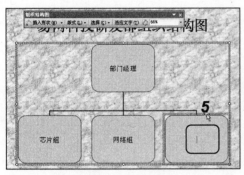
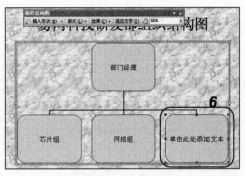

图 5-103　选择图形

图 5-104　删除图形

（7）删除图形后，选择最上方的图形，然后单击"组织结构图"工具栏中的 插入形状(N) 按钮，在弹出的下拉列表中选择"助手"选项，如图 5-105 所示。

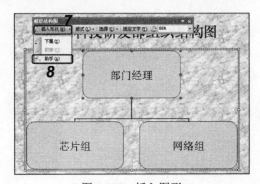

图 5-105　插入图形

（8）在插入的助手图形中输入文本"监管组织"，如图 5-106 所示。

（9）将鼠标指针移至上方的图形边框上，当鼠标指针变为 形状时双击鼠标，如图 5-107 所示。

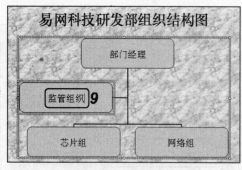

图 5-106　输入文本

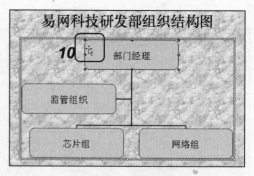

图 5-107　双击图形

（10）打开"设置自选图形格式"对话框，单击"颜色和线条"选项卡，在"填充"栏的"颜色"下拉列表框中选择"填充效果"命令，如图 5-108 所示。

（11）打开"填充效果"对话框，在"渐变"选项卡中选中 预设(S) 单选按钮，并在右侧的"预设颜色"下拉列表框中选择"红木"选项，单击 确定 按钮，如图 5-109 所示。

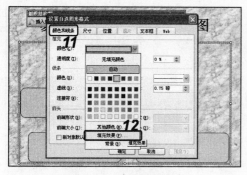

图 5-108　设置填充颜色

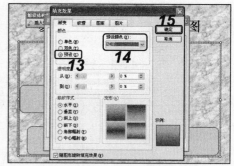

图 5-109　选择预设颜色

（12）返回"设置自选图形格式"对话框，在"线条"栏的"颜色"下拉列表框中选择"无线条颜色"选项，然后单击 确定 按钮，如图 5-110 所示。

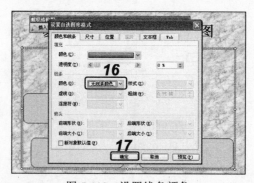

图 5-110　设置线条颜色

（13）所选图形应用设置后，继续按相同方法为助手图形应用"茵茵绿原"的预设颜色，并将线条设置为"无线条颜色"效果，如图 5-111 所示。

（14）继续对下方的两个图形应用"红日西斜"的预设颜色，并将线条设置为"无线条颜色"效果，如图 5-112 所示。

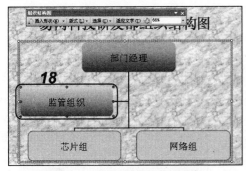

图 5-111　设置助手图形格式

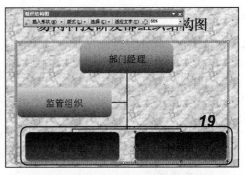

图 5-112　设置下方图形格式

（15）拖动鼠标选择各图形中的文本，并将其统一设置为"楷体、46、加粗、白色"，效果如图 5-113 所示。

（16）在"组织结构图"工具栏中单击 选择(C) 按钮，在弹出的下拉列表中选择"所有连接线"选项，如图 5-114 所示。

图 5-113　设置文本格式

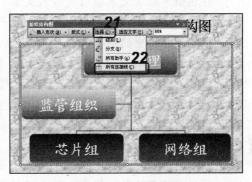

图 5-114　选择连接线

（17）单击"绘图"工具栏中 按钮右侧的下拉按钮，在弹出的下拉列表中单击蓝色对应的色块完成操作，如图 5-115 所示。

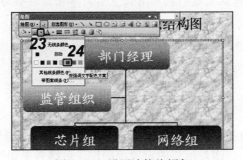

图 5-115　设置连接线颜色

5.4 创 建 相 册

使用 PowerPoint 的"创建相册"功能可以将旅游、聚会等拍摄的照片快速制作为演示文稿以便观看，下面就对相册的创建和编辑进行介绍。

5.4.1 新建与编辑相册

在 PowerPoint 中选择"插入/图片/新建相册"命令，打开"相册"对话框，如图 5-116 所示。通过该对话框即可快速新建相册演示文稿，下面对其中部分参数的作用和使用方法进行介绍。

- ➥ 文件/磁盘(F)... 按钮：单击该按钮，可在打开的对话框中选择需添加到相册中的多张图片。

- ➥ 扫描仪/照相机(S)... 按钮：单击该按钮，可将插入到电脑上的扫描仪或数码相机等设备中的图片导入进来。

- ➥ 新建文本框(X) 按钮：单击该按钮可随时在相册中添加文本框以便输入文本。

- ➥ "相册中的图片"列表框：其中显示了插入到相册中的所有图片和文本框，在

图 5-116 "相册"对话框

其中选择某个选项后，可通过单击下方的 ↑ 或 ↓ 按钮调整对象在相册中的位置；单击 删除(V) 按钮可从相册中删除该对象；单击 ⟳ 或 ⟲ 按钮可旋转图片；单击 ◧ 或 ◨ 按钮可设置图片对比度；单击 ◌ 或 ◌ 按钮可设置图片亮度。

- ➥ "图片版式"下拉列表框：在该下拉列表框中可选择创建的相册演示文稿中每张幻灯片包含的内容版式。

- ➥ "相框形状"下拉列表框：设置了图片版式后，可在该对话框中选择图片的相框形状，包括矩形、椭圆、圆角矩形等。

- ➥ "设计模板"文本框：可通过单击其右侧的 浏览(B)... 按钮，在打开的对话框中为相册演示文稿选择需要的设计模板。

- ➥ 创建(C) 按钮：确认需进行的所有设置后，单击该按钮即可创建相册演示文稿。

◀)提示：

创建好相册演示文稿后，还可根据需要对其中的每张幻灯片内容进行适当调整，而操作方法与前面介绍的编辑幻灯片和演示文稿的方法完全相同。

5.4.2 应用举例——制作"雁荡山"相册演示文稿

本例利用 PowerPoint 提供的新建相册功能制作"雁荡山"相册演示文稿，通过实例进一步巩固相册图片的添加、图片版式的设置等操作。最终效果如图 5-117 所示（立体化教学:\源文件\第 5 章\雁荡山.ppt）。

图 5-117 制作的相册效果

操作步骤如下：

（1）启动 PowerPoint，选择"插入/图片/新建相册"命令，如图 5-118 所示。

（2）打开"相册"对话框，单击 文件/磁盘(F)... 按钮，如图 5-119 所示。

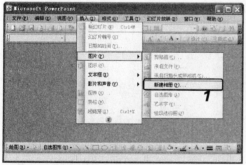

图 5-118 选择命令

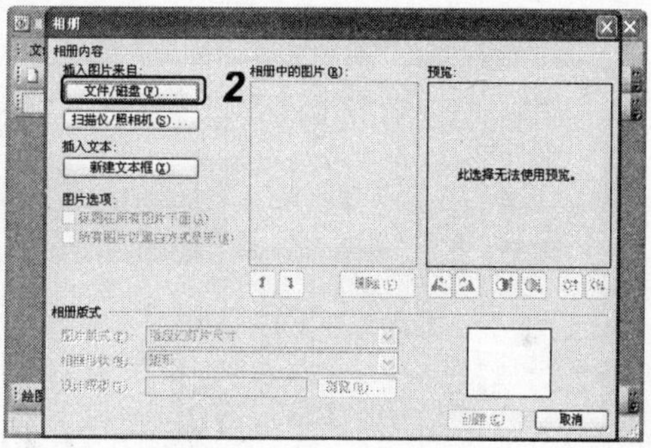

图 5-119 单击按钮

（3）打开"插入新图片"对话框，在其中选择"雁荡山"文件夹下的所有图片（立体化教学:\实例素材\第 5 章\雁荡山），单击 插入(S) 按钮，如图 5-120 所示。

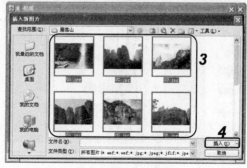

图 5-120 选择图片

（4）返回到"相册"对话框，在"图片版式"下拉列表框中选择"1 张图片"选项，在"相框形状"下拉列表框中选择"边缘凸凹形"选项，然后单击 浏览(B)... 按钮，如图 5-121 所示。

（5）打开"选择设计模板"对话框，选择配套资源中提供的 apples.pot 文件（立体化教学:\实例素材\第 5 章\apples.pot），然后单击 选择 按钮，如图 5-122 所示。

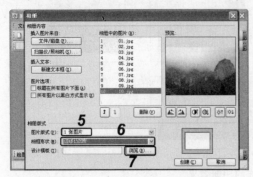
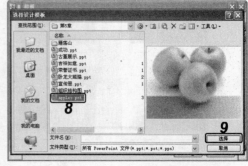

图 5-121　设置图片版式和相册形状　　　　　　图 5-122　选择设计模板

（6）再次返回到"相册"对话框，单击 创建(C) 按钮，如图 5-123 所示。

（7）此时将新建一个演示文稿，步骤（3）中选择的图片便会依次显示在每张幻灯片中，如图 5-124 所示。

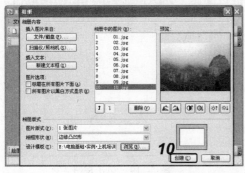

图 5-123　确认创建　　　　　　　　　　图 5-124　创建的相册

（8）将标题幻灯片中的文本进行适当修改即可，如图 5-125 所示。

图 5-125　修改文本

5.5　上机与项目实训

5.5.1　制作"促销画册"演示文稿

本次实训将制作有关茶叶销售的"促销画册.ppt"演示文稿,其中将利用艺术字和自选图形来体现茶叶采购信息及优惠政策,然后利用剪贴画和图片让观看者对茶叶有更为直观的了解。制作出的最终效果如图 5-126 所示(立体化教学:\源文件\第 5 章\促销画册.ppt)。

图 5-126　演示文稿的制作效果

1. 制作标题幻灯片

下面将在标题幻灯片中利用艺术字和自选图形制作醒目的内容和信息,操作步骤如下:

(1)打开"促销画册.ppt"演示文稿(立体化教学:\实例素材\第 5 章\促销画册.ppt),单击"绘图"工具栏中的 按钮,如图 5-127 所示。

(2)打开"艺术字库"对话框,在其中选择第 2 行第 3 列对应的艺术字样式,单击 确定 按钮,如图 5-128 所示。

 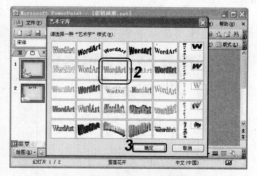

图 5-127　单击按钮　　　　　　　　　图 5-128　选择艺术字样式

(3)打开"编辑'艺术字'文字"对话框,在"文字"文本框中输入"新茶上市,欢迎采购",在"字体"下拉列表框中选择"华文行楷"选项,单击 确定 按钮,如图 5-129 所示。

(4)此时幻灯片中将插入所设置的艺术字,拖动白色控制点,适当放大艺术字的大小,如图 5-130 所示。

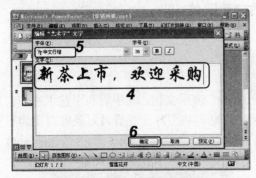

图 5-129　输入并设置艺术字

图 5-130　调整艺术字大小

（5）将鼠标指针移至艺术字上，按住鼠标左键不放并适当向左上方拖动，调整艺术字的位置，如图 5-131 所示。

（6）保持艺术字的选择状态，单击"艺术字"工具栏上的▨按钮，如图 5-132 所示。

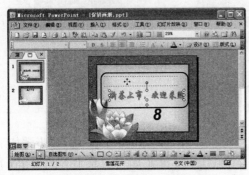

图 5-131　调整艺术字位置

图 5-132　设置艺术字格式

（7）打开"设置艺术字格式"对话框，单击"颜色和线条"选项卡，将填充颜色和线条颜色均设置为"深红"，单击 确定 按钮，如图 5-133 所示。

（8）完成艺术字的插入与编辑，单击"绘图"工具栏上的 自选图形① ▼ 按钮，在弹出的下拉列表中选择"星与旗帜"类别下的"爆炸形 1"选项，如图 5-134 所示。

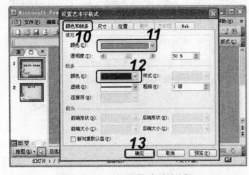

图 5-133　设置艺术字颜色

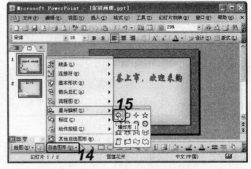

图 5-134　选择自选图形

（9）在幻灯片空白区域按住鼠标左键不放并拖动鼠标，绘制选择的自选图形，如

图 5-135 所示。

（10）释放鼠标完成自选图形的绘制，在该图形上单击鼠标右键，在弹出的快捷菜单中选择"设置自选图形格式"命令，如图 5-136 所示。

图 5-135 绘制自选图形

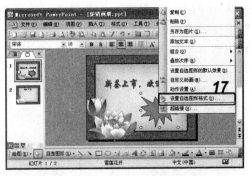
图 5-136 选择快捷菜单命令

（11）打开"设置自选图形格式"对话框，单击"颜色和线条"选项卡，将填充颜色设置为"深红"，单击 确定 按钮，如图 5-137 所示。

（12）继续在自选图形上单击鼠标右键，在弹出的快捷菜单中选择"添加文本"命令，如图 5-138 所示。

图 5-137 设置填充颜色

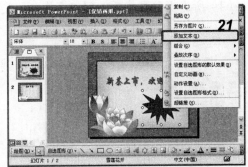
图 5-138 选择"添加文本"命令

（13）当自选图形中出现文本插入点后，输入"优先抢购"，然后按"Enter"键并继续输入"惊喜连连"，如图 5-139 所示。

（14）选择输入的文本，将其格式设置为"华文新魏、28、加粗、白色"，完成标题幻灯片的制作，如图 5-140 所示。

图 5-139 输入文本

图 5-140 设置文本格式

2. 制作"请君品茗"幻灯片

下面将在第 2 张幻灯片中插入与编辑剪贴画和图片来丰富幻灯片内容，操作步骤如下：

（1）选择第 2 张幻灯片，单击"绘图"工具栏中的▣按钮，如图 5-141 所示。

（2）打开"剪贴画"任务窗格，在"搜索文字"文本框中输入"茶杯"，在"搜索范围"下拉列表框中选择"所有收藏集"选项，在"结果类型"下拉列表框中选中☑ **剪帖画**复选框，然后单击 搜索 按钮，如图 5-142 所示。

图 5-141　单击"插入剪贴画"按钮

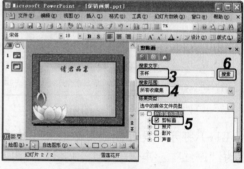

图 5-142　搜索剪贴画

（3）在搜索结果列表框中单击如图 5-143 所示的剪贴画缩略图。

（4）所选剪贴画将插入到幻灯片中，关闭"剪贴画"任务窗格，如图 5-144 所示。

图 5-143　选择剪贴画

图 5-144　插入剪贴画

（5）将剪贴画拖动到如图 5-145 所示的位置。

图 5-145　移动剪贴画

（6）完成剪贴画的编辑后，单击"绘图"工具栏中的 按钮，如图 5-146 所示。

（7）打开"插入图片"对话框，选择提供的"tea01.jpg"图片（立体化教学:\实例素材\第 5 章\tea01.jpg），单击 插入(S) 按钮，如图 5-147 所示。

图 5-146 单击"插入图片"按钮

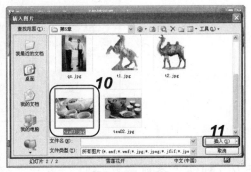

图 5-147 选择图片

（8）通过拖动白色的控制点，适当缩小图片的大小，如图 5-148 所示。

（9）适当调整图片位置，如图 5-149 所示。

图 5-148 调整图片大小

图 5-149 移动图片

（10）保持图片的选择状态，单击"图片"工具栏中的 按钮，在弹出的下拉列表中选择如图 5-150 所示的线型选项，完成对图片的边框设置，效果如图 5-151 所示。

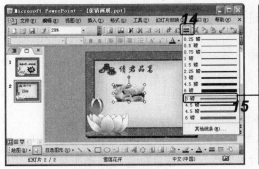

图 5-150 选择边框

图 5-151 添加边框后的效果

（11）按相同方法将提供的"Tea02.jpg"图片（立体化教学:\实例素材\第 5 章\tea02.jpg）插入到幻灯片中，调整大小和位置后为其添加与 Tea01.jpg 相同的边框，效果如图 5-152 所示。

图 5-152　插入的图片

5.5.2　制作"茶具产品一览"演示文稿

综合利用本章所学知识，制作"茶具产品一览.ppt"演示文稿，完成后的最终效果如图 5-153 所示（立体化教学:\源文件\第 5 章\茶具产品一览.ppt）。

图 5-153　演示文稿的最终效果

本练习可结合立体化教学中的视频演示进行学习（立体化教学:\视频演示\第 5 章\茶具产品一览.swf）。主要操作步骤如下：

（1）打开"茶具产品一览.ppt"演示文稿（立体化教学:\实例素材\第 5 章\茶具产品一览.ppt），插入内容为"茶具产品一览"、样式为艺术字库的第 1 种样式、字体格式为"隶书"的艺术字。

（2）适当调整艺术字高度和宽度，并将其移动到幻灯片上方的中央位置。

（3）插入"cj.jpg"图片（立体化教学:\实例素材\第 5 章\cj.jpg）并缩小图片大小，将其移动到幻灯片左下角，然后设置其颜色为"灰度"，并去除白色的背景。

（4）插入组织结构图，选择下层图形，添加两个同事图形，并输入相应内容，然后设置字体格式为"隶书、28、黑色"（下层图形的字号稍微调小一些）。

（5）设置组织结构图的连接线为黑色，填充颜色为第 1 行第 4 列的纹理样式，线条颜色为黑色。

（6）调整组织结构图的版式为"右悬挂"，并适当调整整个组织结构图的大小和位置。

5.6 练习与提高

1．在"月下独酌.ppt"演示文稿（立体化教学:\实例素材\第 5 章\月下独酌.ppt）中插入并编辑剪贴画，效果如图 5-154 所示（立体化教学:\源文件\第 5 章\月下独酌.ppt）。

提示：搜索名为"酒杯"的剪贴画，并插入下图中所示的剪贴画，然后对剪贴画大小和位置进行调整，最后适当增加剪贴画的亮度和对比度。

2．在"古韵鸣风.ppt"演示文稿（立体化教学:\实例素材\第 5 章\古韵鸣风.ppt）中插入并编辑"gz.jpg"图片（立体化教学:\实例素材\第 5 章\gz.jgp），效果如图 5-155 所示（立体化教学:\源文件\第 5 章\古韵鸣风.ppt）。

提示：插入图片后适当缩小图片，然后取消其白色背景，并适当按逆时针方向旋转一定的角度，最后将图片移至图 5-155 所示的位置。

图 5-154 插入并编辑剪贴画

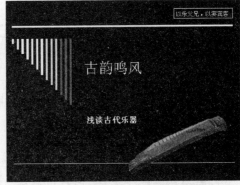
图 5-155 插入并编辑图片

3．在"安全指南.ppt"演示文稿（立体化教学:\实例素材\第 5 章\安全指南.ppt）中插入并编辑艺术字和自选图形，效果如图 5-156 所示（立体化教学:\源文件\第 5 章\安全指南.ppt）。

提示：删除原有的标题和副标题占位符，插入艺术字并调整形状，然后插入"箭头总汇"类别下的上箭头标注，进行适当编辑和格式设置后，在其中添加文本并设置文本格式。本练习可结合立体化教学中的视频演示进行学习（立体化教学:/视频演示/第 5 章/安全指南.swf）。

图 5-156 插入并编辑艺术字和自选图形

4．在"个人简历.ppt"演示文稿（立体化教学:\实例素材\第5章\个人简历.ppt）的第7张和第8张幻灯片中分别插入"wz1.jpg"和"wz2.jpg"图片（立体化教学:\实例素材\第5章\wz1.jpg、wz2.jpg）并调整大小和位置，然后在第9张幻灯片中添加组织结构图并进行文本输入与设置，最终效果如图5-157所示（立体化教学:\源文件\第5章\个人简历.ppt）。

提示：本练习可结合立体化教学中的视频演示进行学习（立体化教学:\视频演示\第5章\个人简历.swf）。

图 5-157　添加的图片和组织结构图

经验技巧　多个图形对象的编辑

在一张幻灯片中经常会包含多个图形对象，当需要为这些对象设置相同的格式时，可将其同时选择后进行设置，这样就避免了逐一设置的麻烦。下面就重点对多个图形对象的选择、对齐和分布、叠放顺序和组合等操作进行介绍。

➥ **选择多个图形对象**：按住"Shift"键或"Ctrl"键不放，依次单击幻灯片中的图形对象即可使所有对象处于选择状态。另外，也可在幻灯片空白区域按住鼠标左键不放并拖动鼠标来框选需选择的多个对象。

➥ **对齐与分布图形对象**：选择了多个对象后，单击"绘图"工具栏上的 绘图(R)▾ 按钮，在弹出的下拉列表中选择"对齐或分布"选项，在弹出的子菜单中即可选择相应的选项来调整多个图形的对齐和分布状态。

➥ **调整图形叠放顺序**：在需调整叠放顺序的图形上单击鼠标右键，在弹出的快捷菜单中选择"叠放次序"命令，在弹出的子菜单中选择相应的命令即可进行相应的调整。

➥ **组合图形**：选择多个图形后，在任意一个选择的图形上单击鼠标右键，在弹出的快捷菜单中选择"组合/组合"命令即可。要想分解组合的图形，则需要在组合后的图形上单击鼠标右键，在弹出的快捷菜单中选择"组合/取消组合"命令。

第6章 其他对象的使用

学习目标

☑ 通过插入、编辑与美化表格制作"工作量统计"演示文稿

☑ 通过应用设计模板、文本的输入、表格的应用等操作制作"收入报告"演示文稿

☑ 通过插入、编辑与美化图表制作"销量统计"演示文稿

☑ 通过应用设计模板、文本的输入、图表的应用等操作制作"市场份额"演示文稿

☑ 通过插入超级链接和动作按钮制作"毕业设计"演示文稿

☑ 通过应用表格、图表和超级链接等操作制作"销售报告"演示文稿

目标任务&项目案例

"工作量统计"演示文稿

"收入报告"演示文稿

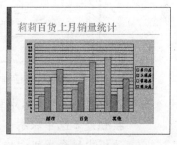
"销量统计"演示文稿

"市场份额"演示文稿

"毕业设计"演示文稿

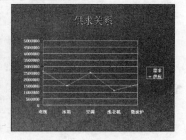
"销售报告"演示文稿

除了通过文本对幻灯片的内容进行展示外，还可通过其他对象对幻灯片的内容进行更直观、生动的表述，如表格、图表和超级链接等。本章将具体讲解在幻灯片中应用表格、图表、超级链接和动作按钮等内容。通过本章学习，可以掌握更多的丰富幻灯片内容的知识和操作。

6.1 表格在幻灯片中的应用

当需要在幻灯片中罗列或展示一系列文本或数据时，可以利用表格来实现。适当的在幻灯片中应用表格，不仅避免了出现大量文本数据的情况，而且能更加清晰合理地展示数据内容。在幻灯片中可以进行表格的插入、编辑和美化等操作，下面分别进行介绍。

6.1.1 在幻灯片中插入表格

在幻灯片中插入表格的方法与在 word 中插入表格的方法类似，主要有以下几种：

- ☙ 选择"插入/表格"命令或单击对象占位符中的▥按钮，在打开的"插入表格"对话框中设置表格的列数和行数，然后单击 确定 按钮即可，如图 6-1 所示。
- ☙ 在"常用"工具栏中按住▥按钮，此时将弹出表格列表，继续按住鼠标左键不放并向右下方拖动，如图 6-2 所示，确定需插入表格的行数和列数后，释放鼠标即可插入相应的表格。

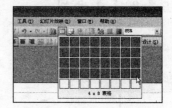

图 6-1 通过对话框插入表格　　　　图 6-2 通过按钮插入表格

- ☙ 在"常用"工具栏中单击▨按钮，打开"表格和边框"工具栏，此时工具栏上的▨按钮处于选中状态，在幻灯片中拖动鼠标即可绘制表格边框，然后在绘制的表格边框中横向或纵向拖动鼠标即可绘制表格的行和列，如图 6-3 所示。

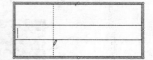

图 6-3 手动绘制表格

🔊提示：

若想重新绘制表格的行或列，可单击"表格和边框"工具栏中的▨按钮，并在需重新绘制的行线或列线上单击鼠标即可将其擦除，接着可以重新进行绘制。

6.1.2 编辑表格内容

构成表格的每一个方框称为单元格，插入表格后，即可在单元格中输入文本并对单元格或表格进行选择、调整等各种操作了，下面分别进行介绍。

1. 在单元格中输入文本

插入表格后，只需将文本插入点定位到需输入文本的单元格中便可输入需要的内容。

选择输入的内容，便可按照在占位符中编辑文本的方法对文本进行修改、删除或设置格式等操作。下面重点介绍在表格中定位文本插入点的方法，主要有以下几种：

- 直接在某个单元格上单击鼠标即可定位文本插入点。
- 按"↑"、"↓"、"←"或"→"键即可将当前文本插入点向上、向下、向左或向右移动一列或一行的距离并定位到相邻的单元格中。
- 按"Tab"键可将当前文本插入点向右移动到相邻的单元格中，当单元格已是最右侧时，文本插入点会自动定位到下一行最左侧的单元格中。
- 按"Shift+Tab"键则可按照与按"Tab"键的相反方向定位文本插入点。

2. 选择单元格

要想编辑单元格，首先需要将其选择。在 PowerPoint 中选择单元格的方法主要有以下几种：

- 在表格中拖动鼠标即可选择鼠标经过的所有单元格，如图 6-4 所示。
- 将鼠标指针移至某列单元格上方，当其变为黑色的下箭头形状时单击鼠标可选择整列单元格，如图 6-5 所示。

名称	单位	单价	库存量
KB-01	台	3000	50
KB-02	台	2000	100
KB-03	台	2500	70
KB-04	台	2300	80
KB-05	台	2200	55
KB-06	台	2800	40
KB-07	台	2000	60

图 6-4　拖动鼠标选择单元格

名称	单位	单价	库存量
KB-01	台	3000	50
KB-02	台	2000	100
KB-03	台	2500	70
KB-04	台	2300	80
KB-05	台	2200	55
KB-06	台	2800	40
KB-07	台	2000	60

图 6-5　选择整列单元格

3. 调整单元格

调整单元格是指对单元格的高度和宽度进行调整，其方法为：将鼠标指针移至需调整的单元格所在的行线或列线上，当其变为÷或╫形状时，按住鼠标左键不放并拖动鼠标即可，如图 6-6 所示。

名称	单位	单价	库存量
KB-01	台	3000	50
KB-02	台	2000	100
KB-03	台	2500	70
KB-04	台	2300	80
KB-05	台	2200	55
KB-06	台	2800	40
KB-07	台	2000	60

名称	单位	单价	库存量
KB-01	台	3000	50
KB-02	台	2000	100
KB-03	台	2500	70
KB-04	台	2300	80
KB-05	台	2200	55
KB-06	台	2800	40
KB-07	台	2000	60

图 6-6　调整单元格宽度的前后对比效果

4. 调整表格结构

调整表格结构包括合并单元格、插入行、插入列、删除行、删除列和调整整个表格等。

各操作的实现方法分别如下。

- **合并单元格**：拖动鼠标选择需合并的单元格，然后在选择的区域上单击鼠标右键，在弹出的快捷菜单中选择"合并单元格"命令即可。
- **插入行**：将文本插入点定位到某个单元格中或选择该行中的所有或部分单元格，然后单击鼠标右键，在弹出的快捷菜单中选择"插入行"命令即可在当前行上方插入一整行单元格。
- **插入列**：选择整列单元格，在其上单击鼠标右键，在弹出的快捷菜单中选择"插入列"命令即可在当前列左侧插入一整列单元格。
- **删除行**：将文本插入点定位到某个单元格中或选择该行中的所有或部分单元格，然后单击鼠标右键，在弹出的快捷菜单中选择"删除行"命令即可删除当前整行单元格。
- **删除列**：选择整列单元格，在其上单击鼠标右键，在弹出的快捷菜单中选择"删除列"命令即可删除当前整列单元格。
- **调整整个表格**：在表格边框上拖动鼠标可移动表格位置，拖动表格边框上的白色控制点可调整整个表格中单元格的高度或宽度。

【例 6-1】 在"工作量统计.ppt"演示文稿中插入表格并进行文本输入，然后对表格进行适当编辑，使其得到如图 6-7 所示的效果。

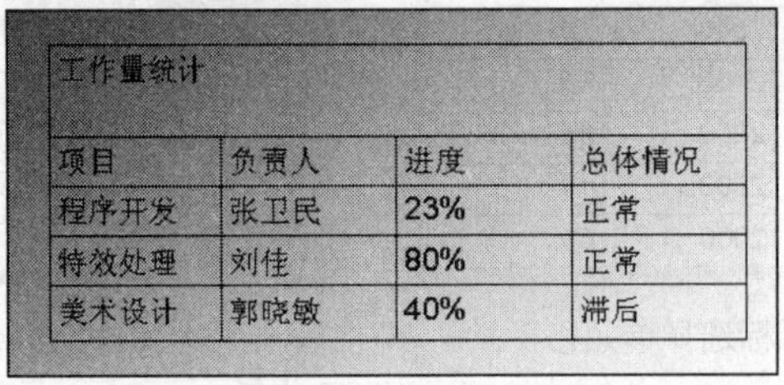

工作量统计			
项目	负责人	进度	总体情况
程序开发	张卫民	23%	正常
特效处理	刘佳	80%	正常
美术设计	郭晓敏	40%	滞后

图 6-7 插入并编辑表格效果

（1）打开"工作量统计.ppt"演示文稿（立体化教学:\实例素材\第 6 章\工作量统计.ppt），选择"插入/表格"命令，如图 6-8 所示。

（2）打开"插入表格"对话框，将"列数"和"行数"数值框中的数字均设置为"4"，然后单击 确定 按钮，如图 6-9 所示。

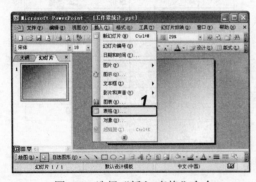

图 6-8 选择"插入/表格"命令

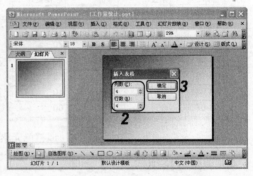

图 6-9 设置表格列数和行数

（3）在插入的表格中的第 1 行第 1 列单元格上按住鼠标左键不放并向右拖动到该行的第 4 列单元格上，释放鼠标选择整行单元格，然后在选择的区域上单击鼠标右键，在弹出的快捷菜单中选择"合并单元格"命令，如图 6-10 所示。

（4）单击合并后的单元格定位文本插入点，输入"工作量统计"，如图 6-11 所示。

图 6-10　选择并合并单元格

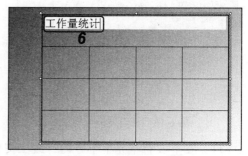

图 6-11　输入第 1 行文本

（5）单击第 2 行第 1 列单元格，定位文本插入点，在其中输入文本"项目"，如图 6-12 所示。

（6）按照相同的方法在其余单元格中输入相应的文本内容，如图 6-13 所示。

图 6-12　输入第 2 行第 1 列的文本

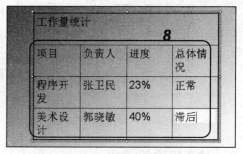

图 6-13　输入剩余的文本

（7）拖动鼠标选择最后一行单元格，在选择的区域上单击鼠标右键，在弹出的快捷菜单中选择"插入行"命令，如图 6-14 所示。

（8）在插入的整行空白单元格中依次输入需要的文本，如图 6-15 所示。

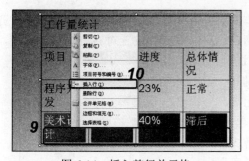

图 6-14　插入整行单元格

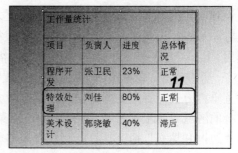

图 6-15　输入文本

（9）在表格的边框上按住鼠标左键不放并向左拖动，调整整个表格在幻灯片中的位置，如图 6-16 所示。

（10）向右拖动表格右边框中间的白色控制点，调整整个表格的单元格宽度，如图 6-17 所示。

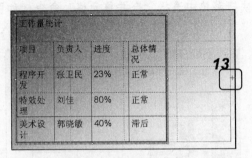

图 6-16　调整表格位置　　　　　　　　　图 6-17　调整表格宽度

（11）在第 2 行单元格下方的行线上按住鼠标左键不放并向上拖动鼠标，调整该行高度，如图 6-18 所示。

（12）按照相同的方法调整第 3~5 行的高度，效果如图 6-19 所示。

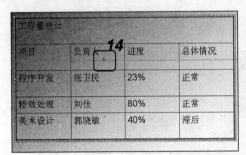

图 6-18　调整行高　　　　　　　　　图 6-19　调整剩余行的行高

6.1.3　对表格进行美化

除了可以按照设置占位符文本格式的方法来设置表格中的文本格式以美化表格外，对表格的美化操作还包括设置单元格对齐方式、添加边框和填充颜色等，下面分别进行介绍。

1．设置单元格对齐方式

设置单元格对齐方式是指对单元格中文本的对齐方式进行设置，包括水平方向对齐和垂直方向对齐。设置水平方向的对齐方式很简单，只需选择要设置对齐方式的单元格，然后利用"格式"工具栏中的相应按钮对单元格进行左对齐、居中对齐、右对齐、分散对齐等设置即可。而设置垂直方向对齐方式的方法为：选择单元格，在选择的区域单击鼠标右键，在弹出的快捷菜单中选择"边框和填充"命令，打开"设置表格格式"对话框，单击"文本框"选项卡，在"文本对齐"下拉列表框中选择垂直方向的对齐方式即可，如图 6-20 所示。

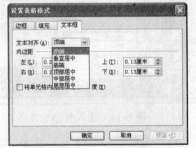

图 6-20　设置垂直对齐方式

2．设置表格边框

选择需设置边框的单元格，在选择区域上单击鼠标右键，在弹出的快捷菜单中选择"边框和填充"命令，在打开的"设置表格格式"对话框中单击"边框"选项卡，利用其中的参数即可设置表格边框，如图 6-21 所示。其中各参数的作用分别如下。

图 6-21　设置边框

- ➥ **"样式"列表框**：在其中可选择边框的样式。
- ➥ **"颜色"下拉列表框**：在其中可设置边框颜色。
- ➥ **"宽度"下拉列表框**：在其中可设置边框粗细。
- ➥ **边框按钮**：单击对话框右侧的边框按钮可将其从预览栏中隐藏，再次单击后便可应用所做设置并显示在预览栏上。

✍️ 技巧：

> 在"边框"选项卡的预览栏中直接单击某个边框也可将其隐藏，再次单击便应用当前所做的设置重新显示出来。

3．设置表格填充颜色

选择需设置填充颜色的单元格，在选择区域上单击鼠标右键，在弹出的快捷菜单中选择"边框和填充"命令，在打开的"设置表格格式"对话框中单击"填充"选项卡，在其中的下拉列表框中选择需设置的填充颜色或填充效果即可，如图 6-22 所示。

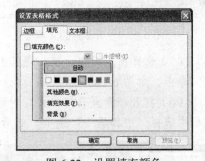

图 6-22　设置填充颜色

✍️ 技巧：

> 当在"填充"选项卡中设置了某种填充颜色或效果后，选中下拉列表框右侧的 ☑半透明(T) 复选框可将填充颜色设置为半透明效果。

【例 6-2】 通过对"工作量统计.ppt"演示文稿中插入的表格进行文本格式、对齐方式、边框和填充颜色等美化设置，使其得到如图 6-23 所示的效果（立体化教学:\源文件\第 6 章\工作量统计.ppt）。

工作量统计			
项目	负责人	进度	总体情况
程序开发	张卫民	23%	正常
特效处理	刘佳	80%	正常
美术设计	郭晓敏	40%	滞后

图 6-23　美化后的表格效果

（1）继续上一例的操作，在"工作量统计.ppt"演示文稿中选择第 1 行单元格中的所有文本，如图 6-24 所示。

（2）通过"格式"工具栏将字体格式设置为"华文中宋、36、白色"，如图 6-25 所示。

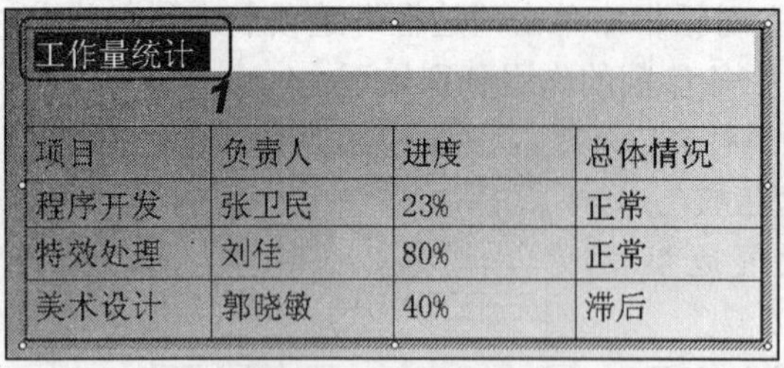

工作量统计 ¹			
项目	负责人	进度	总体情况
程序开发	张卫民	23%	正常
特效处理	刘佳	80%	正常
美术设计	郭晓敏	40%	滞后

图 6-24　选择文本

工作量统计 ²			
项目	负责人	进度	总体情况
程序开发	张卫民	23%	正常
特效处理	刘佳	80%	正常
美术设计	郭晓敏	40%	滞后

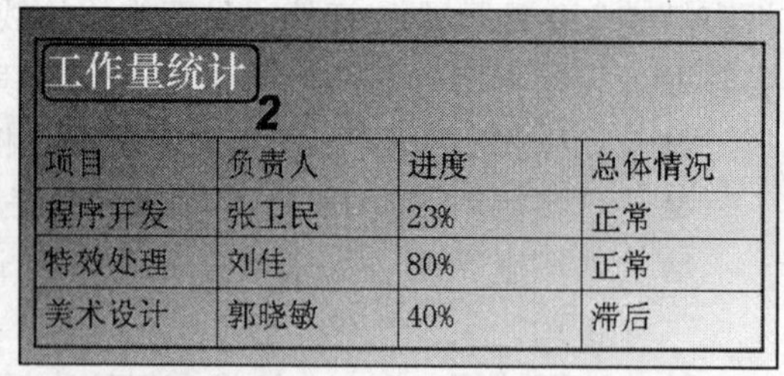

图 6-25　设置第 1 行的文本格式

（3）选择第 2 行单元格，将其中的文本格式设置为"黑体、24"，如图 6-26 所示。

（4）选择第 3~5 行单元格，将其中的文本格式设置为"楷体、20"，如图 6-27 所示。

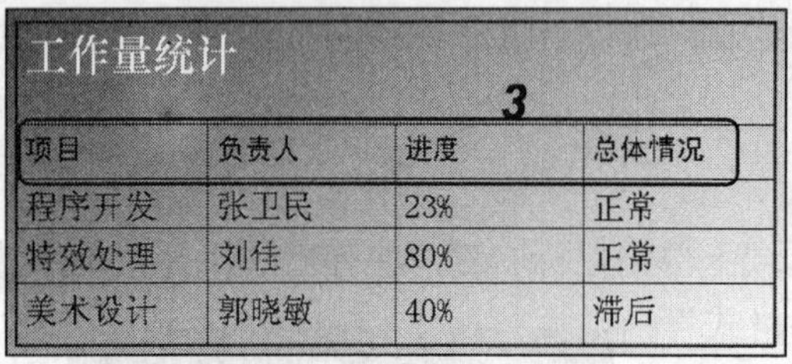

工作量统计			
项目	负责人	进度	总体情况 ³
程序开发	张卫民	23%	正常
特效处理	刘佳	80%	正常
美术设计	郭晓敏	40%	滞后

图 6-26　设置 2 行的文本格式

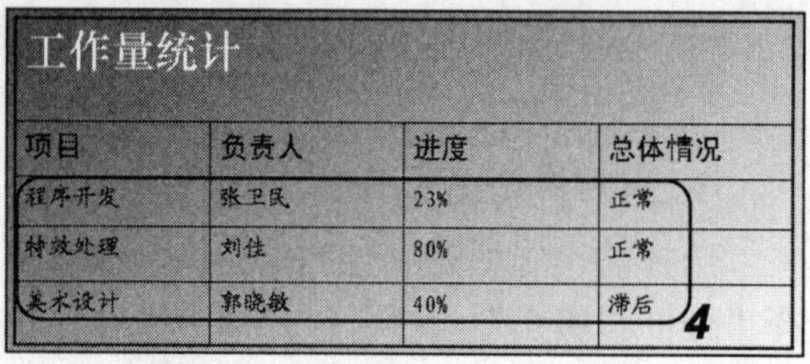

工作量统计			
项目	负责人	进度	总体情况
程序开发	张卫民	23%	正常
特效处理	刘佳	80%	正常
美术设计	郭晓敏	40%	滞后 ⁴

图 6-27　设置其余文本格式

（5）选择第 1 行单元格，在其上单击鼠标右键，在弹出的快捷菜单中选择"边框和填充"命令，如图 6-28 所示。

（6）打开"设置表格格式"对话框，单击"文本框"选项卡，在"文本对齐"下拉列表框中选择"中部居中"选项，然后单击 确定 按钮，如图 6-29 所示。

图 6-28　选择"边框和填充"命令

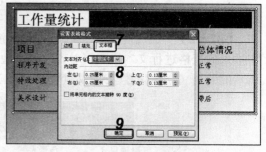

图 6-29　选择对齐方式

（7）单击幻灯片的空白区域，此时可以看到第 1 行单元格中文本的对齐方式发生了变化，效果如图 6-30 所示。

（8）选择第 2~5 行单元格，在选择的区域上单击鼠标右键，在弹出的快捷菜单中选择"边框和填充"命令，如图 6-31 所示。

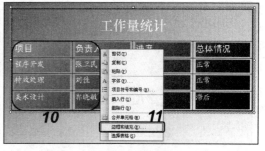

图 6-30 设置后的效果　　　　　　　　图 6-31 选择"边框和填充"命令

（9）打开"设置表格格式"对话框，单击"文本框"选项卡，在"文本对齐"下拉列表框中选择"垂直居中"选项，然后单击 确定 按钮，如图 6-32 所示。

（10）完成对齐方式的设置后，选择第 2 行单元格，在选择的区域上单击鼠标右键，在弹出的快捷菜单中选择"边框和填充"命令，如图 6-33 所示。

图 6-32 选择对齐方式　　　　　　　　图 6-33 设置第二行单元格

（11）打开"设置表格格式"对话框，单击"边框"选项卡，在"宽度"下拉列表框中选择"2.25 磅"选项，单击右侧的按钮，此时将隐藏上边框，如图 6-34 所示。

（12）再次单击按钮，此时重新显示上边框，且应用了设置的宽度，如图 6-35 所示。

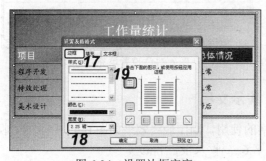

图 6-34 设置边框宽度　　　　　　　　图 6-35 设置上边框

（13）按相同方法单击下面的按钮两次，为下边框应用设置的宽度，然后单击 确定 按钮，如图 6-36 所示。

（14）单击幻灯片的空白区域，查看第 2 行单元格上下边框的效果，如图 6-37 所示。

（15）再次选择第 1 行单元格，并打开"设置表格格式"对话框，单击"填充"选项卡，在其中的下拉列表框中选择紫色色块对应的选项，如图 6-38 所示。

图 6-36　设置下边框 　　　　　图 6-37　设置的效果

（16）此时将自动选中☑填充颜色(C)复选框，单击 确定 按钮即可，如图 6-39 所示。

图 6-38　选择填充颜色 　　　　　图 6-39　确认设置

（17）此时第 1 行单元格便应用了设置的紫色填充效果，如图 6-40 所示。

（18）按相同方法为第 2~5 行单元格应用白色的填充效果，如图 6-41 所示。

  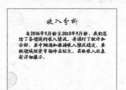 

图 6-40　应用填充颜色 　　　　　图 6-41　设置填充颜色

6.1.4　应用举例——制作"收入报告"演示文稿

本例通过新建演示文稿并结合文本和表格的使用，制作最终效果如图 6-42 所示的"收入报告.ppt"演示文稿（立体化教学:\源文件\第 6 章\收入报告.ppt）。

图 6-42　演示文稿的最终效果

1. 制作前 3 张幻灯片

下面通过应用设计模板，文本的输入与格式设置等操作制作演示文稿的前 3 张幻灯片，操作步骤如下：

（1）启动 PowerPoint，为自动新建的演示文稿应用 "Balloons.pot" 设计模板，如图 6-43 所示。

（2）在标题占位符中输入"收入报告"，并将文本格式设置为"华文行楷、88、墨绿色"，如图 6-44 所示。

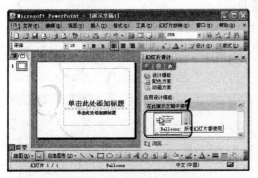

图 6-43 应用设计模板 　　　　　　　　图 6-44 输入并设置标题文本

（3）在副标题占位符中输入需要的文本，并将文本格式设置为"楷体、32、加粗、墨绿色"，如图 6-45 所示。

（4）选择"幻灯片"选项卡中的幻灯片缩略图，按"Enter"键新建幻灯片，并在标题占位符中输入"业绩分析"，然后将文本格式设置为"华文行楷、54、墨绿色"，如图 6-46 所示。

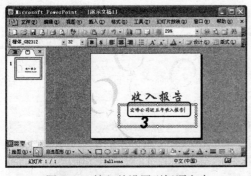
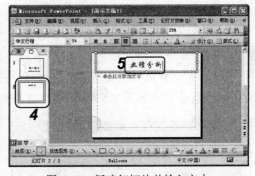

图 6-45 输入并设置副标题文本 　　　　图 6-46 新建幻灯片并输入文本

（5）选择文本占位符，在其中输入相应的文本内容，选择第一段文本，单击 按钮并取消第一段文本的项目符号，然后将整个占位符中的文本格式设置为"楷体、28、加粗、墨绿色"，如图 6-47 所示。

（6）在"幻灯片"选项卡的第 2 张幻灯片缩略图上单击鼠标右键，在弹出的快捷菜单中选择"复制"命令，如图 6-48 所示。

（7）继续在该幻灯片缩略图上单击鼠标右键，在弹出的快捷菜单中选择"粘贴"命令，如图 6-49 所示。

图 6-47 输入并设置文本

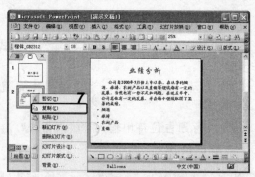

图 6-48 复制幻灯片

（8）此时将复制出第 3 张幻灯片，将其中的标题和文本内容进行修改便可快速制作好第 3 张幻灯片的内容，如图 6-50 所示。

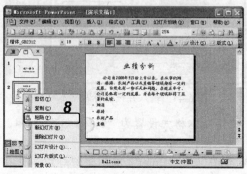

图 6-49 粘贴幻灯片

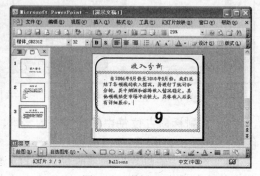

图 6-50 修改文本

2. 制作第 4 张幻灯片

下面通过添加与编辑表格来制作第 4 张幻灯片，操作步骤如下：

（1）新建第 4 张幻灯片，删除文本占位符，并在标题占位符中输入文本，然后将文本格式设置为"华文行楷、54、墨绿色"，如图 6-51 所示。

（2）单击"常用"工具栏中的 按钮，按住鼠标左键不放并向右下方拖动鼠标，当弹出的下拉列表最下方出现"5×6 表格"字样时释放鼠标，如图 6-52 所示。

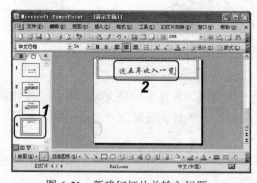

图 6-51 新建幻灯片并输入标题

图 6-52 创建表格

（3）此时将在幻灯片中插入一个 5 行 6 列的表格，在各单元格中输入需要的文本，如

图 6-53 所示。

（4）选择第 1 行单元格，将其中的文本格式设置为"黑体、20、墨绿色"、将第 2~5
行中的文本格式设置为"楷体、16、加粗、墨绿色"，如图 6-54 所示。

图 6-53 插入表格并输入内容　　　　　　图 6-54 设置文本格式

（5）选择整个表格，在下边框中间的白色控制点上按住鼠标左键不放并向上拖动，如
图 6-55 所示，对整个表格的行高进行统一调整，效果如图 6-56 所示。

图 6-55 拖动鼠标　　　　　　图 6-56 调整行高

（6）在表格上边框上按住鼠标左键不放并向下方拖动，适当调整表格在幻灯片中的位
置，如图 6-57 所示。

（7）选择所有单元格，在选择的区域上单击鼠标右键，在弹出的快捷菜单中选择"边
框和填充"命令，如图 6-58 所示。

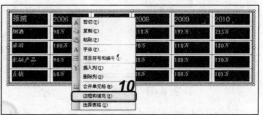

图 6-57 移动表格　　　　　　图 6-58 选择"边框和填充"命令

（8）打开"设置表格格式"对话框，单击"文本框"选项卡，在"文本对齐"下拉列
表框中选择"垂直居中"选项，如图 6-59 所示。

（9）单击"边框"选项卡，在"样式"列表框中选择长虚线对应的选项，在"颜色"下拉列表框中选择墨绿色对应的选项，在"宽度"下拉列表框中选择"1.5 磅"选项，如图 6-60 所示。

图 6-59　设置对齐方式

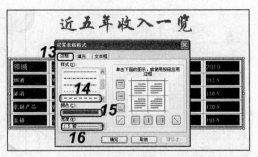

图 6-60　设置边框样式等属性

（10）依次单击□按钮和□按钮两次，为对应的边框应用所做设置，然后单击 确定 按钮，如图 6-61 所示。此时表格内部的边框线应用了所做的设置，效果如图 6-62 所示。

图 6-61　选择边框线

图 6-62　设置的边框效果

（11）选择第 1 行单元格，并打开"设置表格格式"对话框，单击"填充"选项卡，在其中的下拉列表框中选择淡粉色对应的选项，然后单击 确定 按钮，如图 6-63 所示。此时第 1 行单元格将应用所选的填充颜色，如图 6-64 所示。

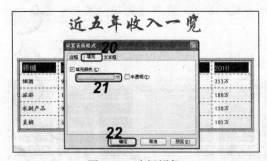

图 6-63　选择颜色

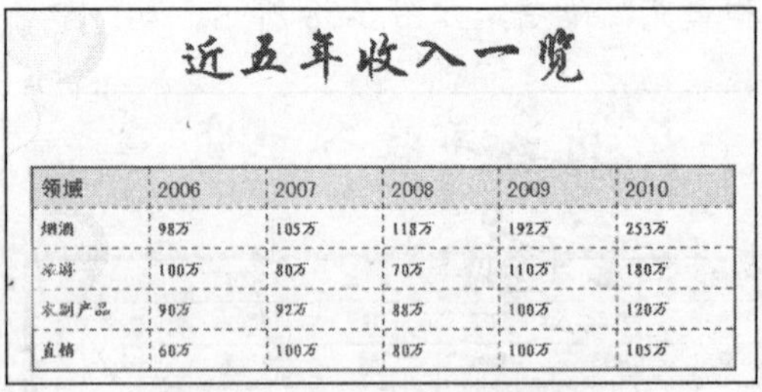

图 6-64　填充颜色后的效果

（12）为第 3 行和第 5 行所有单元格填充与第一行相同的颜色，效果如图 6-65 所示。

（13）为第 2 行和第 4 行所有单元格填充淡蓝色，完成本例操作的效果如图 6-66 所示。

图 6-65　填充第 3 行和第 5 行颜色　　　图 6-66　填充第 2 行和第 4 行颜色

6.2　图表在幻灯片中的应用

图表可以通过图形来显示一系列数据之间的关系，或者让观看者更加生动和直观地查看并了解其中的数据。下面就介绍如何在幻灯片中应用图表这一对象。

6.2.1　在幻灯片中插入图表

在幻灯片中选择"插入/图表"命令或单击"常用"工具栏中的■按钮，或单击对象占位符中的■按钮，均可插入图表并同时打开数据表，如图 6-67 所示。下面介绍图表的主要组成部分及其作用。

- **图表区**：图表区代表图表的整个区域，它包括后面将要介绍的所有组成部分。
- **数据系列**：数据系列是指图表区中以图形显示的各种对象。
- **图例**：用于显示数据系列对应的具体数据。
- **坐标轴**：坐标轴分为数值轴（Y轴）和分类轴（X轴），用于显示数据单位和数据类别。
- **数据表**：用于添加、删除或编辑图表数据。

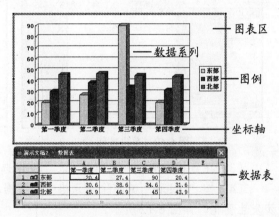

图 6-67　图表的组成

6.2.2　编辑图表内容

插入图表后，便可利用自动打开的数据表窗口编辑图表内容。若以后想编辑图表内容，则需双击图表，然后在"常用"工具栏中单击■按钮打开数据表窗口即可。

提示：

双击图表后，PowerPoint 中的"常用"和"格式"工具栏都将变为专门用于设置图表的状态，单击图表以外的幻灯片区域，则将退出图表编辑状态，此时"常用"和"格式"工具栏又将恢复到原来的状态。

【例6-3】   在"销量统计.ppt"演示文稿中插入图表并对数据进行修改，设置后的最终效果如图 6-68 所示。

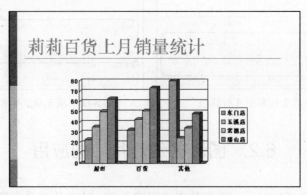

图 6-68   添加的图表效果

（1）打开"销量统计.ppt"演示文稿（立体化教学:\实例素材\第 6 章\销量统计.ppt），单击"常用"工具栏中的 按钮，如图 6-69 所示。

（2）插入图表并打开数据表窗口，如图 6-70 所示。

图 6-69   单击按钮

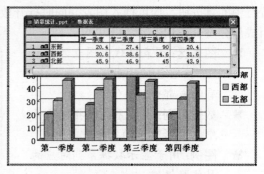

图 6-70   插入图表

（3）在数据表窗口中单击 D 按钮选择该列的所有单元格，如图 6-71 所示。

（4）按"Delete"键删除单元格中的数据，此时图表中的图形和有关联的区域也将同步发生变化，如图 6-72 所示。

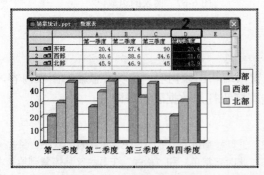

图 6-71   选择整列单元格

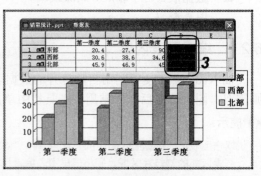

图 6-72   删除数据

（5）选择文本"东部"所在的单元格，此时该单元格边框将加粗显示，如图 6-73 所示。

（6）输入需要的内容后按"Enter"键即可确认修改，此时图例中的文本也将发生变化，如图 6-74 所示。

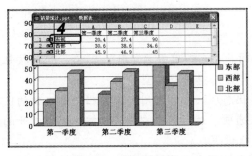

图 6-73　选择单元格　　　　　　　　　图 6-74　修改数据

（7）用相同方法修改其他单元格中的数据，效果如图 6-75 所示。

（8）选择"常德店"单元格下方的单元格，在其中输入"瑶山店"，并依次输入对应的销量数据，此时图表上也将添加对应的数据系列，效果如图 6-76 所示。

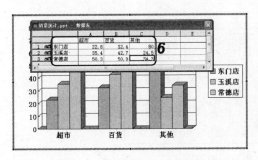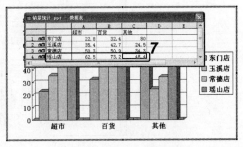

图 6-75　修改其他单元格数据　　　　　图 6-76　添加数据

（9）单击幻灯片中图表外的区域，退出图表编辑状态，效果如图 6-77 所示。

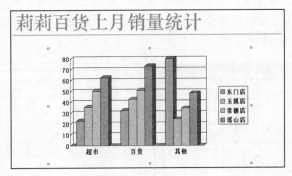

图 6-77　设置后的效果

6.2.3　对图表进行美化

插入并编辑图表后，可根据需要对图表的位置和大小进行调整、对图表类型进行更改、对图表的指定区域进行美化等。各操作的方法分别如下：

➥ **调整图表位置和大小**：在图表上按住鼠标左键不放并拖动便可移动图表位置，选择图表后，拖动图表边框上出现的白色控制点即可调整图表大小。

📢提示：

除了上述方法外，也可双击图表进入图表编辑状态，然后利用图表边框及出现的控制点调整图表位置和大小。

➥ **更改图表类型**：双击图表进入图表编辑状态后，单击"常用"工具栏中 📊·按钮右侧的下拉按钮，在弹出的下拉列表中即可选择图表类型。

➥ **美化指定的图表区域**：进入图表编辑状态后，在"常用"工具栏中最左侧的区域下拉列表框中选择需设置格式的区域选项，然后单击右侧的 🖼 按钮，在打开的对话框中即可对指定的区域进行各种美化设置。

【例6-4】 对"销量统计.ppt"演示文稿中的图表进行适当美化，最终效果如图6-78所示（立体化教学:\源文件\第6章\销量统计.ppt）。

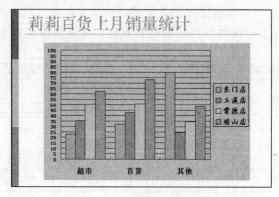

图6-78 美化图表后的效果

（1）继续在"销量统计.ppt"演示文稿中双击图表进入图表编辑状态，单击"常用"工具栏中的 📊 按钮，在弹出的下拉列表中选择"柱形图"选项，如图6-79所示。

（2）此时图表从三维柱形图类型转换为普通柱形图类型，拖动图表右下角的控制点，适当放大图表，如图6-80所示。

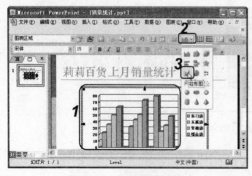

图6-79 选择图表类型

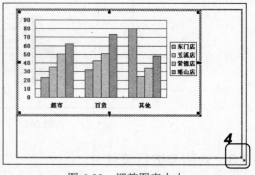

图6-80 调整图表大小

（3）在图表边框上按住鼠标左键不放并拖动鼠标，调整图表位置，如图 6-81 所示。

（4）在"常用"工具栏的区域下拉列表框中选择"图表区域"选项，单击右侧的 按钮，如图 6-82 所示。

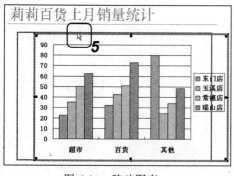

图 6-81　移动图表

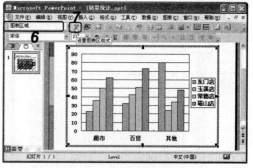

图 6-82　设置图表区域

（5）打开"图表区格式"对话框，在"图案"选项卡中单击如图 6-83 所示的色块，然后单击 确定 按钮。

（6）此时图表背景应用了设置的颜色，继续在"常用"工具栏的区域下拉列表框中选择"图例"选项，单击右侧的 按钮，如图 6-84 所示。

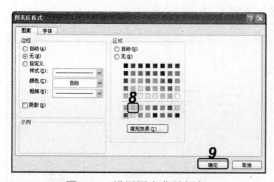

图 6-83　设置图表背景颜色

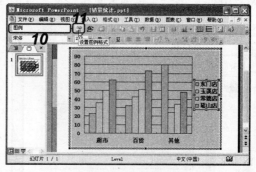

图 6-84　设置图例

（7）打开"图例格式"对话框，单击"字体"选项卡，在"字体"列表框中选择"楷体_GB2312"选项，在"大小"列表框中选择"18"选项，单击 确定 按钮，如图 6-85 所示。

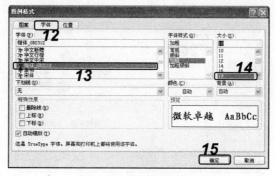

图 6-85　设置图例字体

（8）此时图例字体应用了所做设置，继续在"常用"工具栏的区域下拉列表框中选择"系列'玉溪店'"选项，单击右侧的 按钮，如图 6-86 所示。

（9）打开"数据系列格式"对话框，在"图案"选项卡设置界面中单击橙色对应的色块，然后单击 确定 按钮，如图 6-87 所示。

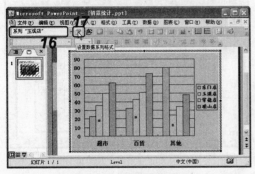

图 6-86　设置数据系列　　　　　　　　　　图 6-87　选择颜色

（10）此时对应的数据系列颜色发生了变化，继续在"常用"工具栏的区域下拉列表框中选择"数值轴"选项，单击右侧的 按钮，如图 6-88 所示。

（11）打开"坐标轴格式"对话框，单击"刻度"选项卡，在"最大值"文本框中输入"100"，在"主要刻度单位"文本框中输入"5"，如图 6-89 所示。

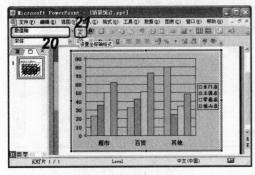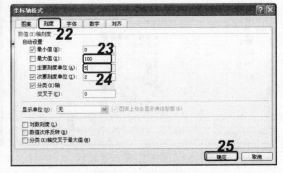

图 6-88　设置数值轴　　　　　　　　　　图 6-89　设置刻度

（12）单击"字体"选项卡，在"大小"列表框中选择"14"选项，单击 确定 按钮，如图 6-90 所示。

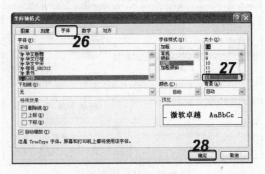

图 6-90　设置字体

（13）数值轴应用设置后，即可完成本例操作，最终效果如图 6-91 所示。

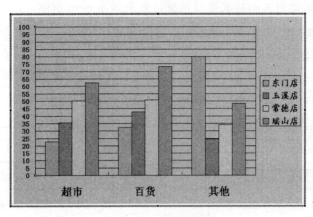

图 6-91 美化后的效果

6.2.4 应用举例——制作"市场份额"演示文稿

本例通过新建演示文稿，并结合文本和图表的使用，制作最终效果如图 6-92 所示的"市场份额.ppt"演示文稿（立体化教学:\源文件\第 6 章\市场份额.ppt）。

图 6-92 演示文稿的最终效果

操作步骤如下：

（1）启动 PowerPoint，为新建的演示文稿应用"Edge.pot"设计模板，如图 6-93 所示。

（2）在标题占位符中输入标题文本，并将字体更改为"华文新魏"，如图 6-94 所示。

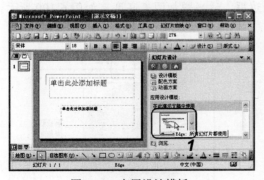

图 6-93 应用设计模板　　　　图 6-94 输入标题文本

（3）在副标题占位符中输入文本，将格式设置为"楷体、加粗"，如图 6-95 所示。

（4）新建幻灯片，并在标题占位符和文本占位符中输入相应文本，然后分别按第 1 张幻灯片的标题和副标题文本格式进行设置，效果如图 6-96 所示。

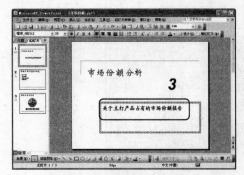

图 6-95　输入副标题文本

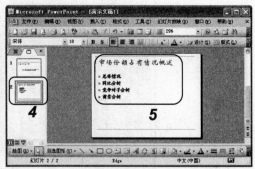

图 6-96　新建幻灯片并输入文本

（5）新建第 3 张幻灯片，在标题占位符中输入文本并设置和前面标题相同的文本格式，删除文本占位符，然后单击"常用"工具栏中的██按钮，如图 6-97 所示。

（6）插入图表并进入图表编辑状态，单击"常用"工具栏中的██·按钮，在弹出的下拉列表中选择"饼图"选项，如图 6-98 所示。

图 6-97　新建幻灯片并输入文本

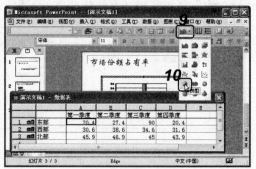

图 6-98　更改图表类型

（7）将数据表中的数据修改为如图 6-99 所示的效果，其中"饼图 1"单元格是删除了原为"东部"的文本后自动出现的效果。

（8）完成图表数据编辑后，拖动图表上边框，适当增加图表高度，如图 6-100 所示。

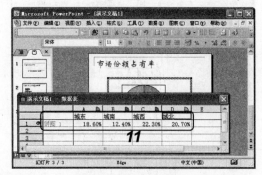

图 6-99　修改图表数据

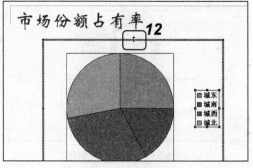

图 6-100　调整图表高度

（9）选择图例区域，拖动出现的边框控制点使图例呈一行显示，如图 6-101 所示。

（10）在图例上拖动鼠标将其移动到绘图区下方，如图 6-102 所示。

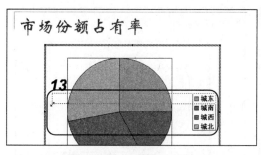

图 6-101　调整图例大小

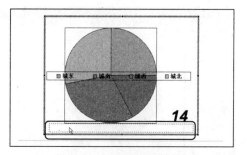

图 6-102　移动图例位置

（11）在"常用"工具栏的区域下拉列表框中选择"绘图区"选项，单击右侧的 按钮，如图 6-103 所示。

（12）打开"图形区格式"对话框，选中 无(N) 单选按钮，然后单击 确定 按钮，如图 6-104 所示。

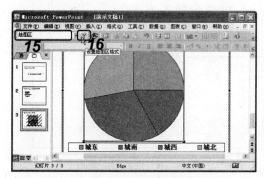

图 6-103　设置绘图区

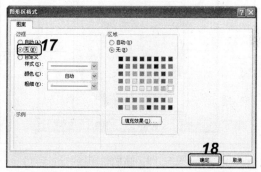

图 6-104　设置边框

（13）在"常用"工具栏的区域下拉列表框中选择"系列'饼图 1'"选项，单击右侧的 按钮，如图 6-105 所示。

（14）在打开的对话框中单击"数据标签"选项卡，选中 值(V) 复选框，然后单击 确定 按钮，如图 6-106 所示。

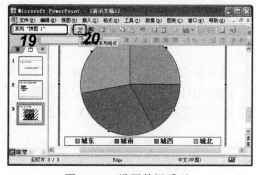

图 6-105　设置数据系列

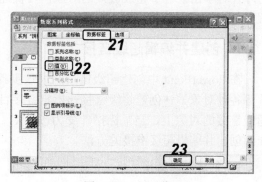

图 6-106　显示值

（15）单击右边的值，将其拖动到相应的图形上，如图 6-107 所示。

（16）用相同方法移动其他值的位置，如图 6-108 所示。

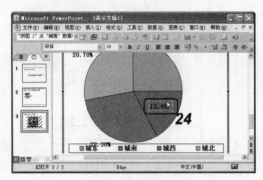

图 6-107　移动值的位置　　　　　　　　图 6-108　移动其他值的位置

（17）选择绘图区，将其向上移动适当距离，如图 6-109 所示。

（18）单击幻灯片其他区域，退出图表编辑状态，效果如图 6-110 所示。

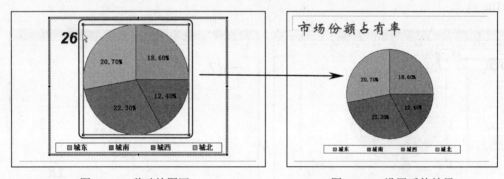

图 6-109　移动绘图区　　　　　　　　　图 6-110　设置后的效果

6.3　超级链接在幻灯片中的应用

超级链接是定位到目标对象的快速通道，在 PowerPoint 中设置了超级链接后，在放映幻灯片时单击设置了超级链接的对象，可快速跳转到指定的链接目标位置。下面就详细讲解在 PowerPoint 中使用超级链接的方法。

6.3.1　创建并编辑超级链接

在 PowerPoint 中创建超级链接的大致步骤为：选择需创建超级链接的对象（文本、图片等各种对象）→创建超级链接→指定链接目标。放映幻灯片时，将鼠标指针移至设置了超级链接的对象上，当鼠标指针变为 形状，单击鼠标即可跳转到指定位置。下面将具体介绍创建并编辑超级链接的方法。

1．创建超级链接

幻灯片中的占位符、文本、图片、剪贴画等各种对象均可创建超级链接，选择需创建超级链接的对象后，可通过以下任意一种方法为其创建超级链接：

- 选择"插入/超链接"命令。
- 单击"常用"工具栏中的 按钮。
- 在选择的对象上单击鼠标右键，在弹出的快捷菜单中选择"超链接"命令。
- 按"Ctrl+K"键。

执行以上任意一种操作后，均可打开"插入超链接"对话框，如图 6-111 所示。在其中设置需链接的位置，然后单击 确定 按钮即可。

图 6-111　"插入超链接"对话框

提示：

> 在创建了超级链接的对象上单击鼠标右键，在弹出的快捷菜单中选择"删除超级链接"命令即可删除创建的超级链接。

2．设置链接目标

创建超级链接时，可根据需要设置链接的目标为某个文件、演示文稿中的某张幻灯片或电子邮件等。这些操作都可在"插入超链接"对话框中实现，具体方法分别如下。

- **链接到文件**：在"插入超链接"对话框左侧选择"原有文件或网页"选项，在右侧的"查找范围"下拉列表框中选择文件所在位置，在下方的列表框中选择所需文件，然后单击 确定 按钮即可，如图 6-112 所示。

提示：

> 若在对话框下方的"地址"下拉列表框中输入某个网站地址，在放映幻灯片时单击创建了超级链接的对象后，可打开 IE 浏览器访问指定的网站。

- **链接到幻灯片**：在"插入超链接"对话框左侧选择"本文档中的位置"选项，在右侧的列表框中选择目标幻灯片，然后单击 确定 按钮即可，如图 6-113 所示。

图 6-112　链接到文件

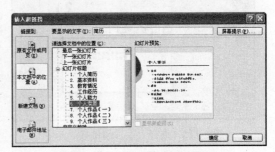

图 6-113　链接到幻灯片

提示：

> 在"插入超链接"对话框中选择左侧的"电子邮件地址"选项，便可在右侧的文本框中输入对方的邮箱地址和邮件主题，此后放映幻灯片时，单击该超级链接即可启动邮件管理软件并发送邮件。

3. 更改超级链接

更改超级链接的方法为：选择需更改超级链接的对象，然后按照创建超级链接的方法打开对话框，并重新指定链接目标即可。需注意的是，此时打开的对话框名称从"插入超链接"变为"编辑超链接"，且右键菜单中的"超链接"命令也变为"编辑超链接"命令。

【例6-5】 更改"个人简历.ppt"演示文稿中第1张幻灯片的标题文本指定的链接目标，并为"个人作品（一）"幻灯片的图片创建指定该图片文件的超级链接，以便单击该图片后会显示原图片文件，效果如图6-114所示（立体化教学:\源文件\第6章\个人简历.ppt）。

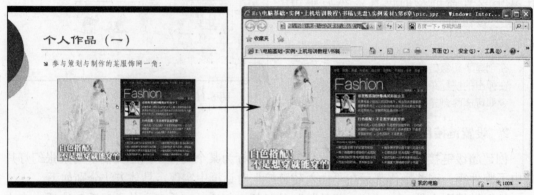

图6-114 单击超级链接后的效果

（1）打开"个人简历.ppt"演示文稿（立体化教学:\实例素材\第6章\个人简历.ppt），拖动鼠标选择第1张幻灯片中的"个人简历"文本，并在其上单击鼠标右键，在弹出的快捷菜单中选择"编辑超链接"命令，如图6-115所示。

（2）打开"编辑超链接"对话框，选择左侧的"本文档中的位置"选项，在右侧的列表框中选择"5.个人能力"选项，单击 确定 按钮，如图6-116所示。

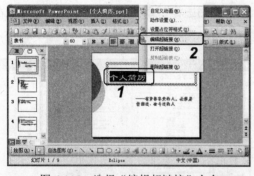

图6-115 选择"编辑超链接"命令

图6-116 重新指定幻灯片

（3）创建了超级链接的文本下方将自动添加下划线，继续单击第7张幻灯片缩略图，如图6-117所示。

（4）选择该幻灯片中的图片对象，然后选择"插入/超链接"命令，如图6-118所示。

（5）打开"插入超链接"对话框，选择左侧的"原有文件或网页"选项，在右侧的"查找范围"下拉列表框中选择"第6章"选项，在下方的列表框中选择"pic.jpg"选项（立体化教学:\实例素材\第6章\pic.jpg），单击 确定 按钮，如图6-119所示。

图 6-117　选择幻灯片

图 6-118　选择命令

（6）完成超链接的创建后，单击"幻灯片"选项卡下方的回按钮，如图 6-120 所示。

图 6-119　选择图片文件

图 6-120　单击按钮

（7）进入幻灯片放映状态，将鼠标指针移至该幻灯片的图片上，可见鼠标指针变为🖑形状，如图 6-121 所示，单击鼠标即可查看指定的图片文件。

（8）若在创建好超级链接后按"F5"键，则可从第 1 张幻灯片开始放映，此时单击"个人简历"文本，如图 6-122 所示，即可快速切换到指定的幻灯片。

图 6-121　单击图片超级链接

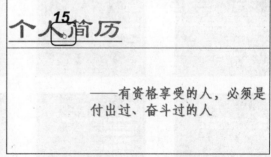

图 6-122　单击文本超级链接

6.3.2　动作按钮的应用

动作按钮实际上是一类特殊的超级链接，它通过预设的各种按钮来实现超级链接的作用，单击某个按钮后便能跳转到上一张、下一张或自行指定的幻灯片。

在 PowerPoint 中使用动作按钮的方法为：在 PowerPoint 的自选图形中选择“动作按钮”类别下的某个按钮图形，然后在幻灯片中绘制图形，释放鼠标后将打开如图 6-123 所示的“动作设置”对话框，在其中进行适当设置后单击［确定］按钮即可。下面介绍该对话框中部分参数的作用和使用方法。

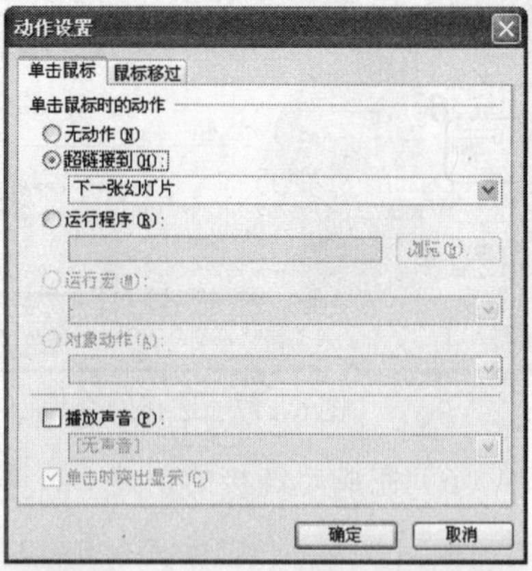

图 6-123 “动作设置”对话框

- ➘ “单击鼠标”选项卡：主要用于设置单击鼠标时发生的动作效果。
- ➘ “鼠标移过”选项卡：主要用于当鼠标指针移动到按钮上发生的动作效果。
- ➘ ◉无动作(N)单选按钮：选中该单选按钮表示无任何动作效果。
- ➘ ◉超链接到(H):单选按钮：选中该单选按钮后，可在下方的下拉列表框中指定超链接动作，如链接到上一张幻灯片、下一张幻灯片或指定的幻灯片等。
- ➘ ◉运行程序(R):单选按钮：选中该单选按钮后，可通过单击下方的［浏览(B)...］按钮，在打开的对话框中指定需启动的某个程序。
- ➘ ☑播放声音(P):复选框：选中该复选框后，可在下方的下拉列表框中选择某种声音效果，此时在按钮上单击鼠标或移动鼠标指针至按钮上时便能听到选择的声音效果。

6.3.3 应用举例——为“毕业设计”演示文稿添加超级链接和动作按钮

下面为“毕业设计.ppt”演示文稿第 2 张幻灯片中的各段落文本创建指定相应幻灯片的超级链接，并在第 2~7 张幻灯片中创建“上一张幻灯片”和“下一张幻灯片”动作按钮，最终效果如图 6-124 所示（立体化教学:\源文件\第 6 章\毕业设计.ppt）。

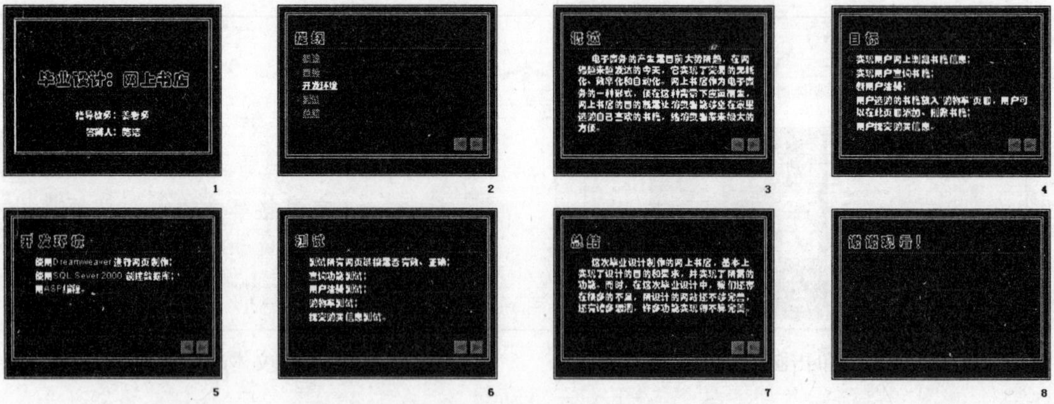

图 6-124 演示文稿的最终效果

操作步骤如下：

（1）打开“毕业设计.ppt”演示文稿（立体化教学:\实例素材\第 6 章\毕业设计.ppt），选择第 2 张幻灯片中的“概述”文本，单击“常用”工具栏上的🌐按钮，如图 6-125 所示。

（2）打开"插入超链接"对话框，选择左侧的"本文档中的位置"选项，在右侧的列表框中选择"3.概述"选项，单击 确定 按钮，如图 6-126 所示。

图 6-125　选择"概述"

（3）选择"目标"段落文本，单击"常用"工具栏上的 按钮，如图 6-127 所示。

（4）打开"插入超链接"对话框，在右侧的列表框中选择"4目标"选项，单击 确定 按钮，如图 6-128 所示。

图 6-127　选择"目标"

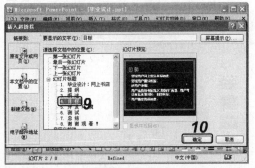

图 6-128　指定目标幻灯片

（5）按相同方法为第 2 张幻灯片中的其他段落文本指定相应的幻灯片超级链接，如图 6-129 所示。

（6）单击"绘图"工具栏上的 自选图形 按钮，在弹出的下拉列表中选择"动作按钮"类别下的"动作按钮：后退或前一项"选项，如图 6-130 所示。

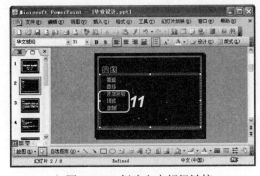

图 6-129　创建文本超级链接

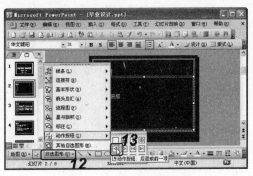

图 6-130　选择动作按钮

（7）在幻灯片中拖动鼠标绘制动作按钮，如图6-131所示。

（8）释放鼠标打开"动作设置"对话框，此时在"单击鼠标"选项卡中将自动设置超级链接目标位置，保持默认设置，单击"鼠标移过"选项卡，如图6-132所示。

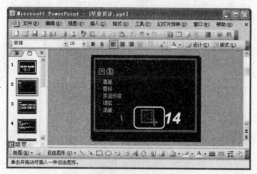

图 6-131　绘制动作按钮　　　　　　　　　　图 6-132　设置鼠标移过动作

（9）选中  复选框，在下方的下拉列表框中选择"锤打"选项，单击 确定 按钮，如图6-133所示。

（10）按照设置自选图形的方法调整动作按钮的大小和位置，如图6-134所示。

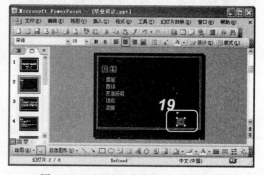

图 6-133　设置鼠标经过时的声音　　　　　　图 6-134　调整动作按钮大小和位置

（11）单击"绘图"工具栏上的 自选图形(U)▼ 按钮，在弹出的下拉列表中选择"动作按钮"类别下的"动作按钮：前进或下一项"选项，如图6-135所示。

（12）在幻灯片中拖动鼠标绘制动作按钮，如图6-136所示。

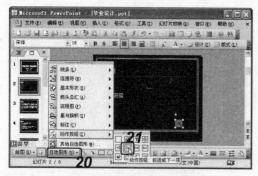

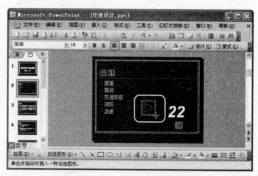

图 6-135　选择动作按钮　　　　　　　　　　图 6-136　绘制动作按钮

（13）释放鼠标，在打开的对话框中单击"鼠标移过"选项卡，如图6-137所示。

（14）选中☑播放声音(P)复选框，在下方的下拉列表框中选择"锤打"选项，单击 确定 按钮，如图6-138所示。

图6-137　设置鼠标移过动作　　　　图6-138　设置鼠标经过时的声音

（15）调整动作按钮的大小和位置，如图6-139所示。

（16）拖动鼠标框选两个动作按钮，如图6-140所示。

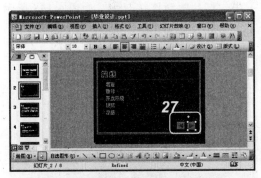

图6-139　调整动作按钮大小和位置　　　　图6-140　框选动作按钮

（17）按"Ctrl+C"键复制按钮，切换到第3张幻灯片，按"Ctrl+V"键粘贴按钮，如图6-141所示。

（18）按相同方法在第4~7张幻灯片中粘贴动作按钮，如图6-142所示。

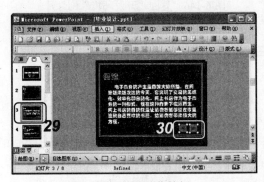

图6-141　粘贴动作按钮　　　　图6-142　粘贴动作按钮

（19）按"F5"键放映幻灯片，在第2张幻灯片中单击"开发环境"超级链接，如

图 6-143 所示。

（20）快速切换到"开发环境"幻灯片，单击"上一张幻灯片"动作按钮，如图 6-144 所示。

图 6-143　单击文本超级链接　　　　　图 6-144　单击"上一张幻灯片"动作按钮

（21）链接到"目标"幻灯片，单击"下一张幻灯片"动作按钮，如图 6-145 所示。

（22）此时又将重新切换到"开发环境"幻灯片，如图 6-146 所示。

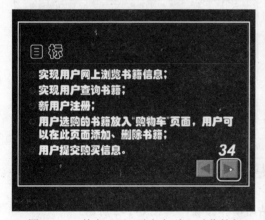

图 6-145　单击"下一张幻灯片"动作按钮　　　　图 6-146　返回"开发环境"幻灯片

6.4　上机与项目实训

6.4.1　制作"销售报告"演示文稿

本次实训将在"销售报告.ppt"演示文稿中插入表格和图表来补充说明此报告的产品销售情况以及市场的供求关系，然后为文本创建超级链接以便在放映时可以更加自主地操作，得到的最终效果如图 6-147 所示（立体化教学:\源文件\第 6 章\销售报告.ppt）。

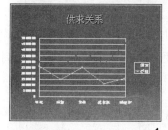
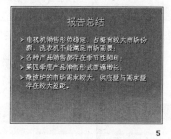

图 6-147　演示文稿的制作效果

1. 制作销售情况表格

下面将在"销售情况"幻灯片中插入并编辑表格来说明产品的具体销售情况，操作步骤如下：

（1）打开"销售报告.ppt"演示文稿（立体化教学:\实例素材\第 6 章\销售报告.ppt），选择第 3 张幻灯片，单击对象占位符中的 ▦ 按钮，如图 6-148 所示。

（2）打开"插入表格"对话框，分别将"列数"和"行数"数值框中的数字设置为"5"和"6"，单击 确定 按钮，如图 6-149 所示。

图 6-148　单击"插入表格"按钮

图 6-149　设置表格行数和列数

（3）此时将在所选的幻灯片中插入 6 行 5 列的表格，且文本插入点自动定位到第 1 行第 1 列单元格中，如图 6-150 所示。

（4）通过单击单元格定位文本插入点的方法，依次在各单元格中输入需要的文本内容，如图 6-151 所示。

（5）通过鼠标选择表格中的所有单元格，在选择的区域上单击鼠标右键，在弹出的快捷菜单中选择"边框和填充"命令，如图 6-152 所示。

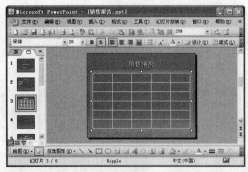

图 6-150　插入的表格

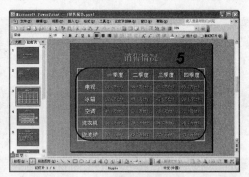

图 6-151　输入表格内容

（6）打开"设置表格格式"对话框，单击"文本框"选项卡，在"文本对齐"下拉列表框中选择"中部居中"选项，单击 确定 按钮，如图 6-153 所示。

图 6-152　选择命令

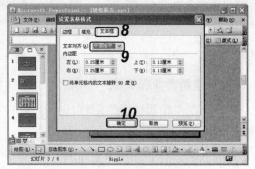

图 6-153　选择对齐方式

（7）拖动鼠标选择第 1 行所有的单元格，将其字体设置为"黑体"，按相同方法将第 1 列所有单元格的字体设置为"黑体"，如图 6-154 所示。

（8）从第 2 行第 2 列单元格处开始拖动鼠标，至表格最右下角的单元格处释放，将所选的所有单元格字号设置为"20"，完成表格的制作，如图 6-155 所示。

图 6-154　设置字体

图 6-155　设置字号

2．制作供求关系图表

下面继续在"供求关系"幻灯片中插入并编辑折线图来体现市场对各产品的需求及供应情况，操作步骤如下：

（1）选择第 4 张幻灯片，单击对象占位符中的 按钮，如图 6-156 所示。

（2）插入图表并打开数据表窗口，按照编辑表格的方法将数据表中的数据进行删减和修改，效果如图 6-157 所示。

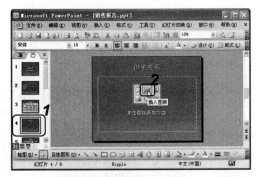

图 6-156　插入图表操作　　　　　　　　图 6-157　修改图表数据

（3）关闭数据表窗口，单击"常用"工具栏中的 按钮，在弹出的下拉列表中选择"折线图"选项，如图 6-158 所示。此时图表类型将更改为折线图样式，如图 6-159 所示。

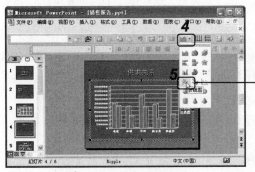
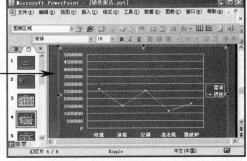

图 6-158　选择图表类型　　　　　　　　图 6-159　更改后的图表

（4）单击幻灯片空白区域退出图表编辑状态，适当调整图表的大小和位置，完成图表的制作，效果如图 6-160 所示。

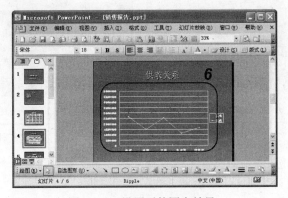

图 6-160　设置后的图表效果

3. 创建超级链接

下面为第 2 张幻灯片中的各段落文本创建指定相应幻灯片的超级链接,操作步骤如下:

(1)选择第 2 张幻灯片中的"销售情况"文本,单击"常用"工具栏中的 按钮,如图 6-161 所示。

(2)打开"插入超链接"对话框,选择左侧的"本文档中的位置"选项,在右侧的列表框中选择"3.销售情况"选项,单击 确定 按钮,如图 6-162 所示。

图 6-161 选择文本

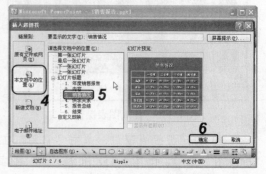

图 6-162 指定目标幻灯片

技巧:

> 在"插入超链接"对话框中单击右上角的 屏幕提示(P)... 按钮,可在打开的对话框中设置屏幕提示文字,此后在放映幻灯片时,将鼠标指针移至创建了该超级链接的对象上,稍作停留将显示出设置的屏幕提示内容。

(3)创建了超级链接的文本颜色将发生变化,且下方会自动添加下划线效果,如图 6-163 所示。

(4)使用相同方法为其他段落文本创建超级链接,链接目标为相应的幻灯片,如图 6-164 所示。

图 6-163 文本超级链接效果

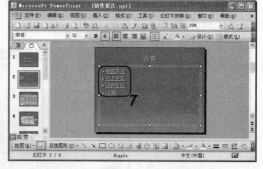

图 6-164 创建其他文本超级链接

(5)按"F5"键放映幻灯片,单击鼠标切换到第 2 张幻灯片,然后单击其中的"供求关系"文本超级链接,如图 6-165 所示。

(6)此时将快速切换到对应的幻灯片中,效果如图 6-166 所示。最后按"Esc"键退出幻灯片放映状态,保存所做的设置完成本例操作。

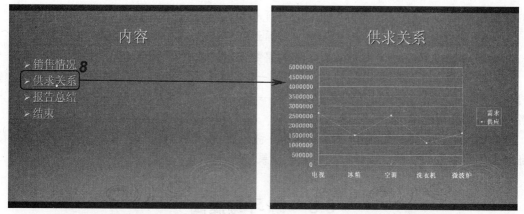

图 6-165 单击文本超级链接　　　　　　　　图 6-166 切换到指定的幻灯片

6.4.2 制作"产品报告"演示文稿

综合利用本章所学知识，制作"产品报告.ppt"演示文稿，完成后的最终效果如图 6-167 所示（立体化教学:\源文件\第 6 章\产品报告.ppt）。

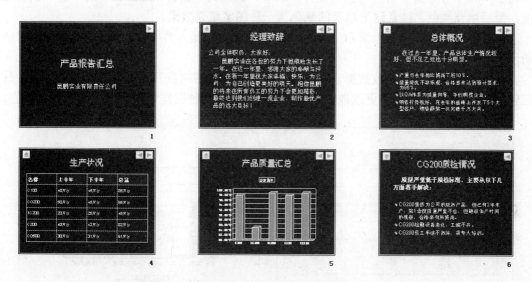

图 6-167 演示文稿的最终效果

本练习可结合立体化教学中的视频演示进行学习（立体化教学:\视频演示\第 6 章\产品报告.swf）。主要操作步骤如下：

（1）新建演示文稿，为其应用"Orbit.pot"设计模板，然后新建 5 张幻灯片。

（2）分别在第 1、2、3 和第 6 张幻灯片中输入相应的标题和文本，然后更改第 4、5 张幻灯片的版式为"标题和内容"版式。

（3）在第 4 张幻灯片中输入标题后，通过占位符插入 6 行 4 列的表格，输入相应的表格内容。然后将第 1 行单元格的字体更改为"黑体"，其余单元格的字号设置为"20"。

（4）将表格中所有单元格的对齐方式设置为"水平左对齐、垂直居中对齐"，为表格的内部框线应用┈┈┈样式，然后为第一行单元格填充深蓝色。

（5）在第 5 张幻灯片中输入标题后，通过占位符插入图表，然后输入图表数据。

（6）调整图例在图表中的位置，并调整数值轴的最小值为"0.8"。

（7）在第 2~5 张幻灯片左上角插入"第一张"动作按钮，设置鼠标单击时的声音为"锤打"，并填充白色。在右上角分别插入"上一张"和"下一张"动作按钮，设置相同的声音效果和填充颜色。

（8）将"下一张"动作按钮复制到第 1 张幻灯片；将"第一张"和"上一张"动作按钮复制到第 6 张幻灯片，保存设置并预览效果即可。

6.5　练习与提高

1．在"生产计划.ppt"演示文稿（立体化教学:\实例素材\第 6 章\生产计划.ppt）的第 5 张幻灯片中插入并编辑表格，效果如图 6-168 所示。

提示：插入表格后输入内容，然后设置对齐方式为水平对齐和中部居中对齐、更改单元格字体和字号（其中第一行为"黑体、27"，其余为"楷体_GB2312、21"），设置边框，最后填充颜色。注意这里填充的颜色为一种图案填充效果。

2．在"生产计划.ppt"演示文稿的第 4 张幻灯片中插入并编辑图表，效果如图 6-169 所示。

提示：插入图表并修改数据表中的数据，然后调整图例位置并填充颜色，接着更改数值轴的单位为"5"，最后更改数据系列的填充颜色为某种图案效果，并在其上显示数值。

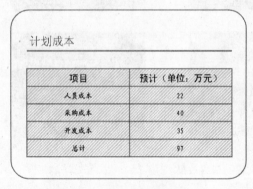

图 6-168　制作的表格效果

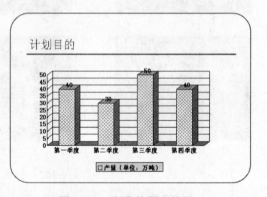

图 6-169　制作的图表效果

3．为"生产计划.ppt"演示文稿的第 2 张幻灯片中的各段文本创建超级链接，链接目标为相应的幻灯片，然后利用自选图形制作"上一张"和"下一张"动作按钮，效果如图 6-170 所示（立体化教学:\源文件\第 6 章\生产计划.ppt）。

提示：制作动作按钮时，首先绘制自选图形中的"箭头总汇"类别中的左箭头和右箭头图形，然后为图形创建超级链接，链接对象分别为"本文档中的位置"选项中的"上一张幻灯片"和"下一张幻灯片"即可。本练习可结合立体化教学中的视频演示进行学习（立体化教学:\视频演示\第 6 章\生产计划.swf）。

图 6-170　演示文稿的最终效果

 **各种图表类型的特点对比**

下面对 PowerPoint 中各种图表类型的特点进行介绍，以便用户在操作时可以更好地选择合适的类型。

- **柱形图、条形图**：显示一段时间内数据的变化，能直观地比较各组数据之间的大小。包括柱形图、条形图、三维柱形图、三维条形图、三维圆柱图、三维圆锥图、三维棱锥图等。

- **面积图**：用于强调数据随时间而变化的程度，可直观地显示数据的起伏变化。包括面积图、三维面积图、三维曲面图等。

- **雷达图**：这种类型的图表允许每种数据系列有自己的坐标轴，以中心到四周的方式向外辐射，可直观地显示多组数据的关系。

- **散点图**：用于显示数据系列中各数值之间的关系，它能将多组数据显示为 XY 坐标系的点值，并按不同的间距显示。

- **气泡图**：类似于散点图，但比较成组的是三个数值，而不是两个。由第三个数值确定气泡数据点的大小。

- **折线图**：将同一系列的数据以点或线的形式表示出来，可以直观地显示数据的变化趋势。包括折线图、三维折线图等。

- **饼图**：用于显示单个数据系列中各项数据的大小与各项数据总和的比较，能直观地显示各项数据占总和的比例。包括饼图、三维饼图等。

- **圆环图**：用于显示单个数据与整体数据的关系，与饼图不同的是，它可以显示一种或多种数据系列。

第 7 章　动画在幻灯片中的应用

学习目标

- ☑ 通过使用幻灯片切换效果为"商务礼仪培训"演示文稿添加切换动画
- ☑ 通过动画方案及自定义动画为"个人简历"演示文稿添加并设置动画效果
- ☑ 通过幻灯片切换和自定义动画为"销售报告"演示文稿制作动画效果
- ☑ 通过自定义动画和设置幻灯片切换等操作为"成功"演示文稿添加动画效果
- ☑ 通过为所有幻灯片应用相同的切换效果为"诗歌体裁赏析"演示文稿添加动画
- ☑ 通过自定义动画为"卧龙大熊猫"演示文稿添加各种不同的动画效果

目标任务&项目案例

"商务礼仪培训"演示文稿

"个人简历"演示文稿

"销售报告"演示文稿

"成功"演示文稿

"诗歌体裁赏析"演示文稿

"卧龙大熊猫"演示文稿

　　在幻灯片中应用动画可使幻灯片的播放效果更具有吸引力。本章将具体讲解为幻灯片添加各种不同的切换效果以及为幻灯片中的各个对象添加动画效果的方法，并将进一步对添加了动画的对象进行适当编辑和修改等内容。

7.1　切换动画的应用

切换动画是指在放映幻灯片时，各幻灯片进入屏幕或离开屏幕时显示的一种动画效果。切换动画的设置对象是幻灯片，这与后面将要介绍的为幻灯片中的对象添加动画效果是有区别的。下面首先介绍为幻灯片应用切换动画的方法。

7.1.1　应用与编辑切换效果

为幻灯片应用切换效果的操作非常简单，只需选择需设置切换效果的幻灯片，然后选择"幻灯片放映/幻灯片切换"命令，然后在打开的"幻灯片切换"任务窗格的列表框中选择某一切换效果即可，如图 7-1 所示。选择了某种幻灯片切换效果后，为了使其更符合自己的需要，还可在该任务窗格中对所选效果进行适当编辑，下面就详细介绍"幻灯片切换"任务窗格中部分参数的作用和使用方法。

图 7-1　应用切换效果

- ➤ **"速度"下拉列表框**：在其中可设置切换效果的显示速度，包括慢速、中速和快速 3 个选项。
- ➤ **"声音"下拉列表框**：在其中可选择切换效果显示时伴随的声音效果。
- ➤ ☑**单击鼠标时复选框**：选中该复选框表示需单击鼠标后才能进行幻灯片切换操作。
- ➤ ☑**每隔复选框**：选中该复选框表示将自动切换幻灯片，而切换的时间间隔则可在右侧的数值框中自行设置。
- ➤ 应用于所有幻灯片**按钮**：单击该按钮将把所选效果和设置应用到演示文稿中的所有幻灯片。
- ➤ ▶播放**按钮**：单击该按钮将播放所选切换效果。
- ➤ 幻灯片放映**按钮**：单击该按钮将进入幻灯片放映状态，并播放当前幻灯片。
- ➤ ☑**自动预览复选框**：选中该复选框表示选择某个切换效果或对切换效果进行编辑后，将自动预览此时的效果。

7.1.2　应用举例——为"商务礼仪培训"演示文稿应用并编辑切换效果

下面为"商务礼仪培训.ppt"演示文稿中的所有幻灯片应用"扇形展开"切换效果，并设置速度为"慢速"、声音为"风声"，然后设置以单击鼠标为幻灯片切换方式，最后放映幻灯片预览设置的效果（立体化教学:\源文件\第 7 章\商务礼仪培训.ppt）。

操作步骤如下：

（1）打开"商务礼仪培训.ppt"演示文稿（立体化教学:\实例素材\第 7 章\商务礼仪培训.ppt），选择"幻灯片放映/幻灯片切换"命令，如图 7-2 所示。

（2）打开"幻灯片切换"任务窗格，在"应用于所选幻灯片"列表框中选择"扇形展开"选项，在"速度"下拉列表框中选择"慢速"选项，在"声音"下拉列表框中选择"风声"选项，如图 7-3 所示。

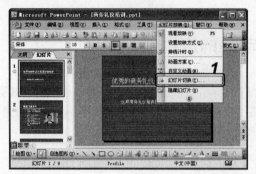

图 7-2　选择命令

图 7-3　选择并设置切换动画

（3）在"换片方式"栏中选中☑单击鼠标时复选框，单击 应用于所有幻灯片 按钮为演示文稿中的所有幻灯片应用相同的切换动画，然后单击 幻灯片放映 按钮，如图 7-4 所示。

（4）进入幻灯片放映状态，从中即可观看设置的幻灯片切换效果，如图 7-5 所示。

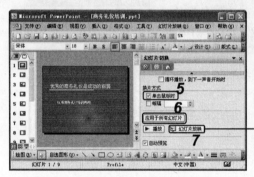

图 7-4　为所有幻灯片应用切换动画

图 7-5　预览切换效果

7.2　动画效果的应用

为了让演示文稿体现出它的生动与形象，在完成内容的编辑后，一般都需要为幻灯片中的各种对象添加不同的动画效果，以便放映幻灯片时通过这些生动有趣的动画吸引观看者的注意。下面就对动画效果的应用进行介绍。

7.2.1　应用动画方案

为了提高工作效率，PowerPoint 预设了许多不同的动画方案，用户只需选择某个动画方案，即可同时设置幻灯片切换效果以及幻灯片中各个对象的动画效果。应用动画方案的方法为：选择幻灯片，然后选择"幻灯片放映/动画方案"命令，打开"幻灯片设计"任务窗格，在其中的列表框中选择所需方案选项即可。

🔊提示：

应用动画方案虽然可以同时添加幻灯片切换效果和幻灯片中内容的动画效果，但它只针对标题占位符和文本占位符，对于对象占位符或未使用占位符添加的图片等对象则不起作用。

7.2.2　自定义动画

自定义动画虽然需要分别对幻灯片中的各个对象进行设置，但这更能体现出别具一格的动画效果，更能表现自己的个性化设计风格。下面就介绍自定义动画的各种操作。

1．添加动画效果

添加动画效果的方法为：选择幻灯片中的某个对象，然后选择"幻灯片放映/自定义动画"命令，打开"自定义动画"任务窗格，单击 添加效果 按钮，在弹出的下拉列表中选择某种动画类别下的动画效果选项即可（选择"其他效果"命令可在打开的对话框中选择更多的动画效果选项），如图 7-6 所示。

PowerPoint 提供了进入、强调、退出和动作路径 4 种不同的动画效果，下面分别对它们的特点进行介绍，以便在实际操作中设计出更加符合需要的动画。

图 7-6　添加动画效果

- **进入**：放映幻灯片时对象最初并不在幻灯片中，而是从其他位置或以其他方式进入到幻灯片，并最终显示在幻灯片中某个固定的位置。
- **强调**：放映幻灯片时对象就显示在幻灯片中，然后以指定的动画方式突出并强调该对象，以引起观众的注意。这类动画效果常用于对重点内容进行设置。
- **退出**：放映幻灯片时对象已存在于幻灯片中，随着动画的播放，对象以指定方式从幻灯片中消失。这类动画效果刚好与"进入"类动画效果相反。
- **动作路径**：放映幻灯片时对象将沿指定的路径进入到幻灯片的相应位置，并最终固定在该处。设置这类动画时往往都需要选择"动作路径"类别下的"绘制自定义路径"命令来设置对象的动画路线。

2．调整动画顺序

为幻灯片中的对象添加了动画效果后，该对象左上方将出现数字图标，表示它在幻灯片中的动画播放顺序（如"2"则表示该对象将第 2 个播放动画效果）。同时添加了动画的对象将自动显示在"自定义动画"任务窗格的列表框中，其排列顺序也与播放顺序一致，如图 7-7 所示。实际操作时，可以随时对动画播放顺序进行调整，方法主要有以下两种。

图 7-7　调整动画顺序

- **通过按钮调整**：在"自定义动画"任务窗格的列表框中选择某个选项，然后单击下方的按钮可上移一个位置；单击按钮则将下移一个位置。
- **拖动鼠标调整**：在"自定义动画"任务窗格的列表框中选择某个选项，在其上按住鼠标左键不放并上下拖动即可移动该对象的播放位置。

177

3．更改动画效果

幻灯片中的对象应用了动画效果后，可以随时通过"自定义动画"任务窗格对动画效果进行更改和设置，如图 7-8 所示。下面详细介绍"自定义动画"任务窗格中部分参数的作用和使用方法。

- ☆ 更改 ▾ 按钮：单击该按钮，可在弹出的下拉列表中重新为对象设置某种动画效果，使用方法与 ☆ 添加效果 ▾ 按钮相同。
- ✕ 删除 按钮：单击该按钮可删除对象的动画效果。
- "开始"下拉列表框：在其中可设置播放所选对象动画效果的触发行为，包括"单击时"（即单击鼠标触发）、"之前"和"之后"等选项。
- "方向"下拉列表框：在其中可设置所选动画效果的方向。
- "速度"下拉列表框：在其中可设置动画效果的播放速度。
- 高级设置：在"自定义动画"任务窗格的列表框中选择某个动画选项后，单击其右侧的下拉按钮，在弹出的下拉菜单中选择"效果选项"命令，可在打开的对话框中对动画效果进行更多设置，如图 7-9 所示。

图 7-8 "自定义动画"任务窗格

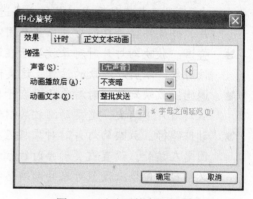

图 7-9 对动画的高级设置

7.2.3 应用举例——为"个人简历"演示文稿添加动画效果

下面为"个人简历.ppt"演示文稿中的第 1~6 张幻灯片应用"华丽型"栏下的"浮动"动画方案，然后依次对其余 3 张幻灯片进行自定义动画设置，最后放映幻灯片预览效果（立体化教学:\源文件\第 7 章\个人简历.ppt）。

操作步骤如下：

（1）打开"个人简历.ppt"演示文稿（立体化教学:\实例素材\第 7 章\个人简历.ppt），选择"视图/幻灯片浏览"命令，如图 7-10 所示。

（2）切换到幻灯片浏览视图，利用"Shift"键选择第 1~6 张幻灯片，然后选择"幻灯片放映/动画方案"命令，如图 7-11 所示。

（3）打开"幻灯片设计"任务窗格，在"应

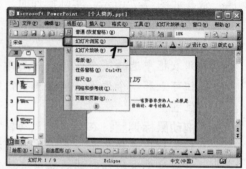

图 7-10 切换视图模式

用于所选幻灯片"列表框中选择"华丽型"栏中的"浮动"选项，如图 7-12 所示。

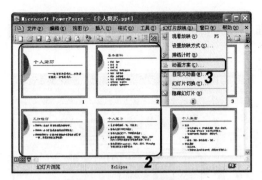

图 7-11　设置动画方案

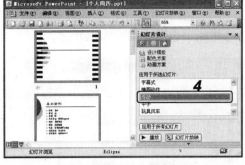

图 7-12　选择动画方案

（4）此时所选的 6 张幻灯片将同时应用相同的动画方案，继续选择"视图/普通"命令，如图 7-13 所示。

（5）切换回普通视图，选择第 7 张幻灯片，然后选择"幻灯片放映/自定义动画"命令，如图 7-14 所示。

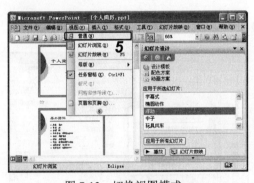

图 7-13　切换视图模式

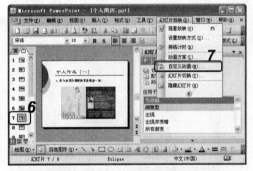

图 7-14　选择"自定义动画"命令

（6）选择标题占位符，在打开的"自定义动画"任务窗格中单击 添加效果 按钮，在弹出的下拉列表中选择"进入"类别下的"飞入"选项，如图 7-15 所示。

（7）为标题占位符添加动画后，选择文本占位符，单击 添加效果 按钮，在弹出的下拉列表中选择"进入"类别下的"其他效果"选项，如图 7-16 所示。

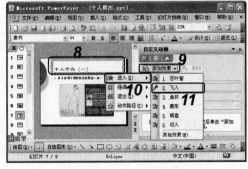

图 7-15　添加动画效果

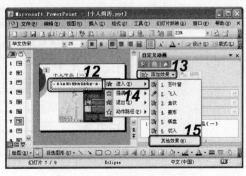

图 7-16　选择其他动画效果

（8）打开"添加进入效果"对话框，选择"细微型"栏中的"渐变式回旋"选项，单击 确定 按钮，如图7-17所示。

（9）选择图片对象，单击 添加效果 按钮，在弹出的下拉列表中选择"强调"类别下的"陀螺旋"选项，如图7-18所示。

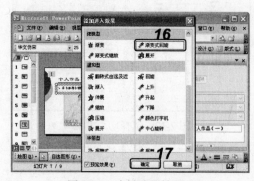
图7-17 选择动画效果

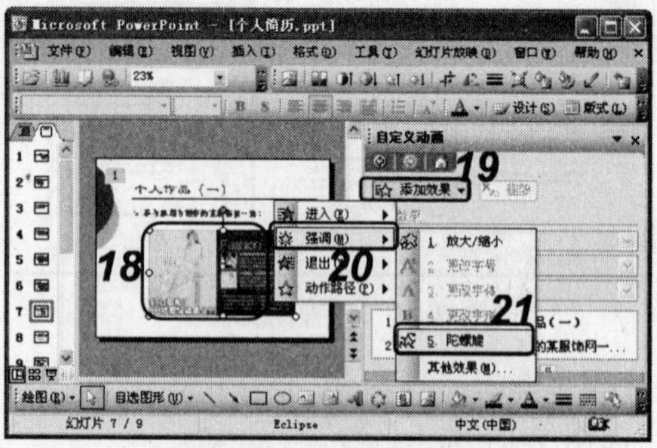

图7-18 添加动画效果

（10）保持图片对象的选择状态，在"自定义动画"任务窗格的"数量"下拉列表框中选择"旋转两周"选项，如图7-19所示。

（11）在"速度"下拉列表框中选择"慢速"选项，如图7-20所示。

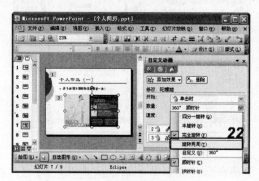
图7-19 设置旋转数量

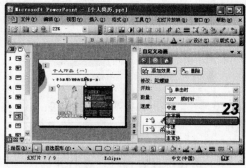
图7-20 设置动画速度

（12）选择第8张幻灯片，并选择其中的所有对象，然后单击 添加效果 按钮，在弹出的下拉列表中选择"进入"类别下的"菱形"选项，如图7-21所示。

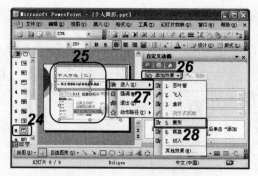
图7-21 添加菱形动画效果

（13）此时所选对象将同时添加相同的动画效果，且具有同样的播放顺序，如图 7-22 所示。

（14）选择第 9 张幻灯片，然后选择其中的标题占位符，单击 添加效果 按钮为其添加 "进入" 类别下的 "百叶窗" 动画，如图 7-23 所示。

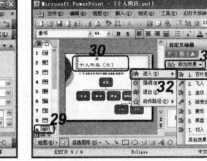

图 7-22　添加动画后的效果　　　　图 7-23　为第 9 张幻灯片添加动画

（15）在任务窗格中的 "方向" 下拉列表框中选择 "垂直" 选项，在 "速度" 下拉列表框中选择 "中速" 选项，如图 7-24 所示。

（16）选择文本占位符，单击 添加效果 按钮为其添加 "强调" 类别下的 "放大/缩小" 动画，如图 7-25 所示。

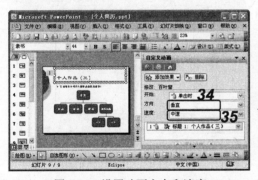
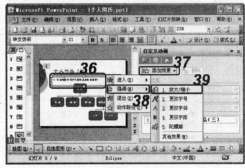

图 7-24　设置动画方向和速度　　　　图 7-25　为文本占位符添加动画

（17）在任务窗格的 "尺寸" 下拉列表框中选择 "巨大" 选项，如图 7-26 所示。

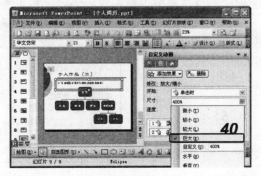

图 7-26　设置尺寸

（18）选择组织结构图，单击 添加效果 按钮为其添加"进入"类别下的"切入"动画，如图 7-27 所示。

（19）在任务窗格的"速度"下拉列表框中选择"中速"选项，如图 7-28 所示。

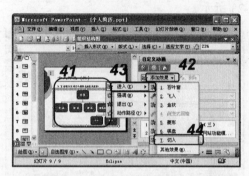
图 7-27　为组织结构图添加动画

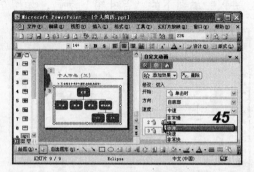
图 7-28　设置动画速度

（20）单击任务窗格列表框中"组织结构图"选项右侧的下拉按钮，在弹出的下拉菜单中选择"效果选项"命令，如图 7-29 所示。

（21）打开"切入"对话框，在"效果"选项卡的"声音"下拉列表框中选择"风铃"选项，如图 7-30 所示。

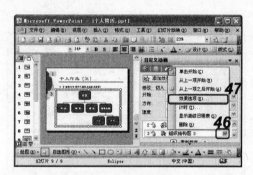
图 7-29　设置动画效果

图 7-30　添加声音

（22）单击"图示动画"选项卡，在"组合图示"下拉列表框中选择"依次每个级别"选项，单击 确定 按钮，如图 7-31 所示。

（23）完成动画的添加，此时组织结构图上将出现多个数字图标，如图 7-32 所示。

图 7-31　设置显示方式

图 7-32　设置后的效果

（24）按"F5"键进入幻灯片放映状态，此时便可逐一观看幻灯片及其内部对象的动画效果，如图7-33所示。

图7-33 观看幻灯片放映效果

7.3 上机与项目实训

7.3.1 为"销售报告"演示文稿添加动画效果

本次实训将在"销售报告.ppt"演示文稿中对每张幻灯片以及幻灯片中的各个对象添加切换效果和动画效果，通过本次上机实训进一步巩固本章所学习的知识（立体化教学:\源文件\第7章\销售报告.ppt）。

1. 添加幻灯片切换效果

下面首先对"销售报告.ppt"演示文稿中的各张幻灯片添加切换效果，操作步骤如下：

（1）打开"销售报告.ppt"演示文稿（立体化教学:\实例素材\第7章\销售报告.ppt），选择第1张幻灯片，然后选择"幻灯片放映/幻灯片切换"命令，如图7-34所示。

（2）打开"幻灯片切换"任务窗格，在"应用于所选幻灯片"列表框中选择"随机垂直线条"选项，并设置速度为"慢速"，声音为"推动"，如图7-35所示。

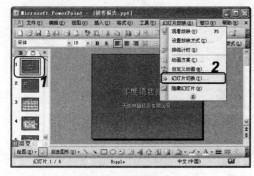

图7-34 选择命令

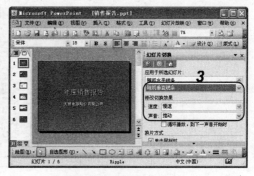

图7-35 设置切换效果

（3）选择第 2 张幻灯片，在"幻灯片切换"任务窗格中设置切换效果为"水平百叶窗、慢速、风铃"，如图 7-36 所示。

（4）选择第 3 张幻灯片，将切换效果设置为"盒状展开、慢速、硬币"，如图 7-37 所示。

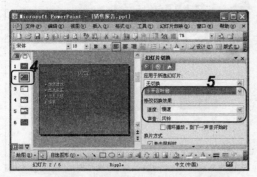 

图 7-36　设置第 2 张幻灯片切换效果　　　　图 7-37　设置第 3 张幻灯片切换效果

（5）选择第 4 张幻灯片，将切换效果设置为"横向棋盘式、慢速、收款机"，如图 7-38 所示。

（6）选择第 5 张幻灯片，将切换效果设置为"溶解、慢速、照相机"，如图 7-39 所示。

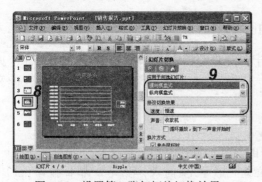 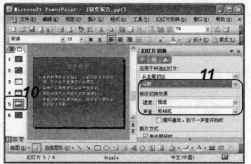

图 7-38　设置第 4 张幻灯片切换效果　　　　图 7-39　设置第 5 张幻灯片切换效果

（7）选择第 6 张幻灯片，将切换效果设置为"垂直梳理、慢速、电压"，如图 7-40 所示。

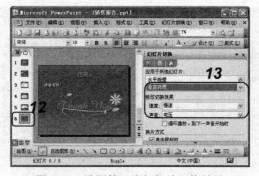

图 7-40　设置第 6 张幻灯片切换效果

2．为幻灯片中的对象添加动画效果

下面依次对"销售报告.ppt"演示文稿中幻灯片中的对象添加不同的动画效果，具体操作步骤如下：

（1）选择第 1 张幻灯片，按住"Shift"键的同时选择标题占位符和副标题占位符，然后选择"幻灯片放映/自定义动画"命令，如图 7-41 所示。

（2）打开"自定义动画"任务窗格，单击 添加效果 按钮，在弹出的下拉列表中选择"进入"类别下的"菱形"选项，如图 7-42 所示。

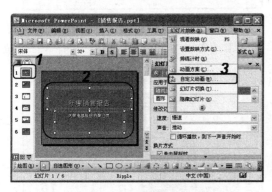

图 7-41　选择命令

图 7-42　选择动画效果

（3）在"修改"栏中将开始方式设置为"单击时"，方向设置为"外"，速度设置为"快速"，如图 7-43 所示。

（4）在"自定义动画"任务窗格的列表框中选择编号为"1"的选项，然后单击 按钮，如图 7-44 所示。此时列表框及幻灯片编辑区中各对象的动画播放编号都发生了相同的变化，如图 7-45 所示。

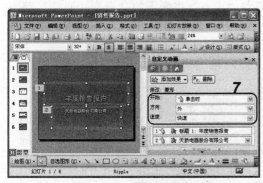

图 7-43　设置动画效果

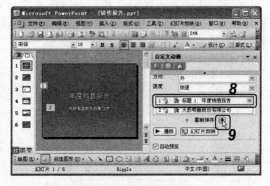

图 7-44　调整动画顺序

（5）选择第 2 张幻灯片，为标题占位符添加"进入"类别下的"切入"动画，并将开始方式、方向和速度分别设置为"单击时、自顶部、快速"，如图 7-46 所示。

（6）选择第 2 张幻灯片中的文本占位符，为其添加"进入"类别下的"切入"动画，并将开始方式、方向和速度分别设置为"单击时、自左侧、快速"，如图 7-47 所示。

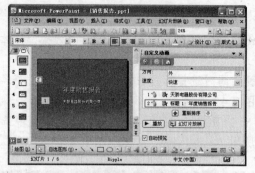

图 7-45　更改播放顺序后的效果

图 7-46　为标题占位符添加动画

（7）选择列表框中编号为"2"的选项，单击其右侧的下拉按钮，在弹出的下拉菜单中选择"效果选项"命令，如图 7-48 所示。

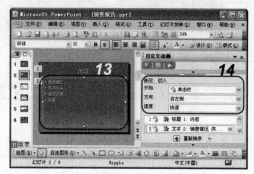

图 7-47　为文本占位符添加动画

图 7-48　设置动画效果

（8）打开"切入"对话框，单击"正文文本动画"选项卡，在"组合文本"下拉列表框中选择"所有段落同时"选项，单击 确定 按钮，如图 7-49 所示。

（9）选择第 3 张幻灯片，为标题占位符添加"进入"类别下的"渐变式回旋"动画，并将开始方式和速度分别设置为"单击时、快速"，如图 7-50 所示。

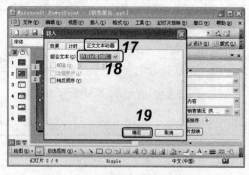

图 7-49　调整段落文本的出现方式

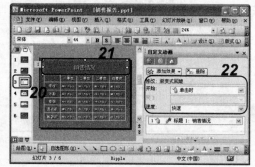

图 7-50　为第 3 张幻灯片的标题占位符添加动画

（10）选择第 3 张幻灯片的表格对象，为其添加"强调"类别下的"陀螺旋"动画，并将开始方式、数量和速度分别设置为"单击时、360° 顺时针、快速"，如图 7-51 所示。

（11）选择第 4 张幻灯片，为标题占位符添加"进入"类别下的"渐变式回旋"动画，并将开始方式和速度分别设置为"单击时、快速",如图 7-52 所示。

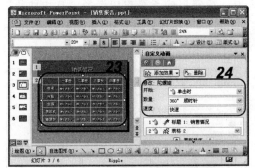

图 7-51 为第 3 张幻灯片的表格添加动画

图 7-52 为第 4 张幻灯片的标题占位符添加动画

（12）选择第 4 张幻灯片的图表对象，为其添加"强调"类别下的"陀螺旋"动画，并将开始方式、数量和速度分别设置为"单击时、360°逆时针、快速"，如图 7-53 所示。

（13）选择第 5 张幻灯片，同时为标题占位符和文本占位符添加"进入"类别下的"百叶窗"动画，并将开始方式、方向、速度分别设置为"单击时、水平、非常快"，如图 7-54 所示。

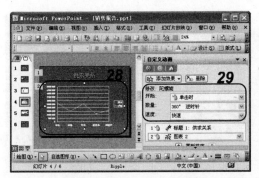

图 7-53 为第 4 张幻灯片的图表对象添加动画

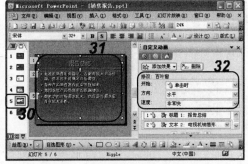

图 7-54 为第 5 张幻灯片添加动画

（14）选择第 6 张幻灯片，同时为标题占位符和文本占位符添加"进入"类别下的"棋盘"动画，并将开始方式、方向和速度分别设置为"单击时、下、快速"，如图 7-55 所示。

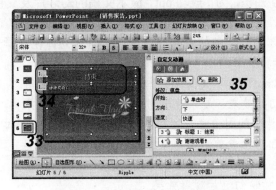

图 7-55 为第 6 张幻灯片添加动画

（15）选择第6张幻灯片中的剪贴画，单击 添加效果 按钮，在弹出的下拉列表中选择"动作路径"类别下的"绘制自定义路径"选项，在弹出的子菜单中选择"自由曲线"命令，如图7-56所示。

（16）在幻灯片中拖动鼠标绘制剪贴画的动作路径，如图7-57所示。

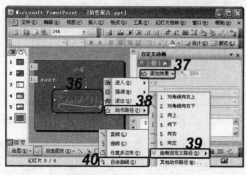

图7-56　选择动作路径　　　　　　　　　图7-57　绘制路径

（17）释放鼠标完成动作路径的绘制操作，如图7-58所示。

（18）保存设置，并放映幻灯片观看效果，如图7-59所示。

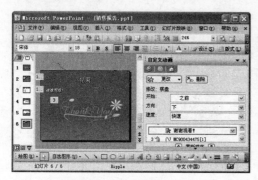

图7-58　完成路径的绘制　　　　　　　　　图7-59　放映幻灯片

7.3.2　为"成功"演示文稿添加动画效果

综合利用本章所学知识，为"成功.ppt"演示文稿的幻灯片及其包含的各种对象添加切换和动画效果，最终效果如图7-60所示（立体化教学:\源文件\第7章\成功.ppt）。

本练习可结合立体化教学中的视频演示进行学习（立体化教学:\视频演示\第7章\成功.swf）。主要操作步骤如下：

（1）打开"成功.ppt"演示文稿（立体化教学:\实例素材\第7章\成功.ppt），为所有幻灯片应用"随机"切换效果，要求速度为"慢速"、声音效果为"照相机"。

（2）分别为幻灯片中的对象添加不同的"进入"类型动画，要求标题占位符首先出现；同时包含文本占位符和图片或剪贴画对象的幻灯片，则要求图片比文本占位符更先出现；包含多个段落的文本占位符要求每段文本分别出现。

（3）最后保存并放映幻灯片观看效果。

 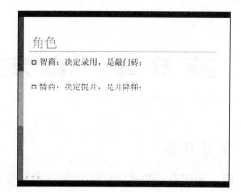

图 7-60　观看幻灯片放映时的动画效果

7.4　练习与提高

1．为"诗歌体裁赏析.ppt"（立体化教学:\实例素材\第 7 章\诗歌体裁赏析.ppt）演示文稿中的所有幻灯片添加慢速并带有风声的"扇形展开"切换效果（立体化教学:\源文件\第 7 章\诗歌体裁赏析.ppt）。

2．为"卧龙大熊猫.ppt"（立体化教学:\实例素材\第 7 章\卧龙大熊猫.ppt）演示文稿中的各对象添加动画效果（立体化教学:\源文件\第 7 章\卧龙大熊猫.ppt）。

提示：标题占位符：强调-波浪形、单击时、快速、第 1 位播放；副标题占位符：进入-切入、单击时、自右侧、快速、第 2 位播放；云形标注：进入-渐变、单击时、慢速、第 3 位播放。本练习可结合立体化教学中的视频演示进行学习（立体化教学:\视频演示\第 7 章\卧龙大熊猫.swf）。

3．为"企业组织.ppt"（立体化教学:\实例素材\第 7 章\企业组织.ppt）演示文稿中的所有幻灯片应用"弹跳"动画方案（立体化教学:\源文件\第 7 章\企业组织.ppt）。

经验技巧　**总结动画在幻灯片中的应用**

为了更方便地对动画进行操作，这里总结以下几点可供参考：

- 当需要对多个幻灯片应用相同的切换动画时，可利用"Shift"键选中所有的幻灯片后再选择所需切换效果。同样，对于多个对象之间，也可以采用这种方法设置相同的动画效果。

- 选择 1 张幻灯片后，单击"幻灯片切换"任务窗格中的 应用于所有幻灯片 按钮可将切换效果应用到所有幻灯片中。

- 要想设置对象的播放时间，可在应用了动画效果后，在"自定义动画"任务窗格列表框中的所需选项上单击鼠标右键，在弹出的快捷菜单中选择"效果选项"命令，在打开的对话框中单击"计时"选项卡，然后单击 触发器(T) 按钮，选中 ⊙单击下列对象时启动效果(C): 单选按钮，最后在右侧的下拉列表框中选择某个触发对象即可。

第 8 章　自定义幻灯片母版

学习目标

- ☑ 通过在幻灯片母版中设置背景和文本格式美化"教学设计"演示文稿
- ☑ 通过在备注母版中设置备注文本格式美化"领导力的艺术"演示文稿
- ☑ 通过在幻灯片母版中设置文本、页脚、背景和动画等美化"产品分析"演示文稿
- ☑ 通过在幻灯片母版和讲义母版中进行各种设置美化"销售报告"演示文稿
- ☑ 通过在幻灯片母版中设置文本格式和背景美化"成功"演示文稿
- ☑ 通过在幻灯片母版中设置页脚和插入自选图形美化"个人简历"演示文稿

目标任务&项目案例

"教学设计"演示文稿

"领导力的艺术"演示文稿

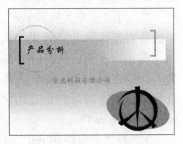

"产品分析"演示文稿

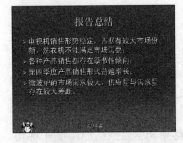

"销售报告"演示文稿

"成功"演示文稿

"个人简历"演示文稿

　　一个演示文稿中的幻灯片众多,通过设计母版可快速完成演示文稿的美化和格式统一,是制作演示文稿中非常重要的一步。本章将具体讲解如何利用幻灯片母版、讲义母版和备注母版等统一美化演示文稿的操作,通过本章的学习,可以在设置幻灯片格式时大大提高工作效率。

8.1 设计幻灯片母版

幻灯片母版主要用来为所有幻灯片设置统一的版式和格式。PowerPoint 包括幻灯片母版、讲义母版和备注母版 3 种母版对象。下面首先对幻灯片母版的相关知识进行介绍。

8.1.1 认识幻灯片母版

在 PowerPoint 中选择"视图/母版/幻灯片母版"命令即可进入幻灯片母版视图模式，此时将自动打开"幻灯片母版视图"工具栏。下面就分别来认识幻灯片母版的组成及"幻灯片母版视图"工具栏的作用。

1. 幻灯片母版组成

新建空白演示文稿后进入幻灯片母版视图模式，此时左侧的选项卡中将只有一张母版缩略图，若是在某个应用了设计模板的幻灯片中进入母版视图模式，则将看见两张母版缩略图，其中第 2 张母版缩略图用于设计标题幻灯片，第 1 张母版缩略图用于设计其他幻灯片，如图 8-1 和图 8-2 所示即为标题幻灯片母版和普通幻灯片母版的版面组成。

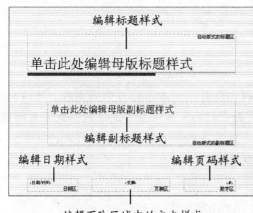

图 8-1 标题幻灯片母版版面组成

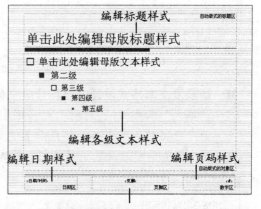

图 8-2 普通幻灯片母版版面组成

2. 认识"幻灯片母版视图"工具栏

"幻灯片母版视图"工具栏主要用于对母版进行新建、保护和删除等作用，也可通过该工具栏退出母版视图模式，如图 8-3 所示，各按钮的作用分别如下。

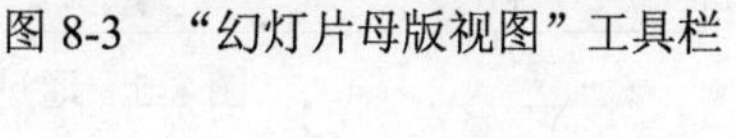

- ➥ ▣按钮：单击该按钮可新建幻灯片母版。
- ➥ ▣按钮：单击该按钮可新建标题幻灯片母版。
- ➥ ▣按钮：单击该按钮可删除当前选择的幻灯片母版。
- ➥ ▣按钮：单击该按钮可保护当前选择的幻灯片母版。

图 8-3 "幻灯片母版视图"工具栏

- 按钮：单击该按钮可对当前选择的幻灯片母版进行重命名操作。
- 按钮：单击该按钮可在打开的对话框中设置母版的版面组成。
- 关闭母版视图(C)按钮：单击该按钮可退出幻灯片母版视图模式。

8.1.2 设计幻灯片母版

通过对幻灯片母版的设计，可以统一设置幻灯片的版面、标题格式、文本格式、背景、动画以及页眉和页脚等对象。下面分别进行介绍。

- **版面设计**：选择幻灯片母版中已有的某个版面组成，按"Delete"键可将其删除。同时也可利用文本框在幻灯片母版中添加公司名称、Logo 等需要显示在每张幻灯片中的信息。如图 8-4 所示即为利用文本框在母版视图中添加公司名称的效果。

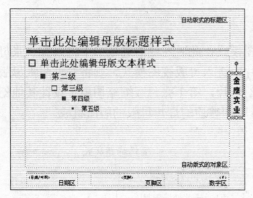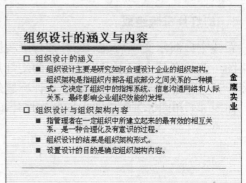

图 8-4　通过母版设计幻灯片版面效果

- **标题及文本格式设计**：选择母版中标题占位符或文本占位符中的文本，然后利用"格式"工具栏、"字体"对话框等前面介绍的文本设置方法进行格式设置即可。其中包括对各级文本的格式设置以及各级文本的项目符号或编号样式的设置。如图 8-5 所示即为设置了母版文本格式的效果。

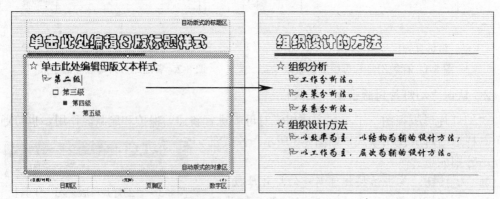

图 8-5　通过母版设计幻灯片标题和文本格式效果

- **背景设计**：背景设计除了按照本书前面介绍的方法更改母版背景颜色和填充效果之外，也可通过插入各种不同的对象打造独具个性的幻灯片背景效果。如图 8-6 所示即为通过更改背景颜色和插入剪贴画的方法制作的母版背景。

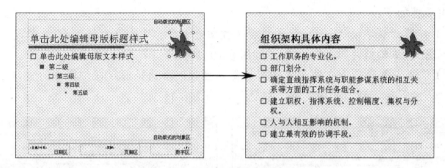

图 8-6　通过母版设计幻灯片背景效果

➥ **动画设计**：在母版视图模式中按照第 7 章介绍的方法设置幻灯片的切换效果及各占位符或其他对象的动画效果，可统一设置整个演示文稿中幻灯片的切换效果和动画效果，极大地提高了工作效率，如图 8-7 所示即为在母版视图模式下添加了动画效果后的状态。

➥ **页眉与页脚设计**：在母版视图模式中选择"视图/页眉和页脚"命令，将打开"页眉和页脚"对话框，如图 8-8 所示，从中即可设置需显示的页眉与页脚内容。

图 8-7　通过母版设计幻灯片动画效果

图 8-8　通过母版设计幻灯片页眉与页脚

8.1.3　应用举例——通过母版美化"教学设计"演示文稿

　　本例利用母版美化"教学设计.ppt"演示文稿中除标题幻灯片以外的所有幻灯片背景和文本格式，美化前后的对比效果如图 8-9 所示（立体化教学:\源文件\第 8 章\教学设计.ppt）。

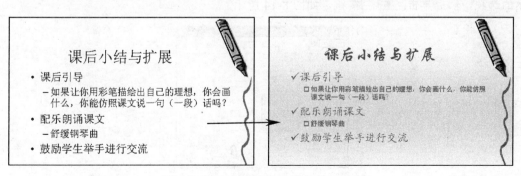

图 8-9　演示文稿美化前后的对比效果

操作步骤如下：

（1）打开"教学设计.ppt"演示文稿（立体化教学:\实例素材\第 8 章\教学设计.ppt），选择"视图/母版/幻灯片母版"命令，如图 8-10 所示。

（2）单击左侧选项卡中的第 1 张母版缩略图，然后选择标题占位符中的文本，将格式设置为"华文行楷、48、居中对齐、红色"，如图 8-11 所示。

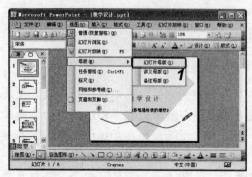
图 8-10　选择"幻灯片母版"命令

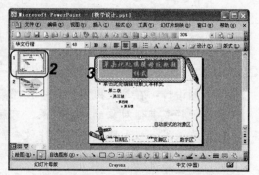
图 8-11　设置标题占位符的文本格式

（3）选择文本占位符中的第 1 级文本，将其格式设置为"楷体、32、紫色"，如图 8-12 所示。

（4）保持该文本的选择状态，选择"格式/项目符号和编号"命令，如图 8-13 所示。

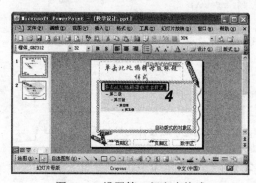
图 8-12　设置第 1 级文本格式

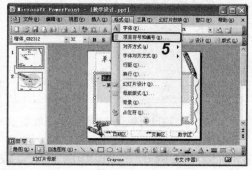
图 8-13　选择"项目符号和编号"命令

（5）打开"项目符号和编号"对话框，单击"项目符号"选项卡，选择如图 8-14 所示的选项，然后单击 确定 按钮，如图 8-14 所示。

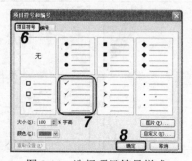
图 8-14　选择项目符号样式

（6）选择第 2 级文本，将其格式设置为"黑体、20、绿色"，如图 8-15 所示。

（7）重复步骤（5）所示方法将第 2 级文本的项目符号更改为空心的方框样式，如图 8-16 所示。

图 8-15　设置第 2 级文本格式

图 8-16　设置项目符号

（8）在母版幻灯片的空白区域单击鼠标右键，在弹出的快捷菜单中选择"背景"命令，如图 8-17 所示。

（9）打开"背景"对话框，在下方的下拉列表框中选择"填充效果"命令，如图 8-18 所示。

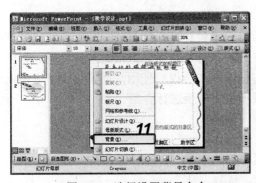

图 8-17　选择设置背景命令

图 8-18　设置填充效果

（10）打开"填充效果"对话框，在"渐变"选项卡中选中 ⊙ 双色(T) 单选按钮，将"颜色 2"下拉列表框中的颜色设置为黄色，然后选中 ⊙ 水平(Z) 单选按钮，并选择"变形"栏中左下角的样式，最后单击 确定 按钮，如图 8-19 所示。

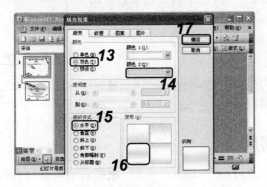

图 8-19　设置渐变效果

（11）返回"背景"对话框，单击 应用(A) 按钮，此时母版幻灯片的背景将应用所设置的效果，如图 8-20 所示，确认无误后单击"幻灯片母版视图"工具栏中的 关闭母版视图(C) 按钮。

（12）返回到普通视图模式，此时除标题幻灯片以外，所有幻灯片都应用了设置的背景和文本格式，如图 8-21 所示。

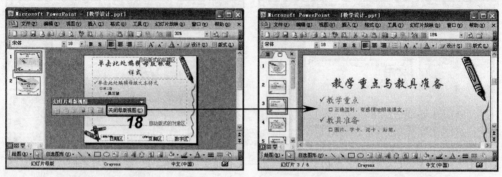

图 8-20　应用背景　　　　　　　　　　　　　　图 8-21　设置后的效果

8.2　制作其他母版

除幻灯片母版以外，讲义母版和备注母版也是在设计演示文稿的过程中经常接触到的对象。与幻灯片母版不同的是，这两种母版在放映幻灯片时不能直接通过屏幕看到相应的内容。相对于幻灯片母版来讲，讲义是为了方便人们在会议时使用，而备注则是方便演讲者在演示幻灯片时使用。下面主要对讲义母版和备注母版进行介绍。

8.2.1　自定义讲义母版

讲义是演示文稿的打印版本，通过对讲义母版的设置可以控制打印纸张上包含的幻灯片数量。选择"视图/母版/讲义母版"命令即可进入讲义母版视图模式，如图 8-22 所示。讲义母版的版面主要由幻灯片数量显示区、页眉、日期、页脚和数字区等区域组成，除了通过"讲义母版视图"工具栏中的按钮来设置幻灯片显示数量以外，其余区域的设置方法完全与幻灯片母版中相应区域的设置方法相同。

图 8-22　讲义母版版面

📢提示：

> 单击"讲义母版视图"工具栏中的相应按钮即可设置每页打印纸张上的幻灯片数量。

8.2.2　自定义备注母版

备注是指演讲者在幻灯片下方输入的内容，根据需要可将这些内容打印出来。选择"视图/母版/备注母版"命令即可进入备注母版视图模式，如图 8-23 所示。备注母版的版面主要由备注文本区、页眉、日期、页脚和数字区等区域组成，同时在备注文本区上方将以图片的形式显示在幻灯片母版中的预览效果，通过该图片可调整幻灯片与备注区的相对位置，双击图片可快速切换到幻灯片母版视图模式。

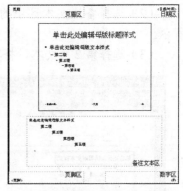

图 8-23　设置备注母版

📢提示：

> 与讲义母版重点设置打印出的纸张上幻灯片的数量不同，备注母版则重点用于设置备注区文本的格式，它也包括多级文本，其设置方法与幻灯片母版中的各级文本的设置方法完全相同。

8.2.3　应用举例——设置"领导力的艺术"演示文稿的备注文本格式

下面通过备注母版来快速设置"领导力的艺术.ppt"演示文稿中所有备注文本的格式，如图 8-24 所示为设置前后的对比效果（立体化教学:\源文件\第 8 章\领导力的艺术.ppt）。

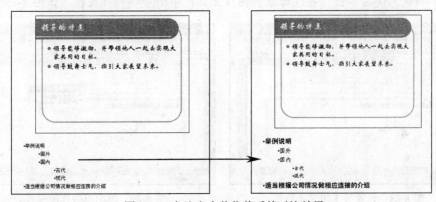

图 8-24　备注文本美化前后的对比效果

操作步骤如下：

（1）打开"领导力的艺术.ppt"演示文稿（立体化教学:\实例素材\第 8 章\领导力的艺术.ppt），选择"视图/母版/备注母版"命令，如图 8-25 所示。

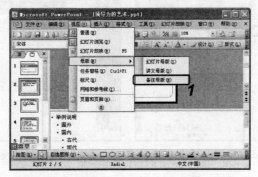

图 8-25　选择进入备注母版视图模式命令

（2）选择备注文本区中的第 1 级文本，将其格式设置为"黑体、16"，如图 8-26 所示。

（3）选择第 2 级文本，将其格式设置为"仿宋、14"，如图 8-27 所示。

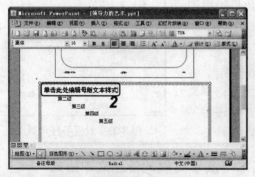
图 8-26　设置第 1 级文本格式

图 8-27　设置第 2 级文本格式

（4）选择第 3 级文本，将其格式设置为"楷体、12"，如图 8-28 所示。

（5）确认无误后单击"备注母版视图"工具栏中的 关闭母版视图(C) 按钮，如图 8-29 所示。

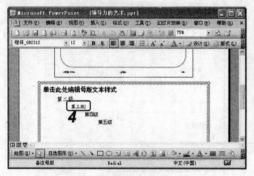
图 8-28　设置第 3 级文本格式

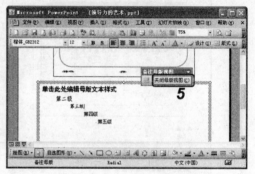
图 8-29　退出母版视图模式

（6）选择"视图/备注页"命令，如图 8-30 所示，进入备注页视图模式，此时可以看到演示文稿中的所有备注文本格式都发生了相应变化，如图 8-31 所示。

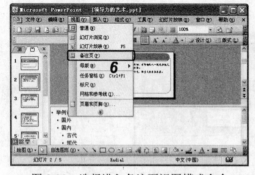
图 8-30　选择进入备注页视图模式命令

图 8-31　设置后的效果

8.3　上机与项目实训

8.3.1　通过幻灯片母版设计"产品分析"演示文稿

本次实训将在"产品分析.ppt"演示文稿中利用幻灯片母版视图统一设计幻灯片的文本格式、页眉页脚、背景和动画等对象，通过练习进一步熟悉幻灯片母版的操作。设计前后的对比效果如图 8-32 所示（立体化教学:\源文件\第 8 章\产品分析.ppt）。

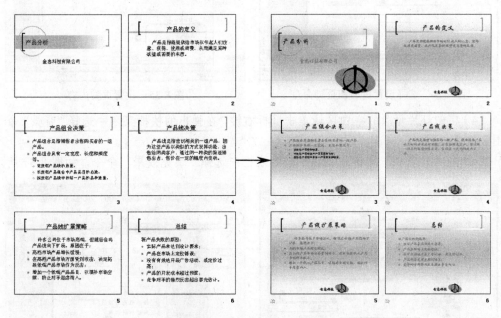

图 8-32　设计前后的对比效果

1．设置版面和背景

下面首先对页脚显示内容和背景进行统一设置，操作步骤如下：

（1）打开"产品分析.ppt"演示文稿（立体化教学:\实例素材\第 8 章\产品分析.ppt），选择"视图/母版/幻灯片母版"命令，如图 8-33 所示。

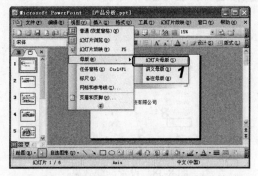

图 8-33　选择进入幻灯片母版视图模式命令

（2）进入幻灯片母版视图模式后，选择"视图/页眉和页脚"命令，如图 8-34 所示。

（3）打开"页眉和页脚"对话框，在"幻灯片"选项卡中选中 ☑页脚(F)复选框和 ☑标题幻灯片中不显示(S)复选框，并在 ☑页脚(F)复选框下方的文本框中输入"金忠科技"，然后单击 全部应用(Y) 按钮，如图 8-35 所示。

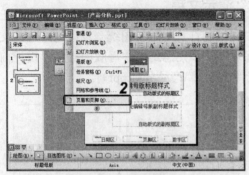

图 8-34　选择设置页眉和页脚命令　　　　图 8-35　设置页脚内容

（4）在幻灯片母版的空白区域单击鼠标右键，在弹出的快捷菜单中选择"背景"命令，如图 8-36 所示。

（5）打开"背景"对话框，在下拉列表框中选择"填充效果"命令，如图 8-37 所示。

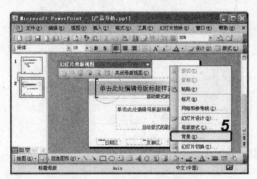

图 8-36　选择设置背景命令　　　　　　图 8-37　选择填充效果命令

（6）打开"填充效果"对话框，在"渐变"选项卡中选中 ⊙双色(T) 单选按钮，"颜色 1"和"颜色 2"保持默认颜色选项，然后选中 ⊙水平(Z) 单选按钮，并选择"变形"栏中左下角的样式，最后单击 确定 按钮，如图 8-38 所示。

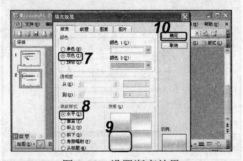

图 8-38　设置渐变效果

（7）返回到"背景"对话框，单击 全部应用(T) 按钮，如图8-39所示。

（8）选择"插入/图片/剪贴画"命令，如图8-40所示。

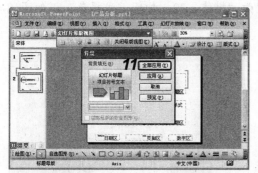
图8-39　为所有幻灯片母版应用背景

图8-40　选择插入剪贴画命令

（9）搜索"标志"剪贴画，并插入如图8-41所示的标志图形。

（10）放大插入的剪贴画，并将其移动到幻灯片母版的右下方，如图8-42所示。

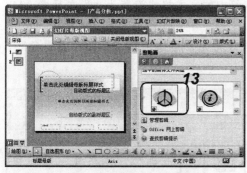
图8-41　插入搜索到的剪贴画

图8-42　调整剪贴画大小和位置

（11）将剪贴画中的蓝色重新填充为褐色，如图8-43所示。

（12）复制剪贴画，并粘贴到第1张幻灯片母版中，然后调整其大小和位置，效果如图8-44所示。

图8-43　设置剪贴画颜色

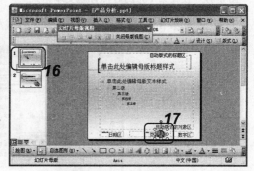
图8-44　复制剪贴画

2．设置文本和动画

接下来对文本格式和动画效果进行统一设置，操作步骤如下：

（1）选择第 2 张幻灯片母版，将标题占位符中的文本格式设置为"华文行楷、44、褐色"，如图 8-45 所示。

（2）将副标题占位符中的文本格式设置为"楷体、32、加粗、浅褐色"，如图 8-46 所示。

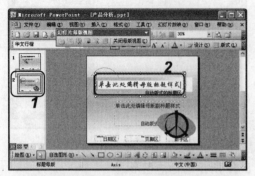

图 8-45　设置第 2 张幻灯片标题文本格式

图 8-46　设置第 2 张幻灯片副标题文本格式

（3）选择第 1 张幻灯片母版，将标题占位符中的文本格式设置为"华文行楷、44、褐色"，如图 8-47 所示。

（4）将文本占位符中的第 1 级文本格式设置为"楷体、24、加粗、浅褐色"，如图 8-48 所示。

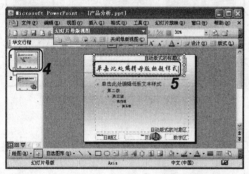

图 8-47　设置第 1 张幻灯片标题文本格式

图 8-48　设置第 1 张幻灯片文本内容格式

（5）选择第 1 级文本，然后选择"格式/项目符号和编号"命令，如图 8-49 所示。

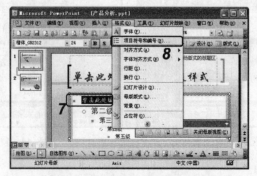

图 8-49　选择设置项目符号命令

（6）打开"项目符号和编号"对话框，单击"项目符号"选项卡中的 自定义(U)... 按钮，如图 8-50 所示。

（7）打开"符号"对话框，选择其中的 ◆ 选项，单击 确定 按钮，如图 8-51 所示。

图 8-50　自定义项目符号

图 8-51　选择项目符号样式

（8）返回到"项目符号和编号"对话框，单击 确定 按钮，如图 8-52 所示。

（9）选择第 2 级文本，将其格式设置为"黑体、18"，并按自定义项目符号的方法设置样式为空心的方框，如图 8-53 所示。

图 8-52　确认项目符号设置

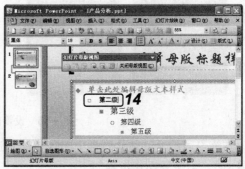
图 8-53　设置文本格式

（10）选择页脚文本，将其格式设置为"楷体、24、加粗、褐色"，如图 8-54 所示。

（11）利用"Shift"键选择第 1 张和第 2 张幻灯片母版缩略图，然后选择"幻灯片放映/动画方案"命令，如图 8-55 所示。

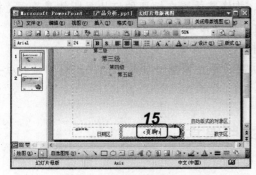
图 8-54　设置页脚文本格式

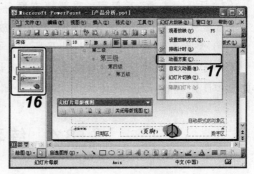
图 8-55　选择"动画方案"命令

（12）打开"幻灯片设计"任务窗格，在"应用于所选幻灯片"列表框中选择"华丽型"栏中的"浮动"选项，然后单击 关闭母版视图(C) 按钮。

（13）退出幻灯片母版视图模式，此时可看到所有幻灯片都应用了统一的文本格式效果和动画效果。

8.3.2 设计"销售报告"演示文稿的母版

综合利用本章所学知识，通过幻灯片母版和讲义母版设置"销售报告.ppt"演示文稿，如图 8-56 所示即为设置前后的对比效果（立体化教学:\源文件\第 8 章\销售报告.ppt）。

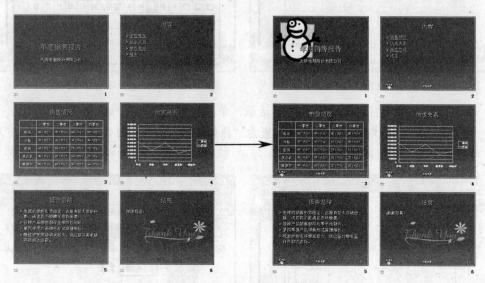

图 8-56　设置前后的对比效果

本练习可结合立体化教学中的视频演示进行学习（立体化教学:\视频演示\第 8 章\销售报告.swf）。主要操作步骤如下：

（1）打开"销售报告.ppt"演示文稿（立体化教学:\实例素材\第 8 章\销售报告.ppt），进入母版视图模式，通过设置页眉和页脚让幻灯片仅显示页脚文本"天骄电器"和幻灯片编号（标题幻灯片不显示页眉和页脚）。

（2）将幻灯片母版的标题占位符和文本占位符字体更改为"华文中宋"和"黑体"。

（3）插入"卡通"剪贴画，重新填充颜色，并将其放置在标题幻灯片母版的最下层（提示：单击鼠标右键，利用快捷菜单中的"叠放次序"命令来调整）。

（4）复制剪贴画到普通幻灯片母版中，将其缩小后放置到左下角。

（5）退出幻灯片母版视图模式，并进入讲义母版，调整每页显示两张幻灯片，然后去掉页眉和日期区域。

8.4　练习与提高

1．为"成功.ppt"（立体化教学:\实例素材\第 8 章\成功.ppt）演示文稿设计幻灯片母版，完成后的效果如图 8-57 所示（立体化教学:\源文件\第 8 章\成功.ppt）。

提示：通过幻灯片母版为其背景应用"羊皮纸"纹理，然后更改标题占位符的字体为"隶书"、副标题和 1 级文本的字体为"华文行楷"、颜色为"绿色"。本练习可结合立体化教学中的视频演示进行学习（立体化教学:\视频演示\第 8 章\成功.swf）。

2．为"个人简历.ppt"（立体化教学:\实例素材\第 8 章\个人简历.ppt）演示文稿设计幻灯片母版，完成后的效果如图 8-58 所示（立体化教学:\源文件\第 8 章\成功.ppt）。

提示：通过幻灯片母版为所有幻灯片添加固定日期"2011-4-22"、页脚"相信自己"和幻灯片编号，然后通过绘制圆环制作独具个性的幻灯片背景。本练习可结合立体化教学中的视频演示进行学习（立体化教学:\视频演示\第 8 章\个人简历.swf）。

图 8-57 "成功"演示文稿效果

图 8-58 "个人简历"演示文稿效果

3．为"商务礼仪培训.ppt"（立体化教学:\实例素材\第 8 章\商务礼仪培训.ppt）演示文稿设计幻灯片母版（立体化教学:\源文件\第 8 章\商务礼仪培训.ppt）。

提示：通过幻灯片母版让除标题幻灯片以外的所有幻灯片显示页脚"礼貌是沟通的桥梁"，然后将显示位置移动到幻灯片右上角，设置字体格式为"黑体、16、右对齐"，接着设置标题占位符字体格式为"华文中宋"、1 级文本的项目符号为笑脸样式、2 级文本的项目符号为中国结样式。本练习可结合立体化教学中的视频演示进行学习（立体化教学:\视频演示\第 8 章\商务礼仪培训.swf）。

经验技巧 总结自定义幻灯片母版的方法

本章主要讲解了幻灯片母版的设计方法，要想为幻灯片设置统一、美观的版式和格式，必须多加练习，这里总结了几点供大家参考：

- 讲义母版与备注母版的操作方法与设计幻灯片母版的方法相似，学会了其中一种即可举一反三，融会贯通。
- 在母版中设置字体、插入等操作与在幻灯片中进行相应操作相同。
- 在讲义母版中通过"讲义母版视图"工具栏可快速设置幻灯片打印时的数量。

第 9 章　让演示文稿有声有色

学习目标

☑ 通过插入 Flash 动画制作"地球"演示文稿
☑ 通过插入电脑中的影片制作"大海"演示文稿
☑ 通过插入电脑中的声音制作"雁荡山"演示文稿
☑ 通过添加剪辑管理器中的影片和声音制作"商务礼仪培训"演示文稿
☑ 通过插入电脑中的影片和声音制作"潮汐"演示文稿。
☑ 通过插入 Flash 动画制作"天气"演示文稿

目标任务&项目案例

"地球"演示文稿

"大海"演示文稿

"雁荡山"演示文稿

"商务礼仪培训"演示文稿

"潮汐"演示文稿

"天气"演示文稿

　　成功的演示文稿除了图片、动画等元素外，有时还需要影片、声音等内容。本章将具体讲解在演示文稿中插入影片、Flash 动画和声音等多媒体对象的方法，并对插入演示文稿中的这些对象的一些基本设置进行介绍。

9.1 在幻灯片中添加视频

在幻灯片中添加视频包括插入影片与 Flash 动画等对象。适当地在幻灯片中添加这些动态的对象，可以使 PowerPoint 更加生动和形象地表现需要展示的内容，也能更加吸引观看者的目光。下面介绍在幻灯片中添加影片和 Flash 动画的方法。

9.1.1 影片与 Flash 动画的使用

虽然影片与 Flash 动画都是一种视频对象，但对于在幻灯片中的插入方法而言，二者却很不同。

1. 在幻灯片中插入影片

在幻灯片中插入影片的方法主要有以下几种。

➥ **通过"剪贴画"任务窗格插入**：选择"插入/影片和声音/剪辑管理器中的影片"命令，自动打开"剪贴画"任务窗格，并搜索类型为"影片"的所有剪贴画对象，如图 9-1 所示。也可在"搜索文字"文本框中输入需搜索的影片名称，然后仅选中☑ 影片 复选框进行手动搜索，并按照插入剪贴画的方法将搜索到的影片插入到幻灯片中。

➥ **通过"媒体剪辑"对话框插入**：单击对象占位符中的 按钮，可打开"媒体剪辑"对话框，按照插入剪贴画的方法搜索并插入需要的影片，如图 9-2 所示。

➥ **通过"插入影片"对话框插入**：选择"插入/影片和声音/文件中的影片"命令，此时将打开"插入影片"对话框，如图 9-3 所示，从中选择需插入的影片。

图 9-1 任务窗格　图 9-2 "媒体剪辑"对话框　　　　图 9-3 "插入影片"对话框

🔊提示：

> 上述插入影片的方法中，前两种方法插入的影片主要是 PowerPoint 剪辑管理器中自带的影片以及从 Internet 中自动搜索到的影片；后一种方法则可插入任何保存在电脑中的影片。

2. 设置影片属性

在幻灯片中插入影片后，可以按照与处理图片的相同操作，对影片大小、位置、角度等进行调整，也可利用"图片"工具栏中的按钮对影片的颜色、对比度、亮度等属性进行设置。这些操作都与调整图片的相应操作完全相同。除此之外，在插入的影片对象上单击鼠标右键，在弹出的快捷菜单中选择"编辑影片对象"
命令，可打开"影片选项"对话框，利用其中的参数可对影片进行设置，如图 9-4 所示。下面就对该对话框中各参数的作用和使用方法进行讲解。

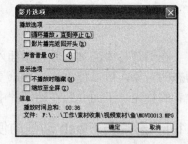

图 9-4 设置影片

- ☑循环播放，直到停止(L)复选框：选中该复选框将一直不断地循环播放影片内容，直到幻灯片演示结束才停止播放。

- ☑影片播完返回开头(R)复选框：选中该复选框表示播放完影片后，画面将停留在影片的第一帧并显示相应的内容；取消选中该复选框，则在影片播放完成后，画面将停留在最后一帧并显示相应的内容。

- ◀按钮：单击该按钮弹出音量控制条，拖动其中的滑块可调整影片播放时声音的大小，选中其中的☑静音(M)复选框使影片在播放时处于静音状态。

- ☑不播放时隐藏(H)复选框：选中该复选框，表示在放映其他幻灯片的过程中将自动隐藏影片。

- ☑缩放至全屏(Z)复选框：选中该复选框，表示在放映幻灯片过程中自动把影片放大到全屏幕状态播放。

3. 在幻灯片中插入 Flash 动画

Flash 动画是一种特殊的视频对象，在幻灯片中插入这类对象时需用到控件工具箱。在幻灯片中插入 Flash 动画的大致方法为：调出"控件工具箱"工具栏，单击▣按钮，在弹出的下拉列表中选择"Shockwave Flash Object"选项，然后在幻灯片中绘制出 Flash 动画的大小和位置，双击绘制出的对象，在"属性"任务窗格的"Movie"栏中输入 Flash 动画的保存路径。

【例 9-1】 下面在"地球.ppt"演示文稿中插入一个旋转的地球仪 Flash 动画，通过练习进一步熟悉在幻灯片中插入 Flash 动画的方法。如图 9-5 所示即为插入 Flash 动画后的最终效果（立体化教学:\源文件\第 9 章\地球.ppt）。

图 9-5 插入 Flash 动画后的效果

（1）打开"地球.ppt"演示文稿（立体化教学:\实例素材\第 9 章\地球.ppt），在工具栏上单击鼠标右键，在弹出的快捷菜单中选择"控件工具箱"命令，如图9-6所示。

（2）打开"控件工具箱"工具栏，单击最右侧的■按钮，如图9-7所示。

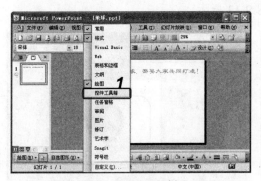

图9-6　调用工具栏　　　　　　　　　图9-7　插入其他控件

（3）在弹出的下拉列表中选择"Shockwave Flash Object"选项，如图9-8所示。

（4）在幻灯片的空白区域拖动鼠标绘制Flash动画的大小，如图9-9所示。

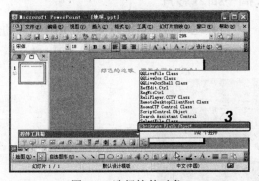

图9-8　选择控件对象　　　　　　　　图9-9　绘制控件大小

（5）释放鼠标后将打开Microsoft VB代码编写窗口，单击工具栏中的"属性窗口"按钮■，打开"属性"对话框，然后在该对话框的"Movie"栏中输入Flash动画在电脑中的保存路径及Flash动画名称，这里输入"E:\Globe.swf"（立体化教学:\实例素材\第9章\Globe.swf），如图9-10所示。

（6）单击Microsoft VB代码编写窗口右上角的■按钮将该窗口关闭，如图9-11所示。

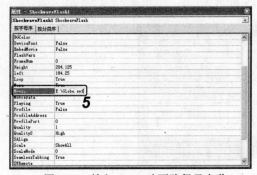

图9-10　输入Flash动画路径及名称　　　图9-11　关闭窗口

（7）按"F5"键放映幻灯片预览效果，如图 9-12 所示。

（8）退出放映状态，此时幻灯片编辑区中将显示 Flash 动画的具体内容，按照调整图片的方法调整 Flash 动画的大小和位置，如图 9-13 所示。

图 9-12　放映幻灯片

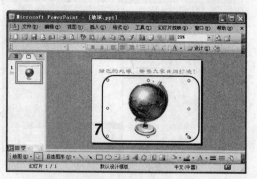

图 9-13　调整 Flash 动画大小和位置

9.1.2　应用举例——在"大海"演示文稿中插入影片

下面练习在"大海.ppt"演示文稿中插入一段保存在电脑中的影片文件，并对插入的影片进行适当设置。其最终效果如图 9-14 所示（立体化教学:\源文件\第 9 章\大海.ppt）。

图 9-14　插入并设置影片后的效果

操作步骤如下：

（1）打开"大海.ppt"演示文稿（立体化教学:\实例素材\第 9 章\大海.ppt），选择"插入/影片和声音/文件中的影片"命令，如图 9-15 所示。

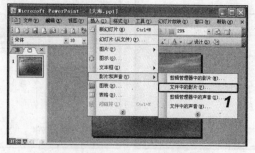

图 9-15　选择"文件中的影片"命令

（2）打开 "插入影片" 对话框，在其中选择 "Sea.wmv" 选项（立体化教学:\实例素材\第 9 章\Sea.wmv），然后单击 确定 按钮，如图 9-16 所示。

（3）在幻灯片中插入影片的同时，自动打开提示对话框，要求设置影片的播放方式，这里单击 自动(A) 按钮，如图 9-17 所示。

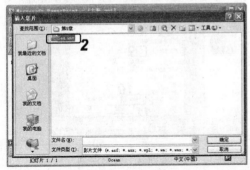

图 9-16　选择影片

图 9-17　设置自动播放影片

（4）在插入的影片对象上拖动鼠标移动影片位置，如图 9-18 所示。

（5）拖动影片边框上的控制点适当调整影片大小，如图 9-19 所示。

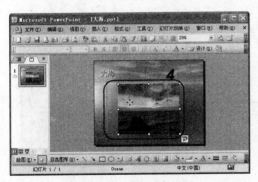

图 9-18　移动影片

图 9-19　调整影片大小

（6）在影片上单击鼠标右键，在弹出的快捷菜单中选择 "编辑影片对象" 命令，如图 9-20 所示。

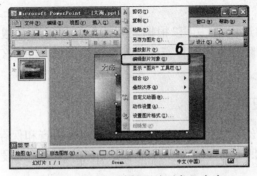

图 9-20　选择 "编辑影片对象" 命令

（7）打开 "影片选项" 对话框，依次选中 ☑循环播放，直到停止(L) 和 ☑不播放时隐藏(H) 复选框，如图 9-21 所示。

（8）单击▣按钮，在弹出的音量控制条中选中☑**静音(M)**复选框，然后单击▭**确定**按钮，如图 9-22 所示。

图 9-21　设置"播放"和"显示"选项

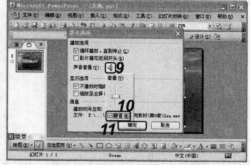

图 9-22　调整音量

（9）按照设置图片边框的方法，为影片添加样式为"6 磅"，颜色为"紫色"的边框，如图 9-23 所示。

（10）按"F5"键放映幻灯片，此时影片将自动播放，如图 9-24 所示。

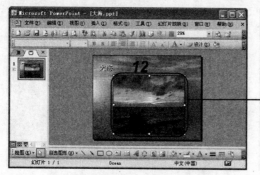

图 9-23　添加边框

图 9-24　放映幻灯片

9.2　在幻灯片中添加声音

在制作演示文稿的过程中，可以根据需要插入各种声音来增强演示文稿的感染力。PowerPoint 中的声音实际上是指各种音频文件，下面详细介绍在幻灯片中添加与设置声音的各种方法。

9.2.1　在幻灯片中应用声音

PowerPoint 允许在幻灯片中插入其剪辑管理器中的声音和保存在电脑上的声音，同时也允许用户使用 CD 光盘上的声音或直接通过麦克风等音频输入设备录制声音。

1. 插入声音

插入声音的方法与插入影片的方法基本相同，常用的有以下几种。

➥ **通过"剪贴画"任务窗格插入**：选择"插入/影片和声音/剪辑管理器中的声音"命令，自动打开"剪贴画"任务窗格，并搜索类型为"声音"的所有剪贴画对象，如图 9-25 所示。也可在"搜索文字"文本框中输入需搜索的声音名称，然后仅选中☑ 声音 复选框进行手动搜索，并按照插入剪贴画的方法将搜索到的声音插入到幻灯片中。

➥ **通过"媒体剪辑"对话框插入**：单击对象占位符中的 按钮，可打开"媒体剪辑"对话框，按照插入剪贴画的方法搜索并插入需要的声音，如图 9-26 所示。

➥ **通过"插入声音"对话框插入**：选择"插入/影片和声音/文件中的声音"命令，此时将打开"插入声音"对话框，如图 9-27 所示，从中选择需插入的声音。

图 9-25 任务窗格 图 9-26 "媒体剪辑"对话框 图 9-27 "插入声音"对话框

2. 设置声音属性

插入选择的声音后，PowerPoint 将以 图标来代表插入的声音对象，在该图标上单击鼠标右键，在弹出的快捷菜单中选择"编辑声音对象"命令，打开"声音选项"对话框，利用其中的参数可对声音进行各种属性设置，如图 9-28 所示。下面就对该对话框中各种参数的作用和使用方法进行讲解。

图 9-28 设置声音

➥ **☑循环播放，直到停止(L)复选框**：选中该复选框将一直不断地循环播放声音，直到幻灯片演示结束才停止播放。

➥ **◀按钮**：单击该按钮弹出音量控制条，拖动其中的滑块可调整播放时声音的大小，选中其中的☑静音(M)复选框则将隐藏声音效果。

➥ **☑幻灯片放映时隐藏声音图标(H)复选框**：选中该复选框表示在放映幻灯片的过程中隐藏声音图标 。

3. 插入 CD 乐曲

PowerPoint 允许用户在幻灯片中添加 CD 光盘中的乐曲，但乐曲文件不会被真正添加到幻灯片中，因此在放映幻灯片时需保证 CD 光盘放置在光盘驱动器中，这样放映幻灯片时才能正常播放出声音。

在幻灯片中插入 CD 乐曲的方法为：将 CD 光盘放入光驱，选择"插入/影片和声音/播放 CD 乐曲"命令，打开"插入 CD 乐曲"对话框，如图 9-29 所示，在其中设置需插入 CD 乐曲的开始曲目至结束曲目和开始时间至结束时间，并调整音量，设置播放模式，完成后单击 确定 按钮，此时幻灯片中将出现 图标，并打开提示对话框，根据需要选择播放方式。

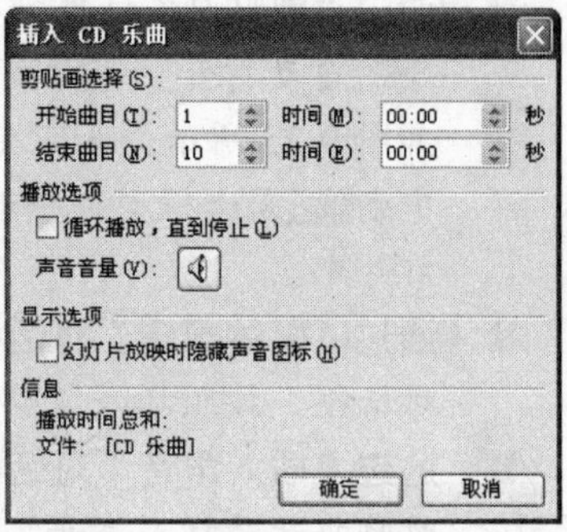

图 9-29　"插入 CD 乐曲"对话框

4．录制声音

在幻灯片中录制声音一般用于对演示文稿内容的解说或旁白。为幻灯片录制声音的方法为：将麦克风连接到电脑上，选择"插入/影片和声音/录制声音"命令，打开"录音"对话框，如图 9-30 所示，在"名称"文本框中输入声音文件名称，单击 按钮即可进入录音状态，录制完成后单击 按钮停止录制，最后单击 确定 按钮即可将录制的声音插入到幻灯片中。

图 9-30　"录音"对话框

9.2.2　应用举例——在"雁荡山"演示文稿中插入声音

下面练习在"雁荡山.ppt"演示文稿中插入一段保存在电脑中的声音文件，并对插入的声音进行适当设置，通过练习进一步巩固在幻灯片中插入声音的操作（立体化教学:\源文件\第 9 章\雁荡山.ppt）。

操作步骤如下：

（1）打开"雁荡山.ppt"演示文稿（立体化教学:\实例素材\第 9 章\雁荡山.ppt），选择"插入/影片和声音/文件中的声音"命令，如图 9-31 所示。

（2）打开"插入声音"对话框，在其中选择"bg.mp3"选项（立体化教学:\实例素材\第 9 章\bg.mp3），然后单击 确定 按钮，如图 9-32 所示。

图 9-31　选择"文件中的声音"命令

图 9-32　选择声音文件

（3）此时 PowerPoint 在插入声音的同时，将自动打开提示对话框，要求设置声音的播放方式，这里单击 在单击时(C) 按钮，如图 9-33 所示。

（4）在插入的声音图标上单击鼠标右键，在弹出的快捷菜单中选择"编辑声音对象"命令，如图 9-34 所示。

图 9-33　设置播放方式

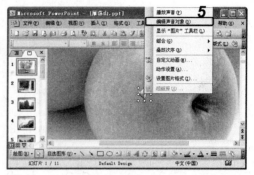

图 9-34　选择"编辑声音对象"命令

（5）打开"声音选项"对话框，在其中选中 ☑ 循环播放，直到停止(L) 复选框，如图 9-35 所示。

（6）单击 🔊 按钮，在弹出的音量控制条中将滑块拖动到最上方，如图 9-36 所示。

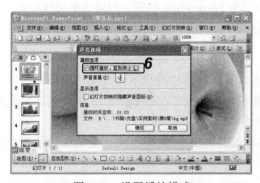

图 9-35　设置播放模式

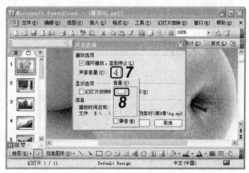

图 9-36　调整音量

（7）单击 确定 按钮确认设置，如图 9-37 所示。

（8）将幻灯片中的 🔊 图标拖动到幻灯片右下角以避免影响观看，如图 9-38 所示。

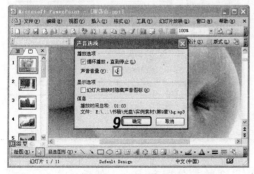

图 9-37　确认设置

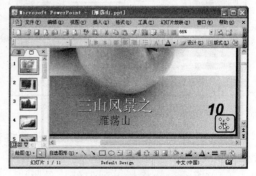

图 9-38　调整图标位置

（9）放映幻灯片，单击 🔊 图标即可开始播放声音，如图 9-39 所示。

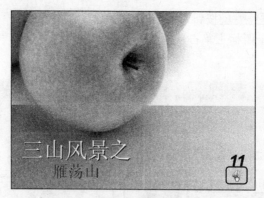

图 9-39　播放声音

9.3　上机与项目实训

9.3.1　为"商务礼仪培训"演示文稿添加影片和声音

下面将在"商务礼仪培训.ppt"演示文稿中添加 PowerPoint 剪辑管理器中的影片和声音，从而让演示文稿更具动态效果和感染力（立体化教学:\源文件\第 9 章\商务礼仪培训.ppt）。

1. 插入影片

首先通过幻灯片母版为除标题幻灯片以外的所有幻灯片添加影片，操作步骤如下：

（1）打开"商务礼仪培训.ppt"演示文稿（立体化教学:\实例素材\第 9 章\商务礼仪培训.ppt），选择"视图/母版/幻灯片母版"命令，如图 9-40 所示。

（2）选择第 1 张幻灯片母版缩略图，然后选择"插入/影片和声音/剪辑管理器中的影片"命令，如图 9-41 所示。

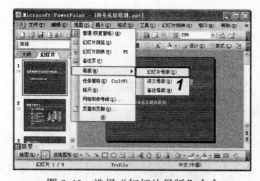

图 9-40　选择"幻灯片母版"命令

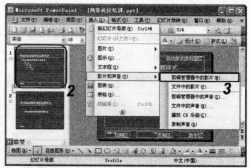

图 9-41　插入剪辑管理器中的影片

（3）打开"剪贴画"任务窗格，并自动搜索所有类型为"影片"的剪贴画，稍后在列表框中单击如图 9-42 所示的影片缩略图。

（4）所选影片将插入到幻灯片母版中，适当调整其位置和大小，然后单击 关闭母版视图(C) 按钮退出母版视图模式，如图 9-43 所示。

图 9-42　选择影片

图 9-43　调整影片

（5）此时除标题幻灯片以外的所有幻灯片右下角都添加了选择的影片，效果如图 9-44 所示。

图 9-44　插入影片后的效果

2．插入声音

接下来为演示文稿中的最后一张幻灯片添加鼓掌声音效果，操作步骤如下：

（1）选择最后一张幻灯片，然后选择"插入/影片和声音/剪辑管理器中的声音"命令，如图 9-45 所示。

（2）打开"剪贴画"任务窗格，并自动搜索所有类型为"声音"的剪贴画，稍后在列表框中单击如图 9-46 所示的声音缩略图。

图 9-45　插入声音

图 9-46　选择声音

（3）PowerPoint 在插入所选声音的同时将打开提示对话框，单击 自动(A) 按钮将声音设置为自动播放，如图 9-47 所示。

（4）在插入的声音图标上单击鼠标右键，在弹出的快捷菜单中选择"编辑声音对象"命令，如图 9-48 所示。

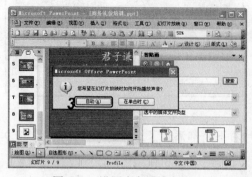
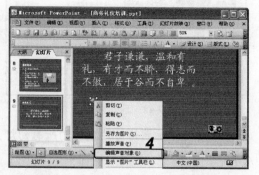

图 9-47　设置声音播放方式　　　　　图 9-48　选择"编辑声音对象"命令

（5）打开"声音选项"对话框，单击 按钮，在弹出的音量控制条中将滑块拖动到最上方，如图 9-49 所示。

（6）分别选中☑循环播放，直到停止 (L) 和☑幻灯片放映时隐藏声音图标 (H) 复选框，然后单击 确定 按钮，如图 9-50 所示。

图 9-49　调整音量　　　　　　　　图 9-50　设置"播放"和"显示"选项

（7）按"F5"键放映幻灯片，此时插入的影片将开始播放，当放映到最后一张幻灯片时，声音图标会自动隐藏，并出现鼓掌的声音效果，如图 9-51 所示。

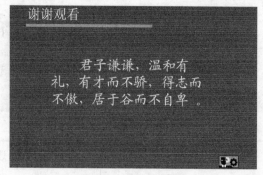

图 9-51　放映幻灯片

9.3.2　为"潮汐"演示文稿添加影片和声音

综合利用本章所学知识，为"潮汐.ppt"演示文稿添加电脑中的影片和声音，并进行适当设置，最终效果如图 9-52 所示（立体化教学:\源文件\第 9 章\潮汐.ppt）。

图 9-52　演示文稿的最终效果

本练习可结合立体化教学中的视频演示进行学习（立体化教学:\视频演示\第 9 章\潮汐.swf）。主要操作步骤如下：

（1）打开"潮汐.ppt"演示文稿，在其中插入提供的"tide.wmv"影片（立体化教学:\实例素材\第 9 章\tide.wmv），设置为自动播放。

（2）调整影片在幻灯片中的位置，将其设置为循环播放模式，然后为其添加颜色为"黑色"、样式为"6 磅"的边框，并利用"图片"工具栏适当调整影片的对比度和亮度。

（3）在幻灯片中插入提供的"背景音乐.mp3"声音，同样设置为自动播放。

（4）调整声音图标到标题文本右侧，并设置为循环播放模式，然后将音量调到最大。

（5）保存设置并放映幻灯片查看效果。

9.4　练习与提高

1．打开"秋风.ppt"演示文稿（立体化教学:\实例素材\第 9 章\秋风.ppt），通过对象占位符插入剪辑管理器中的"autumn"影片并调整位置和大小，然后插入文件中的"sound.mp3"声音（立体化教学:\实例素材\第 9 章\sound.mp3），并设置声音为循环播放模式，将音量调整到最大，效果如图 9-53 所示（立体化教学:\源文件\第 9 章\秋风.ppt）。

2．打开"天气.ppt"演示文稿（立体化教学:\实例素材\第 9 章\天气.ppt），利用"控件工具箱"工具栏插入 Flash 动画（立体化教学:\实例素材\第 9 章\cloudy.swf），并适当调整插入的 Flash 动画大小和位置，效果如图 9-54 所示（立体化教学:\源文件\第 9 章\天气.ppt）。

提示：本练习可结合立体化教学中的视频演示进行学习（立体化教学:\视频演示\第 9 章\天气.swf）。

图 9-53　插入的影片和声音

图 9-54　插入的 Flash 动画

3．利用麦克风音频输入设备在上一题的"天气.ppt"演示文稿中录入下面一段话：

由于工期紧迫，加上天气情况并不理想，建议在本周内制定一套应急方案保证工期的正常进行。

 **PowerPoint 支持的影片及声音格式**

为了更好地在 PowerPoint 中使用影片或声音等多媒体文件，下面对一些该软件支持的多媒体文件格式进行介绍，避免插入一些 PowerPoint 无法识别的文件而导致不能正常播放的情况发生。

- **mpeg**：VCD、SVCD、DVD 就是采用的这种视频格式。这种视频格式的文件扩展名包括.mpg、.mpe、.mpeg、.m2v 及 DVD 光盘上的.vob 文件等。数码摄像机、数码相机拍摄的影片基本上以这种文件格式为主。

- **gif**：利用剪辑管理器插入的影片格式就是这类文件，它实际上是一种动画文件，体积较小，适用于一些简单的动画效果。

- **wmv**：此视频格式能够很好地兼容 Windows 操作系统，可以保证最为良好的播放状态。

- **avi**：全称为 Audio Video Interleaved，由 Microsoft 公司开发，在视频领域是最悠久的格式之一。此视频格式调用方便、图像质量好，压缩标准可任意选择，是应用最广泛的格式之一。

- **cda**：此音频格式专门用于储存 cd 格式的音频文件，基本上可以看作是无损的，适合对音质要求很高的用户使用。

- **wav**：此音频格式由 Microsoft 公司开发，理论上与 cda 格式的音质相差无几。不过其最大的优势在于 Windows 平台上的几乎所有音频编辑软件都能识别。

- **mp3**：此音频格式是一种有损压缩的音频格式，其大小大约只有 wav 格式的 1/10，音质要次于 cda 格式和 wav 格式。但由于文件小、音质好，成为目前音频格式的主流，并广泛应用于互联网。

- **wma**：此格式也是由 Microsoft 公司所开发，其压缩率比 mp3 格式更高，因此文件更小，但音质与 mp3 的音质相差无几。

第 10 章　设置与控制幻灯片放映

学习目标

☑ 对"个人简历"演示文稿进行排练计时

☑ 为"生产计划"演示文稿的幻灯片设置自定义放映并设置其放映方式

☑ 控制"商务礼仪培训"演示文稿的放映

☑ 设置并控制"销售报告"演示文稿的放映

☑ 对"企业组织"演示文稿进行排练计时

☑ 放映并控制"产品报告"演示文稿

目标任务&项目案例

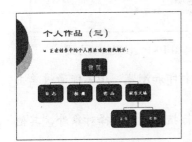

"个人简历"演示文稿

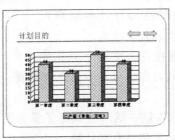

"生产计划"演示文稿

"商务礼仪培训"演示文稿

"销售报告"演示文稿

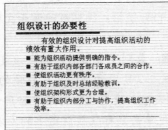

"企业组织"演示文稿

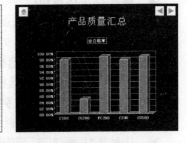

"产品报告"演示文稿

制作演示文稿最终的目的是放映，本章将具体讲解演示文稿在放映前的相关设置和在放映过程中控制放映的各种方法以及添加标注的操作等内容。

10.1　设置幻灯片放映

在第 2 章中已经介绍了放映幻灯片的方法，本章将重点介绍在放映幻灯片之前的一些设置操作以及在幻灯片放映过程中的一些控制操作。下面将讲解如何设置幻灯片放映，包括设置放映方式、设置排练计时、录制旁白和自定义放映等内容。

10.1.1　设置放映方式

演示文稿在不同的放映场合可以有不同的放映方式，设置放映方式的方法为：选择"幻灯片放映/设置放映方式"命令，打开"设置放映方式"对话框，在"放映类型"栏中选中相应的单选按钮可设置放映方式，如图 10-1 所示。同时利用该对话框还可指定放映的幻灯片、幻灯片切换方式以及设置其他一些放映选项等。下面就对该对话框中部分参数的作用进行介绍。

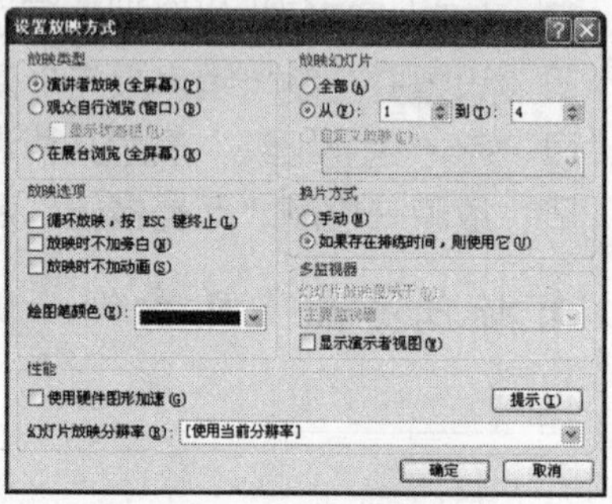

图 10-1　设置放映方式

- ◎演讲者放映（全屏幕）(P) 单选按钮：常用于演讲者在放映幻灯片时手动切换幻灯片和动画效果，是一种自主而灵活的放映方式。
- ◎观众自行浏览（窗口）(B) 单选按钮：常用于浏览演示文稿中各张幻灯片的内容。这种方式允许翻页、打印和浏览，但不能通过单击鼠标控制放映。
- ◎在展台浏览（全屏幕）(K) 单选按钮：这种方式除了保留鼠标指针用于选择对象外，其他的功能全部失效，因此又称为自动放映。
- ◎全部(A) 单选按钮：选中此单选按钮时，将放映演示文稿中的所有幻灯片。
- ◎从(F) 单选按钮：可在右侧的数值框中指定需放映的幻灯片。
- ☑循环放映，按 ESC 键终止(L) 复选框：循环放映演示文稿内容，直到按"Esc"键退出放映状态。
- ☑放映时不加旁白(N) 复选框：录制了旁白后，选中该复选框将不使用旁白内容。
- ☑放映时不加动画(S) 复选框：以禁用动画的方式放映幻灯片。
- "绘图笔颜色"下拉列表框：设置放映幻灯片时用于标记的颜色。
- ◎手动(M) 单选按钮：通过单击鼠标或按键盘上的左右方向键切换幻灯片。
- ◎如果存在排练时间，则使用它(U) 单选按钮：优先查看是否存在排练计时。若有，则使用排练计时自动换片。
- ☑使用硬件图形加速(G) 复选框：提高幻灯片放映的流畅程度。
- "幻灯片放映分辨率"下拉列表框：设置放映幻灯片时的分辨率。

10.1.2　设置排练计时

排练计时就是设置每张幻灯片放映需要的时间，以便在放映幻灯片时根据排练计时自动放映和切换每张幻灯片的内容。设置排练计时的方法为：选择"幻灯片放映/排练计时"命令，进入排练计时放映状态，打开"预演"工具栏，如图 10-2 所示。根据实际放映的情况控制幻灯片的放映。最后按"Esc"键结束放映，并打开如图 10-3 所示的提示对话框，提示是否保留排练时间，单击 是(Y) 按钮。

图 10-2　"预演"工具栏

图 10-3　提示对话框

【例 10-1】　对"个人简历.ppt"演示文稿进行排练计时，通过设置放映方式使换片方式按排练计时的时间来自动更换（立体化教学:\源文件\第 10 章\个人简历.ppt）。

（1）打开"个人简历.ppt"演示文稿（立体化教学:\实例素材\第 10 章\个人简历.ppt），选择"幻灯片放映/排练计时"命令，如图 10-4 所示。

（2）进入排练计时放映状态，在自动打开的"预演"工具栏中将开始计时，如图 10-5 所示。

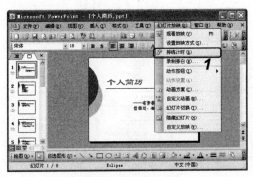

图 10-4　选择命令

图 10-5　开始计时

（3）确认当前内容展示的时间适当后，如图 10-6 所示，单击鼠标播放下一张幻灯片，并继续进行计时操作，如图 10-7 所示。其中第 1 个时间是当前幻灯片正在展示的时间，第 2 个时间为演示文稿播放到此幻灯片当前状态时的总时间。

图 10-6　确认展示时间

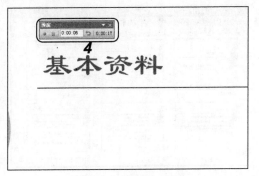

图 10-7　重新计时

（4）确认当前内容展示的时间适当后，单击鼠标播放其他内容，如图 10-8 所示。

（5）继续按照相同的方法对其他幻灯片中的内容进行排练计时，如图 10-9 所示。

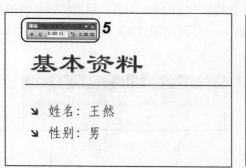

图 10-8　确定第 2 张幻灯片展示的时间　　　　　　图 10-9　排练计时

（6）单击鼠标，当所有内容播放完成后打开如图 10-10 所示的对话框，单击 是(Y) 按钮。

（7）退出排练计时放映状态，并自动切换到幻灯片浏览视图模式，此时在每张幻灯片缩略图左下方将显示该张幻灯片的放映时间，如图 10-11 所示。

图 10-10　确认保留计时　　　　　　图 10-11　显示每张幻灯片的放映时间

（8）选择"幻灯片放映/设置放映方式"命令，如图 10-12 所示。

（9）打开"设置放映方式"对话框，选中"换片方式"栏中的 ◉如果存在排练时间，则使用它(U) 单选按钮，然后单击 确定 按钮，如图 10-13 所示。

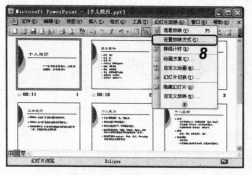
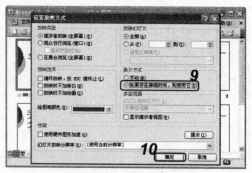

图 10-12　选择命令　　　　　　图 10-13　设置换片方式

10.1.3 录制旁白

录制旁白是指在排练计时放映状态下，通过麦克风等音频输入设备在幻灯片预演的过程中录制需要的语音内容，以辅助讲解演示文稿需要传达的含义。录制旁白的方法为：选择"幻灯片放映/录制旁白"命令，打开"录制旁白"对话框，设置完成后单击 确定 按钮便可进入录制状态，录制结束后，在打开的对话框中单击 保存(S) 按钮保存旁白和排练计时。

【例 10-2】 在"收入报告.ppt"演示文稿中录制旁白并保留旁白内容和排练计时（立体化教学:\源文件\第 10 章\收入报告.ppt）。

（1）打开"收入报告.ppt"演示文稿（立体化教学:\实例素材\第 10 章\收入报告.ppt），选择"幻灯片放映/录制旁白"命令，如图 10-14 所示。

（2）打开"录制旁白"对话框，单击 设置话筒级别(M)... 按钮，如图 10-15 所示。

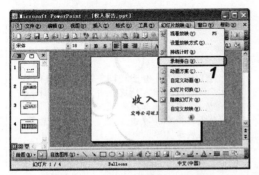
图 10-14 选择"录制旁白"命令

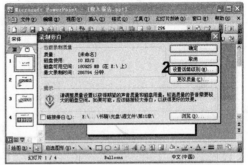
图 10-15 "录制旁白"对话框

（3）打开"话筒检查"对话框，根据提示在麦克风前面朗读相应的文字，确认麦克风正常工作后，单击 确定 按钮，如图 10-16 所示。

（4）返回到"录制旁白"对话框，单击 更改质量(C)... 按钮，如图 10-17 所示。

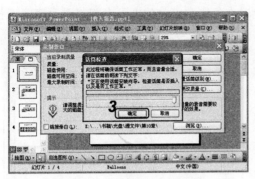
图 10-16 检查话筒是否正常

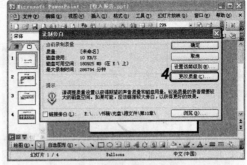
图 10-17 单击"更改质量"按钮

（5）打开"声音选定"对话框，在"名称"下拉列表框中选择"CD 音质"选项，单击 确定 按钮，如图 10-18 所示。

（6）再次返回到"录制旁白"对话框，单击 确定 按钮，进入到排练计时放映状态，此时便可通过麦克风录制旁白，如图 10-19 所示。

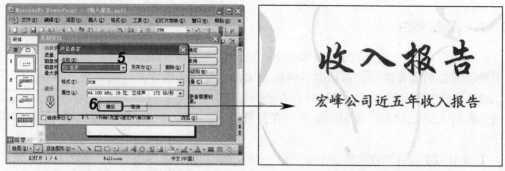

图 10-18　选择音质　　　　　　　　　　　图 10-19　录制旁白 1

（7）在当前幻灯片的播放状态下录制旁白后，单击鼠标切换到下一张幻灯片，并继续录制相应的旁白内容，如图 10-20 所示。

（8）按照相同的方法继续录制其他幻灯片的旁白，如图 10-21 所示。

图 10-20　录制旁白 2　　　　　　　　　　图 10-21　录制旁白 3

（9）当幻灯片放映结束后，打开提示对话框，单击 保存(S) 按钮，如图 10-22 所示。

（10）返回到幻灯片的普通视图状态，此时在每张幻灯片的右下角都将显示声音图标，表示成功完成旁白的录制，如图 10-23 所示。

图 10-22　保存旁白　　　　　　　　　　　图 10-23　录制后插入的声音图标

10.1.4　自定义放映幻灯片

　　自定义放映幻灯片可以自主设置演示文稿中需要放映的幻灯片，其方法为：选择"幻灯片放映/自定义放映"命令，打开"自定义放映"对话框，如图 10-24 所示，单击 新建(N)... 按钮，在打开的"定义自定义放映"对话框中选择需放映的幻灯片（可利用"Shift"键和"Ctrl"键选择），并利用 添加(A)>> 按钮将其添加到右侧的列表框中，如图 10-25 所示。

　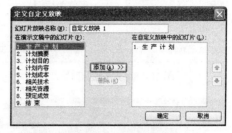

图 10-24　"自定义放映"对话框　　　　图 10-25　添加幻灯片

10.1.5　应用举例——自定义"生产计划"演示文稿并设置放映方式

　　下面为"生产计划.ppt"演示文稿进行自定义放映设置，指定需放映的幻灯片为"1、3、4、5、8"，并设置放映方式为"观众自行浏览、自定义放映、循环放映、手动换片"（立体化教学:\源文件\第 10 章\生产计划.ppt）。

　　操作步骤如下：

　　（1）打开"生产计划.ppt"演示文稿（立体化教学:\实例素材\第 10 章\生产计划.ppt），选择"幻灯片放映/自定义放映"命令，如图 10-26 所示。

　　（2）打开"自定义放映"对话框，单击 新建(N)... 按钮，如图 10-27 所示。

　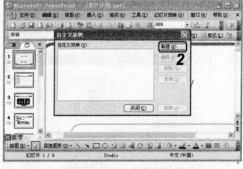

图 10-26　选择"自定义放映"命令　　　　图 10-27　新建自定义规则

　　（3）打开"定义自定义放映"对话框，在"幻灯片放映名称"文本框中输入"概要"，选择左侧列表框中的"1.生产计划"选项，然后单击 添加(A)>> 按钮，如图 10-28 所示。

　　（4）此时所选幻灯片将显示到右侧的列表框中，表示该张幻灯片已添加到自定义放映的幻灯片中，如图 10-29 所示。

　　（5）选择左侧列表框中的"3.计划目的"选项，按住"Shift"键不放，选择"5.计划成本"选项，此时将连续选择第 3~5 张幻灯片，如图 10-30 所示，单击 添加(A)>> 按钮，所选的 3 张幻灯片便被添加到右侧的列表框中，如图 10-31 所示。

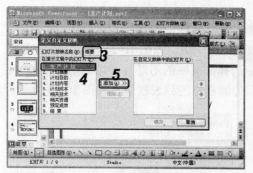

图 10-28　选择幻灯片

图 10-29　添加的幻灯片

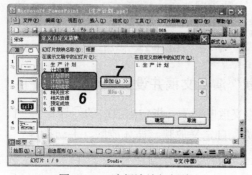

图 10-30　选择连续幻灯片

图 10-31　添加连续幻灯片

（6）按相同的方法将左侧第 8 张幻灯片添加到右侧的列表框中，然后单击 确定 按钮，如图 10-32 所示。

（7）返回到"自定义放映"对话框，此时列表框中将出现前面新建的"概要"自定义放映选项，单击 关闭(C) 按钮，如图 10-33 所示。

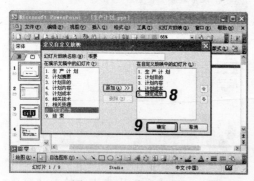

图 10-32　添加幻灯片

图 10-33　关闭对话框

（8）返回到 PowerPoint 的工作界面，选择"幻灯片放映/设置放映方式"命令，如图 10-34 所示。

（9）打开"设置放映方式"对话框，选中 观众自行浏览（窗口）(B)、 自定义放映(C) 和 手动(M) 单选按钮，并选中 循环放映，按 ESC 键终止(L) 复选框，然后单击 确定 按钮，如图 10-35 所示。

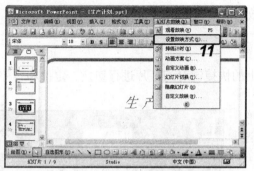

图 10-34　选择"设置放映方式"命令

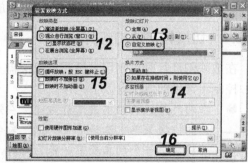

图 10-35　设置参数

（10）按"F5"键进入观众自行浏览窗口，此时将放映自定义设置中的第 1 张幻灯片，如图 10-36 所示。

（11）按键盘上的"→"键切换到下一张幻灯片，如图 10-37 所示。

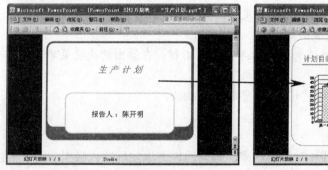

图 10-36　放映幻灯片

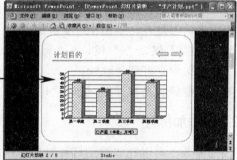

图 10-37　切换幻灯片

（12）在幻灯片上单击鼠标右键，在弹出的快捷菜单中选择"结束放映"命令退出放映状态，如图 10-38 所示。

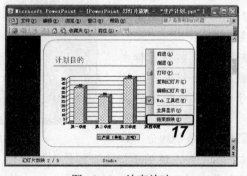

图 10-38　结束放映

10.2　控制幻灯片放映

控制幻灯片放映主要是指在幻灯片放映状态下进行暂停、切换幻灯片以及为幻灯片上的内容添加标注等操作，掌握这些操作后在放映幻灯片时会游刃有余。

10.2.1 切换和定位幻灯片

在放映幻灯片时可利用右键菜单或键盘上的快捷键对幻灯片进行切换、定位和暂停等各种控制。常用的方法有以下几种：

> ☞ 在幻灯片放映时单击鼠标右键，在弹出的快捷菜单中选择"下一张"命令可观看下一个动画或下一张幻灯片，与单击鼠标的作用相同；选择"上一张"命令可观看上一个动画或上一张幻灯片。

图 10-39　定位幻灯片

> ☞ 在幻灯片放映时单击鼠标右键，在弹出的快捷菜单中选择"定位至幻灯片"命令，在弹出的子菜单中可选择需定位的幻灯片，如图 10-39 所示。

> ☞ 按"S"键、"+"键，或在幻灯片上单击鼠标右键，在弹出的快捷菜单中选择"暂停"命令可暂停放映。

> ☞ 在暂停状态按"S"键或"+"键可重新开始放映。

10.2.2 添加标注

根据需要，可以在放映幻灯片时为一些需要强调的地方添加标注以吸引观看者的注意力。添加标注的方法为：在幻灯片放映状态时单击鼠标右键，在弹出的快捷菜单中选择"指针选项"命令，在弹出的子菜单中选择相应的命令，如图 10-40 所示。各命令的作用分别如下。

> ☞ **箭头**：放映幻灯片时默认的指针状态，无法进行标记，只能让观看者跟着箭头位置转移注意力。

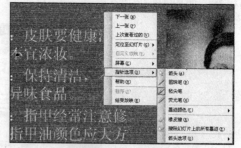

图 10-40　设置指针

> ☞ **圆珠笔**：选择该命令后，按住鼠标左键不放并拖动鼠标可绘制出较细致的标注，适用于标注目标较小的对象。

> ☞ **毡尖笔**：与"圆珠笔"命令相似，只是绘制出的标注更粗一些，适用于标注目标较大的对象。

> ☞ **荧光笔**：可绘制出半透明的标注，是一些办公人士比较喜欢的标注方式。

> ☞ **墨迹颜色**：选择该命令后，可在弹出的子菜单中设置标注的颜色。

> ☞ **橡皮擦**：选择该命令后，可拖动鼠标擦掉已有的标注。

> ☞ **擦除幻灯片上的所有墨迹**：选择该命令可一次性擦掉幻灯片上添加的所有标注。

> ☞ **箭头选项**：选择该命令，可在弹出的子菜单中设置箭头的显示状态。其中"自动"命令表示移动鼠标会出现箭头，静止一段时间后会自动隐藏。

10.2.3　应用举例——控制"商务礼仪培训"演示文稿放映

放映"商务礼仪培训.ppt"演示文稿，并通过右键菜单控制幻灯片的放映，然后为第 4 张幻灯片添加红色的荧光笔标注（立体化教学:\源文件\第 10 章\商务礼仪培训.ppt）。

操作步骤如下：

（1）打开"商务礼仪培训.ppt"演示文稿（立体化教学:\实例素材\第 10 章\商务礼仪培训.ppt），选择"幻灯片放映/观看放映"命令，如图 10-41 所示。

（2）进入幻灯片放映状态，单击鼠标右键，在弹出的快捷菜单中选择"下一张"命令，如图 10-42 所示。

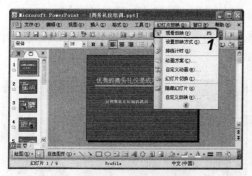
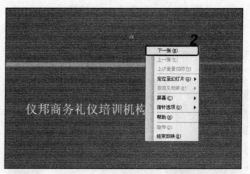

图 10-41　选择命令　　　　　　　图 10-42　观看下一个动画

（3）此时将放映标题幻灯片动画，继续单击鼠标右键，同样在弹出的快捷菜单中选择"下一张"命令，如图 10-43 所示。

（4）开始放映副标题动画，然后单击鼠标右键，在弹出的快捷菜单中选择"定位至幻灯片/5 电话礼仪"命令，如图 10-44 所示。

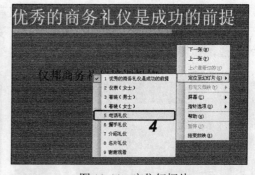

图 10-43　继续观看下一个动画　　　　图 10-44　定位幻灯片

（5）快速定位到第 5 张幻灯片，观看放映效果，然后单击鼠标右键，在弹出的快捷菜单中选择"上一张"命令，如图 10-45 所示。

（6）定位到第 4 张幻灯片，观看放映效果，然后单击鼠标右键，在弹出的快捷菜单中选择"指针选项/荧光笔"命令，如图 10-46 所示。

（7）再次单击鼠标右键，在弹出的快捷菜单中选择"墨迹颜色"命令，在弹出的颜色列表中选择红色对应的色块，如图 10-47 所示。

图 10-45　观看上一张幻灯片

图 10-46　选择笔触

（8）在"外套"文本处按住鼠标左键不放并拖动鼠标，绘制出半透明的红色荧光标注效果，如图 10-48 所示。

图 10-47　选择颜色

图 10-48　添加标注

（9）按照相同的方法为"袜子"和"皮鞋"文本添加标注，如图 10-49 所示。

（10）按两次"Esc"键退出放映状态，并在打开的对话框中单击 保留(K) 按钮保留添加的标注，如图 10-50 所示。

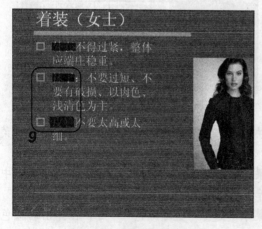

图 10-49　继续添加标注

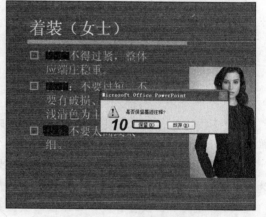

图 10-50　保留标注

10.3　上机与项目实训

10.3.1　设置并控制"销售报告"演示文稿

下面首先对"销售报告.ppt"演示文稿进行一定的放映设置，然后放映演示文稿并加以控制。通过本例综合练习本章介绍的相关知识（立体化教学:\源文件\第 10 章\销售报告.ppt）。

1．设置"销售报告"演示文稿

下面对"销售报告.ppt"演示文稿进行自定义放映设置，并对放映方式进行一定的修改，操作步骤如下：

（1）打开"销售报告.ppt"演示文稿（立体化教学:\实例素材\第 10 章\销售报告.ppt），选择"幻灯片放映/自定义放映"命令，如图 10-51 所示。

（2）打开"自定义放映"对话框，单击 新建(N)... 按钮，如图 10-52 所示。

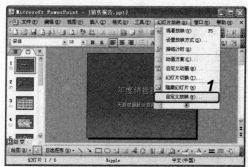

图 10-51　选择"自定义放映"命令　　　图 10-52　新建自定义放映

（3）打开"定义自定义放映"对话框，在"幻灯片放映名称"文本框中输入"内容"，按住"Ctrl"键不放的同时，选择左侧列表框中的第 1、3、4、5 张幻灯片，然后单击 添加(A) >> 按钮，如图 10-53 所示。

（4）所选幻灯片被添加到右侧的列表框中，单击 确定 按钮，如图 10-54 所示。

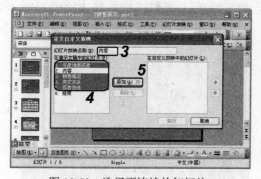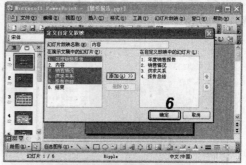

图 10-53　选择不连续的幻灯片　　　图 10-54　确认自定义放映幻灯片

（5）返回到"自定义放映"对话框，单击 关闭(C) 按钮，如图 10-55 所示。

（6）返回到 PowerPoint 工作界面，选择"幻灯片放映/设置放映方式"命令，如图 10-56 所示。

图 10-55　确认新建的自定义放映内容

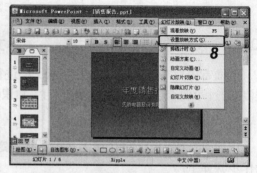

图 10-56　选择"设置放映方式"命令

（7）打开"设置放映方式"对话框，选中 ⊙ 自定义放映（C）:单选按钮和 ⊙ 手动（M）单选按钮，并在"幻灯片放映分辨率"下拉列表框中选择"1280×768"选项，然后单击 确定 按钮，如图 10-57 所示。

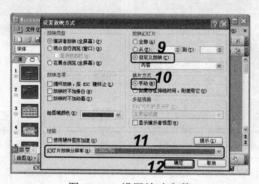

图 10-57　设置放映参数

2．放映并控制"销售报告"演示文稿

下面开始放映"销售报告.ppt"演示文稿，并控制放映过程和添加标注，操作步骤如下：

（1）选择"幻灯片放映/观看放映"命令，如图 10-58 所示。

（2）进入幻灯片放映状态，单击鼠标开始放映第 1 张幻灯片的第 1 个动画效果，如图 10-59 所示。

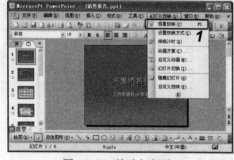

图 10-58　放映幻灯片

图 10-59　观看动画

（3）单击鼠标右键，在弹出的快捷菜单中选择"下一张"命令，放映此张幻灯片中的下一个动画效果，如图 10-60 所示。

（4）单击鼠标右键，在弹出的快捷菜单中选择"定位至幻灯片/3 供求关系"命令，如图 10-61 所示。

图 10-60　观看下一个动画　　　　　　　　　图 10-61　定位幻灯片

（5）逐次单击鼠标观看幻灯片中的内容，并继续单击鼠标切换到下一张幻灯片，然后单击鼠标右键，在弹出的快捷菜单中选择"指针选项/毡尖笔"命令，如图 10-62 所示。

（6）再次单击鼠标右键，在弹出的快捷菜单中选择"墨迹颜色"命令，在弹出的下拉列表中选择黄色对应的色块，如图 10-63 所示。

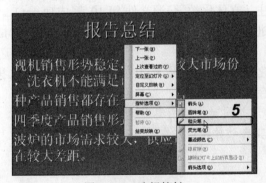
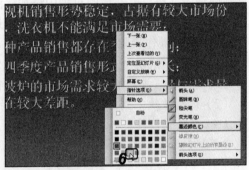

图 10-62　选择笔触　　　　　　　　　　图 10-63　选择颜色

（7）拖动鼠标在"季节性倾向"文本周围添加标注，如图 10-64 所示。

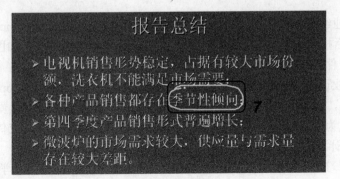

图 10-64　添加标注

（8）用相同方法在幻灯片的其他文本处添加标注，然后单击鼠标右键，在弹出的快捷菜单中选择"指针选项/箭头"命令，如图10-65所示。

（9）单击鼠标继续观看幻灯片放映效果，当所有内容播放完成后，将以黑屏显示，如图10-66所示，再次单击鼠标即可退出幻灯片放映状态。

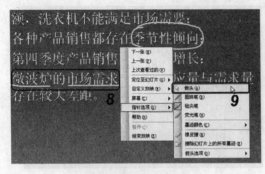

图 10-65　选择指针

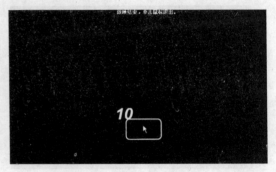

图 10-66　黑屏状态

（10）打开提示对话框，单击 保留(K) 按钮保留添加的标注。

10.3.2　设置并放映"成功"演示文稿

综合利用本章所学知识，对"成功.ppt"演示文稿进行排列计时，然后采用排练计时的方式放映演示文稿，并在放映过程中添加标注（立体化教学:\源文件\第10章\成功.ppt）。

本练习可结合立体化教学中的视频演示进行学习（立体化教学:\视频演示\第10章\成功.swf）。主要操作步骤如下：

（1）打开"成功.ppt"演示文稿（立体化教学:\实例素材\第10章\成功.ppt），进入排练计时放映状态，并开始排练计时，最后保存排练时间。

（2）设置放映方式为使用排练计时换片，并同时将绘图笔颜色更改为"黄色"。

（3）放映幻灯片，不用单击鼠标，观看其自动放映，并在第3张和第4张幻灯片上利用毡尖笔笔触添加标注。

10.4　练习与提高

1．对"企业组织.ppt"（立体化教学:\实例素材\第10章\企业组织.ppt）演示文稿进行排练计时，然后按照预演的排练计时放映幻灯片，排练计时后的效果如图10-67所示（立体化教学:\源文件\第10章\企业组织.ppt）。

2．在"毕业设计.ppt"（立体化教学:\实例素材\第10章\毕业设计.ppt）演示文稿中自定义放映幻灯片，要求不播放第2、3、8张幻灯片，并将自定义名称设置为"草拟"。最后设置放映方式为创建的自定义方式，并设置为观众自行浏览模式（立体化教学:\源文件\第10章\毕业设计.ppt）。

提示：本练习可结合立体化教学中的视频演示进行学习（立体化教学:\视频演示\第10章\毕业设计.swf）。

图 10-67　排练计时后的效果

3. 按照本章中 10.2.3 小节应用举例的操作方法，对"产品报告.ppt"（立体化教学:\实例素材\第 10 章\产品报告.ppt）演示文稿进行放映并控制，其中需添加天蓝色的圆珠笔标注，效果如图 10-68 所示（立体化教学:\源文件\第 10 章\产品报告.ppt）。

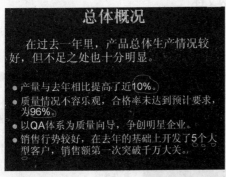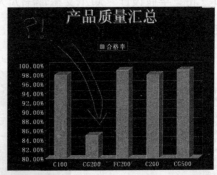

图 10-68　添加标注后的效果

4. 打开"诗歌体裁赏析.ppt"（立体化教学:\实例素材\第 10 章\诗歌体裁赏析.ppt）演示文稿，仅利用"设置放映方式"对话框设置放映的幻灯片为 2~5 张、手动换片，绘图笔颜色设置为亮绿色，分辨率设置为"1280×1024"（立体化教学:\源文件\第 10 章\诗歌体裁赏析.ppt）。

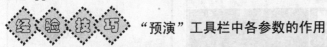　"预演"工具栏中各参数的作用

　　排练计时对于一些希望演示文稿自动播放的场合非常实用，为了更好地利用该功能对演示文稿进行排练计，下面对进入到排练计时后打开的"预演"工具栏中的各参数的作用进行介绍。

- ❯ **"下一项"按钮**：单击该按钮对幻灯片中的下一个动画对象进行计时，若当前对象已经是最后一个具有动画效果的对象，将切换到下一张幻灯片。
- ❯ **"暂停"按钮**：单击该按钮将暂停计时。
- ❯ **计时框**：显示当前对象的排练计时时间。
- ❯ **"重复"按钮**：单击该按钮重新对当前幻灯片进行排练计时。

第 11 章　演示文稿的输出

学习目标

☑ 通过页面设置和打印预览等操作后将"企业组织"演示文稿打印出来

☑ 将"商务礼仪培训"演示文稿打包到指定的文件夹中

☑ 打印"销售报告"演示文稿并将其输出为大纲文件

☑ 预览并打印"成功"演示文稿，然后将其输出为图片

☑ 将"产品报告"演示文稿输出为网页

☑ 将"毕业设计"演示文稿输出为大纲文件

目标任务&项目案例

"企业组织"演示文稿

"商务礼仪培训"演示文稿

"销售报告"大纲文件

输出的图片效果

"产品报告"网页

"毕业设计"大纲文件

　　为了方便演讲，演示文稿制作完成后，有时还需要将演示文稿进行打印、打包等输出操作。本章将具体讲解预览演示文稿打印效果，设置打印参数，打包演示文稿，将演示文稿输出为图片文件、网页及大纲文件等知识。

11.1　打印演示文稿

演示文稿不仅可以通过投影仪或电脑等设备进行放映演示，也可通过打印机将内容打印到纸张上，而为了使打印出来的效果让人满意，一般都需要对演示文稿进行页面设置、预览效果和打印设置等一系列操作。关于页面设置的方法在本书第 3 章中已做了详细介绍，下面重点对预览打印效果和打印设置的方法进行讲解。

11.1.1　预览打印效果

打印演示文稿之前先预览打印效果，若发现问题可返回演示文稿中进行修改。预览打印效果的方法为：选择"文件/打印预览"命令，进入打印预览状态并打开"打印预览"工具栏，如图 11-1 所示。该工具栏上相关参数的作用和使用方法分别如下。

图 11-1　"打印预览"工具栏

- ➡ 按钮：单击该按钮预览当前幻灯片的上一张幻灯片。
- ➡ 按钮：单击该按钮预览当前幻灯片的下一张幻灯片。
- ➡ 打印(P)... 按钮：单击该按钮将打开"打印"对话框，从中可进行打印设置。
- ➡ "打印内容"下拉列表框：在其中可选择打印的对象，包括幻灯片、各种版面的讲义、备注页等选项。
- ➡ "显示比例"下拉列表框：在其中可选择幻灯片在预览状态下的显示比例。
- ➡ 选项(O)▼ 按钮：单击该按钮后可在弹出的下拉菜单中选择相应的命令设置页眉页脚、幻灯片色彩及打印顺序等。
- ➡ 关闭(C) 按钮：单击该按钮可退出预览状态。

11.1.2　打印设置

通过打印预览并确认无误后，即可进行打印设置并将演示文稿打印出来，其方法为：选择"文件/打印"命令，打开"打印"对话框，如图 11-2 所示。通过该对话框即可实现打印设置和演示文稿的打印操作，常用参数的作用分别如下。

- ➡ "名称"下拉列表框：在其中可选择打印机，若只有一台打印机则不需进行选择。
- ➡ 属性(P) 按钮：单击该按钮将打开所选打印机的属性对话框，从中可进行各种属性设置，如纸张来源、打印方向、打印顺序等。
- ➡ "打印范围"栏：在其中可设置演示文稿中需打印出来的幻灯片，包括全部、当前幻灯

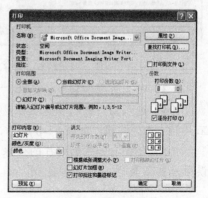

图 11-2　打印设置

片、自定义放映时设置的幻灯片等。

🔊**提示：**

> 若选中⊙幻灯片(I):单选按钮，则可在其右侧的文本框中手动设置需打印的幻灯片，如需打印第 3 张至第 8 张幻灯片，则可输入 "3-8"；如需打印第 3 张至第 8 张幻灯片，以及第 10 张和第 13 张幻灯片，则可输入 "3-8,10,13"。

➧ **"份数"栏**：在其中可设置打印份数和打印方式。若选中☑逐份打印(T)复选框，则按打印内容的顺序一份份打印；若取消选中该复选框，则按每一页的方式进行打印。

➧ **"打印内容"下拉列表框**：在其中可选择打印对象，与"打印预览"工具栏中的"打印内容"下拉列表框作用完全相同。

➧ **"颜色/灰度"下拉列表框**：在其中可设置演示文稿打印出来的色彩，包括"颜色"、"灰度"和"纯黑白"等选项。

➧ ▭确定▭**按钮**：单击该按钮即可打印演示文稿。

11.1.3 应用举例——设置并打印"企业组织"演示文稿

下面练习对"企业组织.ppt"演示文稿进行页面设置并预览效果，然后以灰度形式打印其中的前 3 张幻灯片（立体化教学:\源文件\第 11 章\企业组织.ppt）。

操作步骤如下：

（1）打开"企业组织.ppt"演示文稿（立体化教学:\实例素材\第 11 章\企业组织.ppt），选择"文件/页面设置"命令，如图 11-3 所示。

（2）打开"页面设置"对话框，设置宽度和高度分别为"30"和"21"，然后单击▭确定▭按钮，如图 11-4 所示。

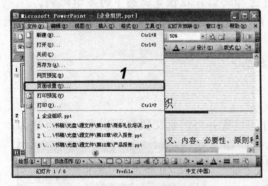　　

图 11-3　选择"页面设置"命令　　　　　图 11-4　设置幻灯片大小

（3）完成页面设置后，选择"文件/打印预览"命令，如图 11-5 所示。

（4）进入幻灯片的预览状态，并显示所选幻灯片的打印预览效果，单击"打印预览"工具栏上的🔲按钮，如图 11-6 所示。

（5）查看下一张幻灯片的效果，按照相同方法预览每一张幻灯片的打印效果，确认无误后单击工具栏上的🖨打印(P)...按钮，如图 11-7 所示。

图 11-5 选择"打印预览"命令

图 11-6 单击按钮

（6）打开"打印"对话框，选中 ⊙ 幻灯片⑴ 单选按钮，并在右侧的文本框中输入"1-3"，然后在"颜色/灰度"下拉列表框中选择"灰度"选项，单击 确定 按钮，如图 11-8 所示。

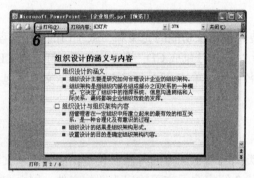

图 11-7 预览打印效果

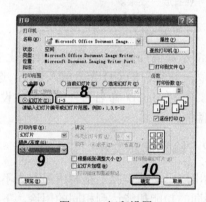

图 11-8 打印设置

11.2 打包和输出演示文稿

打包和输出演示文稿可以让制作的幻灯片实现更多的用途，如可以在没有安装 PowerPoint 的电脑上放映演示文稿，可以利用图片管理软件查看幻灯片内容。下面分别讲解打包和输出演示文稿的方法。

11.2.1 打包演示文稿

通过对演示文稿进行打包，不仅可以实现在任意电脑上放映演示文稿的效果，而且还可将打包后的文件直接存放到 CD 光盘中，从而通过光盘放映演示文稿。

1. 打包到文件夹

打包演示文稿到指定的文件夹后，可通过压缩在文件夹中的 PowerPoint 播放器实现演示文稿的放映操作，从而避免了在未安装 PowerPoint 软件的电脑无法观看演示文稿的情况发生。其方法为：选择"文件/打包成 CD"命令，打开"打包成 CD"对话框，如图 11-9 所示。单击 复制到文件夹(F)... 按钮，打开"复制到文件夹"对话框，如图 11-10 所示，在其中设置文件夹名称和位置后，单击 确定 按钮。

图 11-9　"打包成 CD"对话框　　　　图 11-10　设置文件夹名称和位置

提示：

> 打包后找到该文件夹，双击其中的"pptview.exe"文件，在打开的对话框中双击需放映的演示文稿即可观看放映效果。

2. 打包成 CD

　　将演示文稿打包到 CD 需要在电脑上安装具备刻录功能的光驱和一张空白的 CD 光盘，其方法为：将空白的 CD 光盘放入光驱，选择"文件/打包成 CD"命令，打开"打包成 CD"对话框，在"将 CD 命名为"文本框中设置名称后，单击 复制到 CD(C) 按钮将演示文稿打包到 CD 光盘中。

11.2.2　输出演示文稿

　　输出演示文稿实际上是利用另存为不同类型的演示文稿的方法，使输出后的演示文稿具有不同的功能却能达到相同的用途。下面就介绍将演示文稿输出为图片文件、网页和大纲文件的方法。

1. 输出为图片文件

　　PowerPoint 可以将演示文稿中的幻灯片输出为 gif、jpg、png、tif、bmp 等各种格式的图形文件，其方法为：选择"文件/另存为"命令，打开"另存为"对话框，在"保存类型"下拉列表框中选择相应的图形文件格式，然后单击 保存(S) 按钮，此时将打开如图 11-11
所示的提示对话框，单击 每张幻灯片(E) 按钮可
将演示文稿中的每张幻灯片均保存为一张
图形文件；单击 仅当前幻灯片(C) 按钮仅输出当前
幻灯片为图形文件。

图 11-11　选择输出的幻灯片

2. 输出为网页

　　将演示文稿输出为网页文件，可以方便地将网页文件直接发布到局域网或 Internet 上供其他人使用，其方法为：选择"文件/另存为"命令，打开"另存为"对话框，在"保存类型"下拉列表框中选择"网页"选项，然后单击 发布(P)... 按钮，如图 11-12 所示。打开"发布为网页"对话框，在其中进行相应的设置后单击 发布(P) 按钮，如图 11-13 所示。

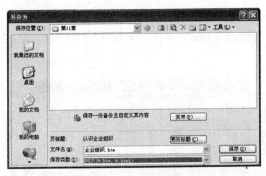
图 11-12 输出为网页文件

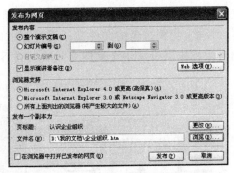
图 11-13 "发布为网页"对话框

3．输出为大纲文件

将演示文稿输出为大纲文件，可以将其中的所有标题和内容文本存放在格式为"rtf"的文档中，但会省略除文本外的其他对象。其优点在于可以极大地减少文件占用空间，适用于以文本为重点的演示文稿。

图 11-14 输出为 RTF 文件

将演示文稿输出为大纲文件的方法为：选择"文件/另存为"命令，打开"另存为"对话框，在"保存类型"下拉列表框中选择"大纲/RTF文件"选项，然后设置保存位置和名称，并单击 保存(S) 按钮，如图 11-14 所示。

11.2.3 应用举例——将"商务礼仪培训"演示文稿打包到文件夹

下面练习将"商务礼仪培训.ppt"演示文稿以"礼仪培训"为名，打包到"我的文档"文件夹中，然后放映打包后的演示文稿（立体化教学:\源文件\第 11 章\礼仪培训）。

操作步骤如下：

（1）打开"商务礼仪培训.ppt"演示文稿（立体化教学:\实例素材\第 11 章\商务礼仪培训.ppt），选择"文件/打包成 CD"命令，如图 11-15 所示。

（2）打开"打包成 CD"对话框，单击 复制到文件夹(F)... 按钮，如图 11-16 所示。

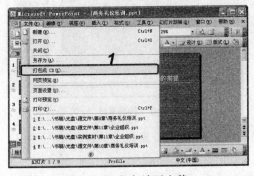
图 11-15 打包演示文稿

图 11-16 打包到文件夹

（3）打开"复制到文件夹"对话框，在"文件夹名称"文本框中输入"礼仪培训"，在"位置"文本框中输入"D:\我的文档"，单击 确定 按钮，如图 11-17 所示。

（4）找到打包的文件夹，双击其中的"pptview.exe"文件，如图 11-18 所示。在打开的对话框中双击演示文稿即可放映其内容。

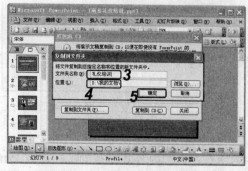

图 11-17　设置文件夹名称和位置　　　　　　图 11-18　双击 pptview.exe 文件

11.3　上机与项目实训

11.3.1　打印"销售报告"演示文稿并输出为大纲文件

本次实训将首先打印"销售报告.ppt"演示文稿，然后将其输出为大纲文件并查看文件内容（立体化教学:\源文件\第 11 章\销售报告.rtf）。

操作步骤如下:

（1）打开"销售报告.ppt"演示文稿（立体化教学:\实例素材\第 11 章\销售报告.ppt），选择"文件/打印预览"命令，如图 11-19 所示。

（2）进入幻灯片的预览状态，单击"打印预览"工具栏上的 按钮，如图 11-20 所示。

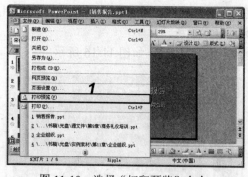

图 11-19　选择"打印预览"命令　　　　　　图 11-20　预览幻灯片效果

（3）依次查看其他幻灯片打印效果，确认无误后单击工具栏上的 打印(P)... 按钮，如图 11-21 所示。

（4）打开"打印"对话框，保持默认设置，直接单击 确定 按钮，如图 11-22 所示。

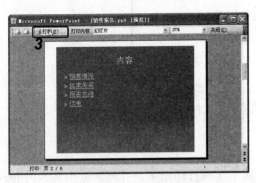

图 11-21 单击按钮 图 11-22 "打印"对话框

（5）打印完成后，在预览窗口中单击 关闭© 按钮退出预览状态，如图 11-23 所示。

（6）选择"文件/另存为"命令，如图 11-24 所示。

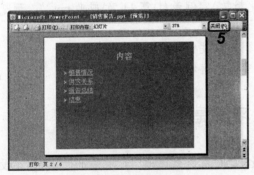

图 11-23 关闭预览窗口 图 11-24 另存演示文稿

（7）打开"另存为"对话框，单击左侧的"我的文档"按钮 ，在"保存类型"下拉列表框中选择"大纲/RTF 文件"选项，单击 保存(S) 按钮，如图 11-25 所示。

（8）打开"我的文档"窗口，双击输出的"销售报告.rtf"文件，如图 11-26 所示。

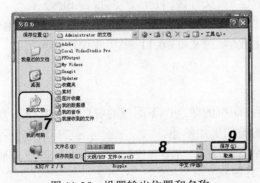

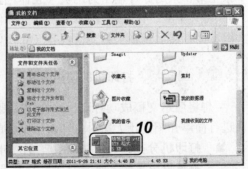

图 11-25 设置输出位置和名称 图 11-26 打开 RTF 文件

（9）打开 RTF 文件，演示文稿中的所有标题和内容文本均以大纲形式显示在文件中，而表格、图表等内容则完全被省略，如图 11-27 所示。

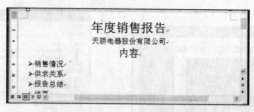

图 11-27　查看大纲文件

11.3.2　打印并输出"成功"演示文稿

综合利用本章所学知识，将"成功.ppt"演示文稿打印出来，并将其输出格式为 jpg 的图片（立体化教学:\源文件\第 11 章\成功）。

本练习可结合立体化教学中的视频演示进行学习（立体化教学:\视频演示\第 11 章\成功.swf）。主要操作步骤如下：

（1）打开"成功.ppt"演示文稿（立体化教学:\实例素材\第 11 章\成功.ppt），预览每张幻灯片的打印效果。

（2）通过"打印"对话框将整个演示文稿以灰度色彩打印两份。

（3）通过"另存为"对话框将演示文稿中的所有幻灯片输出为 JPG 图片。

11.4　练习与提高

1. 将"生产计划.ppt"演示文稿（立体化教学:\实例素材\第 11 章\生产计划.ppt）设置为"35mm 幻灯片"，并将其打印 1 份。

2. 将"个人简历.ppt"演示文稿（立体化教学:\实例素材\第 11 章\个人简历.ppt）以"简历"为名，打包到 D 盘的根目录中，然后通过 PowerPoint 播放器放映打包后的演示文稿。

3. 将"产品报告.ppt"演示文稿（立体化教学:\实例素材\第 11 章\产品报告.ppt）中的第 1 张至第 5 张幻灯片输出为网页（立体化教学:\源文件\第 11 章\产品报告.files）。

4. 将"毕业设计.ppt"演示文稿（立体化教学:\实例素材\第 11 章\毕业设计.ppt）输出为大纲文件，然后查看大纲文件内容（立体化教学:\源文件\第 11 章\毕业设计.rtf）。

经验技巧 打印机的使用方法

要想将演示文稿成功打印出来，还需要打印机的帮助，下面就对打印机及其使用方法进行简单介绍，让大家对打印演示文稿的操作更加熟悉。

- ➥ **打印机分类**：打印机一般可分为针式打印机、喷墨打印机和激光打印机等，目前使用较多的是喷墨打印机和激光打印机。

- ➥ **添加打印机**：打印机的添加首先需要将数据线和电源线等硬件设备进行连接，然后利用"开始"菜单中的"打印机和传真"命令进行添加设置。

- ➥ **使用打印机**：完成打印机的添加后，需要将专业的打印纸张放到打印机的入纸口，然后开启电源，并按照前面介绍的方法设置并打印演示文稿即可。

第12章 项目设计案例

学习目标

- ☑ 通过设计演示文稿样式、制作演示文稿内容和添加动画效果等制作"楼盘投资策划"演示文稿
- ☑ 通过插入图表、表格、制作超链接和动作按钮等制作"产品销售总结"演示文稿
- ☑ 通过文本、图示、剪贴画等对象的使用制作"年度销售计划"演示文稿
- ☑ 通过图表、表格、影片等对象的使用制作"季度财务报告"演示文稿

目标任务&项目案例

"楼盘投资策划"演示文稿

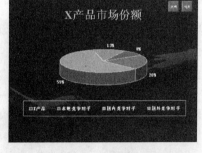

"产品销售总结"演示文稿

"年度销售计划"演示文稿

"季度财务报告"演示文稿

通过完成上述项目设计案例的制作，可以使读者进一步巩固本书前面所学知识，并实现由软件操作知识向实际设计与制作的转化，提高独立完成设计任务的能力，同时学会创意与思考，以完成更多、更丰富、更有创意的作品。

12.1　制作"楼盘投资策划"演示文稿

12.1.1　项目目标

　　本例将练习制作如图 12-1 所示的"楼盘投资策划"演示文稿（立体化教学:\源文件\第 12 章\楼盘投资策划.ppt），通过本例可使读者进一步掌握 PowerPoint 在策划领域的运用。整个演示文稿以文本为主，适当配合剪贴画和自选图形，让演示文稿需要体现的内容可以简洁大方地展现在观众眼前，并让观众清楚地观看和了解关于投资楼盘开发的相关内容。通过本例的制作，读者可以熟练掌握设计模板和配色方案的应用、母版的设计、文本的输入、剪贴画的插入、自选图形的绘制以及幻灯片动画效果的应用等操作。

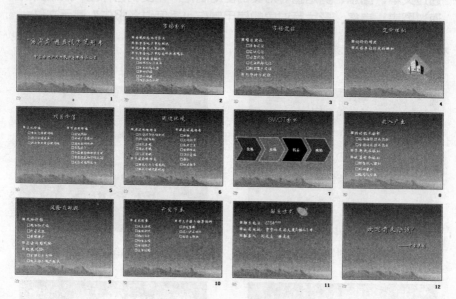

图 12-1　"楼盘投资策划"演示文稿

12.1.2　项目分析

　　楼盘投资策划是楼盘全方位策划的关键环节，其重点是对项目环境进行综合考察和对房地产市场进行调研分析（以项目为核心，针对当前的经济环境、房地产市场的供求状况、同类楼盘的现状及客户的购买行为进行调研分析）由此对楼盘投资项目进行准确的市场定位和价值分析，进而规避开发风险。本例的具体制作分析如下：

　　➥　确定楼盘投资分析需要涉及到的各种因素，如市场分析、市场定位、项目价值分析、周边环境分析等，并收集相关信息。

　　➥　对演示文稿进行统一设计，包括应用设计模板、配色方案、设计幻灯片母版等，从而避免对每张幻灯片进行重复设计。

　　➥　每张幻灯片制作完成后，为整个演示文稿添加动画效果。

12.1.3　实现过程

根据案例制作分析，本例分为 3 个部分，即设计演示文稿样式、制作演示文稿内容以及为演示文稿添加动画效果，下面分别进行详细讲解。

1．设计演示文稿样式

下面首先启动 PowerPoint，并为自动新建的演示文稿应用设计模板和配色方案，然后进入幻灯片母版视图对演示文稿进行统一设计。

操作步骤如下：

（1）启动 PowerPoint，选择"格式/幻灯片设计"命令，如图 12-2 所示。

（2）在打开的"幻灯片设计"任务窗格列表框中选择"Mountain Top.pot"模板缩略图，如图 12-3 所示。

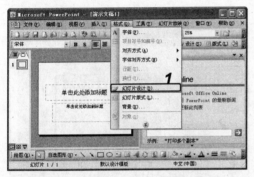
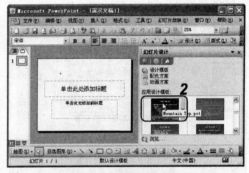

图 12-2　选择"幻灯片设计"命令　　　　图 12-3　选择设计模板

（3）幻灯片应用所选设计模板后，单击任务窗格中的"配色方案"超级链接，如图 12-4 所示。

（4）在列表框中单击背景颜色为浅蓝色对应的配色方案缩略图，如图 12-5 所示。

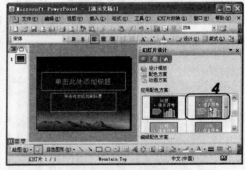

图 12-4　单击"配色方案"超级链接　　　　图 12-5　选择配色方案

（5）幻灯片应用所选配色方案后，选择"视图/母版/幻灯片母版"命令，如图 12-6 所示。

（6）进入幻灯片母版视图模式，单击左侧的第 2 张幻灯片母版缩略图，然后选择标题幻灯片中的文本，将其字体更改为"华文行楷"，如图 12-7 所示。

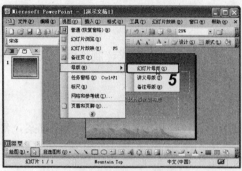

图 12-6 选择"幻灯片母版"命令

图 12-7 更改标题字体

（7）选择副标题中的文本，将其字体更改为"华文新魏"，如图 12-8 所示。

（8）单击第 1 张幻灯片母版缩略图，将标题占位符中的文本字体更改为"华文行楷"，如图 12-9 所示。

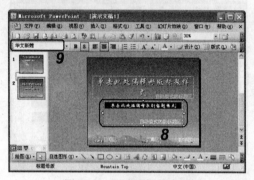

图 12-8 更改副标题字体

图 12-9 更改第 1 张幻灯片标题字体

（9）将文本占位符中的第 1 级文本字体更改为"华文新魏"，然后选择"格式/项目符号和编号"命令，如图 12-10 所示。

（10）打开"项目符号和编号"对话框，单击"项目符号"选项卡，选择第 3 种项目符号样式，然后单击 确定 按钮，如图 12-11 所示。

图 12-10 更改项目符号

图 12-11 选择项目符号

（11）将第 2 级文本字体更改为"楷体"，并按照相同方法将其项目符号的样式更改为第 5 种样式，最后单击 关闭母版视图(C) 按钮退出幻灯片母版视图模式，如图 12-12 所示。

（12）单击"常用"工具栏上的 按钮，如图 12-13 所示。

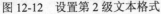

图 12-12　设置第 2 级文本格式

图 12-13　保存演示文稿

（13）打开"另存为"对话框，在"保存位置"下拉列表框中选择"桌面"选项，在"文件名"下拉列表框中输入"楼盘投资策划.ppt"，单击 保存(S) 按钮，如图 12-14 所示。

（14）此时 PowerPoint 标题栏上的文字也发生了相应变化，表示已成功保存演示文稿，如图 12-15 所示。

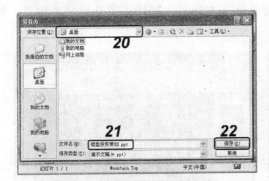

图 12-14　设置保存位置和名称

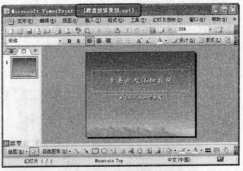

图 12-15　完成保存操作

2．制作演示文稿内容

下面分别对各张幻灯片进行制作，操作步骤如下：

（1）在幻灯片的标题占位符和副标题占位符中分别输入相应的文本，如图 12-16 所示。

图 12-16　制作标题幻灯片

（2）在第 1 张幻灯片缩略图上单击鼠标右键，在弹出的快捷菜单中选择"新幻灯片"

命令，如图12-17所示。

（3）在新建幻灯片的标题占位符和文本占位符中分别输入相应的内容，并将文本插入点定位在文本占位符中已有文本的最右侧，如图12-18所示。

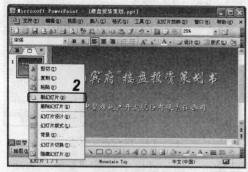

图12-17 新建幻灯片

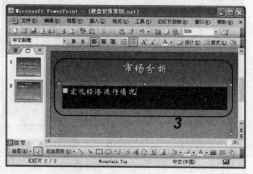

图12-18 输入标题和文本

（4）按"Enter"键，输入同级别文本，并多次利用"Enter"键输入其他同级别的段落文本，如图12-19所示。

（5）按"Enter"键换行，按"Tab"键降低文本级别，并输入第2级文本内容，如图12-20所示。

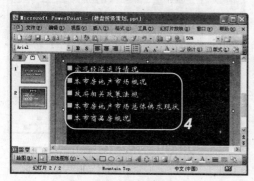

图12-19 输入同级文本

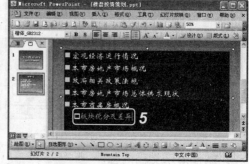

图12-20 输入下级文本

（6）按照相同方法输入其他第2级文本内容，如图12-21所示。

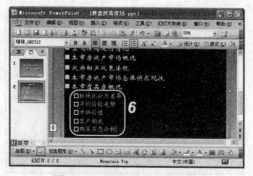

图12-21 输入其他2级文本

（7）新建第 3 张幻灯片，输入相应的标题和文本内容，如图 12-22 所示。

（8）新建第 4 张幻灯片，继续输入需要的标题和文本内容，然后单击"绘图"工具栏中的 按钮，如图 12-23 所示。

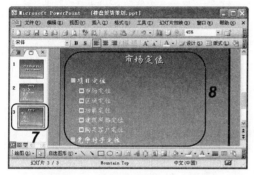
图 12-22　新建"市场定位"幻灯片

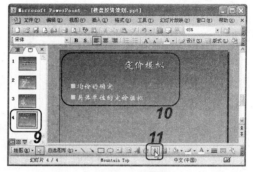
图 12-23　新建"定价模拟"幻灯片

（9）打开"剪贴画"任务窗格，在"搜索文字"文本框中输入"建筑"，在"结果类型"下拉列表框中选中☑ 剪帖画复选框，单击 搜索 按钮，如图 12-24 所示。

（10）搜索到需要的剪贴画后，单击剪贴画缩略图即可，如图 12-25 所示。

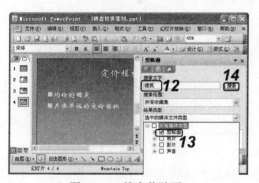
图 12-24　搜索剪贴画

图 12-25　插入剪贴画

（11）调整插到幻灯片中的剪贴画的大小和位置，效果如图 12-26 所示。

（12）单击"图片"工具栏中的 按钮，如图 12-27 所示。

图 12-26　调整剪贴画大小和位置

图 12-27　重新填充颜色

（13）打开"图片重新着色"对话框，将第 3 种颜色更改为"浅蓝色"，第 5 种颜色更改为"橙色",单击 确定 按钮,如图 12-28 所示。

（14）重新填充颜色后的剪贴画如图 12-29 所示。

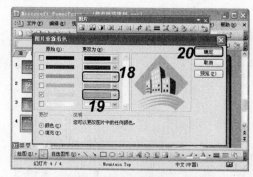

图 12-28　更改颜色

图 12-29　设置颜色后的效果

（15）新建第 5 张幻灯片,为其应用"标题和两栏文本"版式,如图 12-30 所示。

（16）应用版式后输入相应的标题和文本内容,如图 12-31 所示。

图 12-30　更改版式

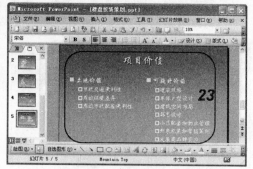

图 12-31　输入文本

（17）新建第 6 张幻灯片,同样为其应用"标题和两栏文本"版式,然后输入相应的内容,如图 12-32 所示。

（18）新建第 7 张幻灯片,输入标题后删除文本占位符,如图 12-33 所示。

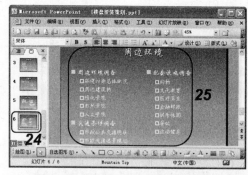

图 12-32　新建"周边环境"幻灯片

图 12-33　新建"SWOT 分析"幻灯片

（19）单击"绘图"工具栏中的 自选图形(U)▾ 按钮,在弹出的下拉列表中选择"箭头总汇"类别下的"燕尾形"选项,如图 12-34 所示。

（20）在幻灯片中拖动鼠标绘制出所选的图形，该图形将自动填充设计模板设定的颜色，如图 12-35 所示。

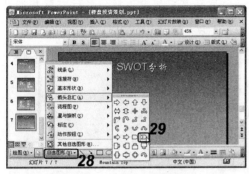
图 12-34　选择自选图形

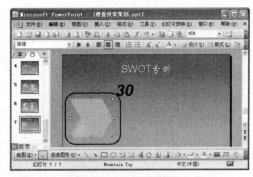
图 12-35　绘制图形

（21）在绘制的图形上单击鼠标右键，在弹出的快捷菜单中选择"设置自选图形格式"命令，如图 12-36 所示。

（22）打开"设置自选图形格式"对话框，单击"颜色和线条"选项卡，将填充颜色更改为"红色"，并将线条样式更改为"4.5 磅━━━━━━"样式，单击 确定 按钮，如图 12-37 所示。

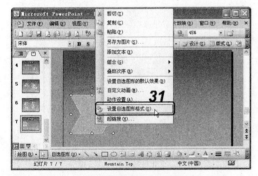
图 12-36　选择"设置自选图形格式"命令

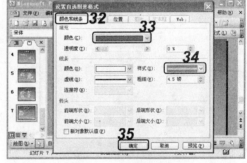
图 12-37　更改填充颜色

（23）在自选图形上单击鼠标右键，在弹出的快捷菜单中选择"添加文本"命令，如图 12-38 所示。

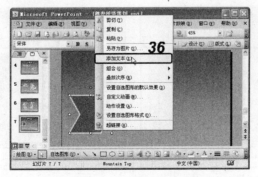
图 12-38　选择"添加文本"命令

（24）在自选图形中输入"优势"，并将字体格式设置为"华文中宋、28、白色"，并利用空格键调整文本位置，效果如图 12-39 所示。

（25）选择自选图形，按住"Ctrl"键不放，然后在其中边框上按住鼠标左键并拖动鼠标，如图 12-40 所示。

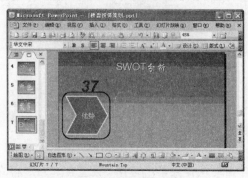

图 12-39　输入文本　　　　　　　图 12-40　复制自选图形

（26）释放鼠标复制出相同的图形，将文本修改为"劣势"，然后更改填充颜色为"橙色"，如图 12-41 所示。

（27）按相同方法复制并修改另外两个自选图形，如图 12-42 所示。

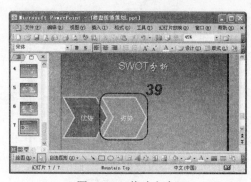

图 12-41　修改文本　　　　　　　图 12-42　复制自选图形

（28）新建第 8 张幻灯片并输入相应内容，如图 12-43 所示。

（29）继续新建第 9、第 10、第 11 张幻灯片并输入相应内容，如图 12-44 所示。

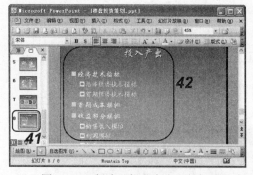
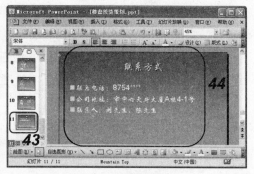

图 12-43　新建"投入产出"幻灯片　　　图 12-44　新建并编辑幻灯片

（30）搜索"电话"剪贴画，将其插入到幻灯片中并更改其填充颜色，效果如图 12-45 所示。

（31）新建第 12 张幻灯片，为其应用"标题幻灯片"版式，然后输入相应的内容，其中副标题文本设置为"右对齐"，如图 12-46 所示。

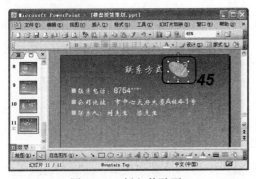

图 12-45　插入剪贴画

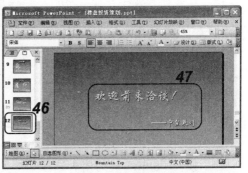

图 12-46　新建"欢迎前来洽谈"幻灯片

3．为演示文稿添加动画效果

下面为整个演示文稿应用动画方案，并单独为剪贴画和自选图形进行自定义动画处理。操作步骤如下：

（1）利用"Shift"键选择所有幻灯片缩略图，然后选择"幻灯片放映/动画方案"命令，如图 12-47 所示。

（2）在打开的任务窗格的列表框中选择"华丽型"栏下的"大标题"选项，如图 12-48 所示。

（3）选择第 4 张幻灯片中的剪贴画对象，然后选择"幻灯片放映/自定义动画"命令，如图 12-49 所示。

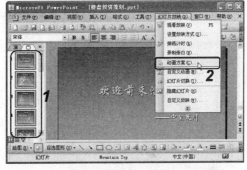

图 12-47　选择"动画方案"命令

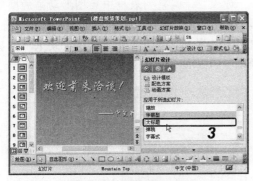

图 12-48　选择动画方案

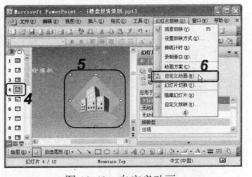

图 12-49　自定义动画

（4）在打开的任务窗格中单击 添加效果 按钮，在弹出的下拉列表中选择"进入"类别下的"渐变"选项，如图 12-50 所示。

（5）在"开始"下拉列表框中选择"之前"选项，在"速度"下拉列表框中选择"中速"选项,如图 12-51 所示。

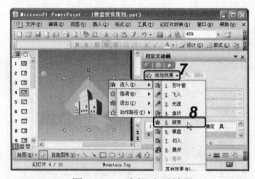

图 12-50 选择动画效果

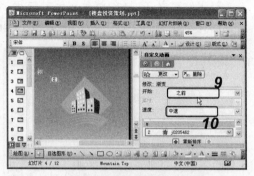

图 12-51 设置动画

(6)按住"Shift"键的同时选择第 7 张幻灯片中的 4 个自选图形,然后单击 ⭐添加效果▼ 按钮,在弹出的下拉列表中选择"进入"类别下的"其他效果"命令,如图 12-52 所示。

(7)打开"添加进入效果"对话框,选择"温和型"栏下的"展开"选项,单击 确定 按钮,如图 12-53 所示。

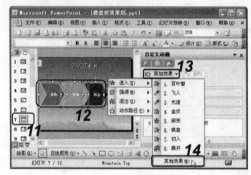

图 12-52 选择其他动画

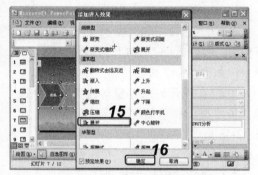

图 12-53 选择动画效果

(8)在"开始"下拉列表框中选择"之后"选项,并调整列表框中各图形动画的顺序,从上到下依次为"燕尾形 2→燕尾形 3→燕尾形 4→燕尾形 5",如图 12-54 所示。

(9)选择第 11 张幻灯片中的剪贴画对象,为其添加"进入"类别下的"切入"动画,并设置开始方式为"单击时",方向为"自顶部"、速度为"快速",如图 12-55 所示。

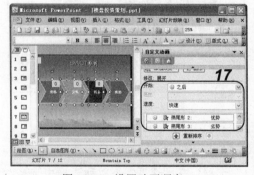

图 12-54 设置动画顺序

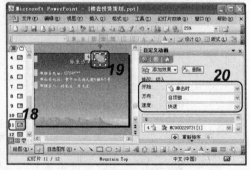

图 12-55 添加并设置动画

（10）在列表框中剪贴画对应的动画选项上单击鼠标右键，在弹出的快捷菜单中选择"效果选项"命令，如图 12-56 所示。

（11）打开"切入"对话框，单击"计时"选项卡中的 触发器 按钮，在展开的选项中选中 单击下列对象时启动效果© 单选按钮，并在右侧的下拉列表框中选择标题 1 对应的选项，最后单击 确定 按钮，如图 12-57 所示。

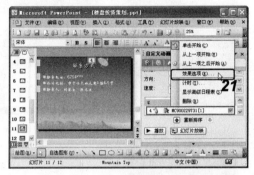

图 12-56 选择"效果选项"命令

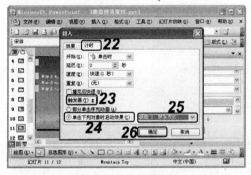

图 12-57 设置触发器

（12）保存演示文稿，然后选择"幻灯片放映/观看放映"命令观看演示效果，如图 12-58 所示。

图 12-58 放映幻灯片

12.2 制作"产品销售总结"演示文稿

12.2.1 项目目标

本例将练习制作如图 12-59 所示的"产品销售总结"演示文稿（立体化教学:\源文件\第 12 章\产品销售总结.ppt）。枯燥的销售数据会影响观众的观看积极性，因此在本演示文稿中会尽量利用图形、图片、表格和图表等对象来丰富演示文稿内容，这样不仅能更加直观地显示相应数据，而且观众的观看热情也会有所提高。本例的制作重点是图片、图形、图表和表格的应用以及超链接和动作按钮的使用，其他包括文本的输入、动画效果的添加等操作都已经在提供的素材文件中完成。通过本例的制作，不仅可以了解销售总结的相关知识，还能进一步巩固各种对象的使用以及超链接和动作按钮的应用等。

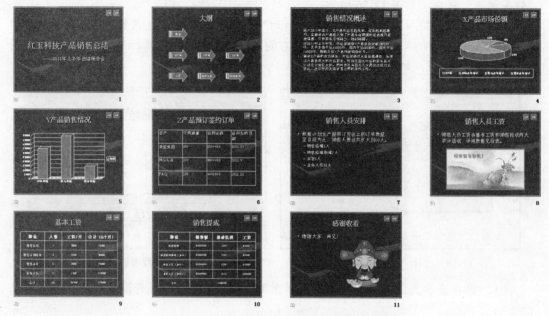

图 12-59　"产品销售总结"演示文稿

12.2.2　项目分析

销售总结是对一段时间内公司或企业的销售情况所做的一个阶段性总结，每个公司和企业的销售总结不一定完全相同，但一般应包括销售概述、销售数据、销售人员等内容。本例的具体制作分析如下：

- 收集具体的销售数据，然后利用图表、表格等对象将这些数据直观地体现在幻灯片中。
- 为方便放映时控制幻灯片的切换，将在幻灯片中添加超链接和动作按钮，通过这些对象可以更加自主地控制幻灯片放映。

12.2.3　实现过程

根据案例制作分析，本例分为两部分，即丰富演示文稿内容以及制作超链接和动作按钮，下面将分别进行介绍。

1．丰富演示文稿内容

下面首先利用图表、表格和图片等对象丰富销售总结的内容。

操作步骤如下：

（1）打开"产品销售总结.ppt"演示文稿（立体化教学:\实例素材\第 12 章\产品销售总结.ppt），选择第4张幻灯片，双击对象占位符中的 图标，如图 12-60 所示。

（2）插入图表的同时打开数据表窗口，在其中输入相应的数据，如图 12-61 所示。

图 12-60 插入图表

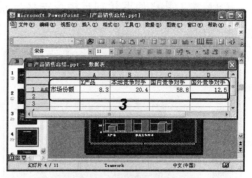

图 12-61 编辑图表数据

（3）关闭数据表，单击工具栏上的 按钮右侧的下拉按钮，在弹出的下拉列表中选择"三维饼图"选项，如图 12-62 所示。

（4）选择图表中的图例，将其拖动到饼图下方，并利用其上的控制点增加图例宽度，使其中的内容呈一行显示的状态，如图 12-63 所示。

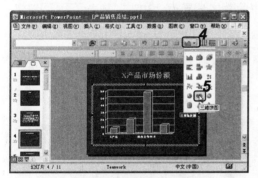

图 12-62 更改图表类型

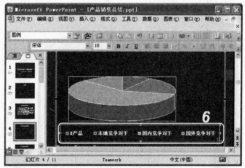

图 12-63 调整图例

（5）在工具栏的下拉列表框中选择"绘图区"选项，单击右侧的 按钮，如图 12-64 所示。

（6）打开"图形区格式"对话框，选中"边框"栏下的 无 单选按钮，然后单击 确定 按钮，如图 12-65 所示。

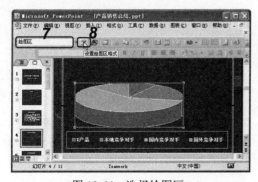

图 12-64 选择绘图区

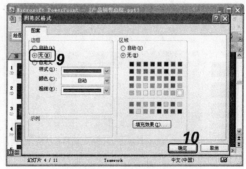

图 12-65 设置无边框格式

（7）拖动绘图区的边框调整该区域的位置，如图 12-66 所示。

（8）在工具栏的下拉列表框中选择"系列'市场份额'"选项，单击右侧的  按钮，如图12-67所示。

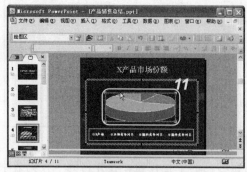

图12-66　移动绘图区

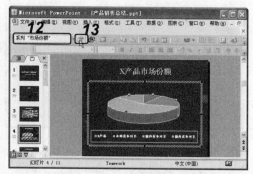

图12-67　选择数据系列

（9）打开"数据系列格式"对话框，单击"数据标签"选项卡，选中 ☑百分比(P) 复选框，如图12-68所示。

（10）单击"选项"选项卡，将数值框中的数字设置为"30"，单击 确定 按钮，如图12-69所示。

图12-68　"数据系列格式"对话框

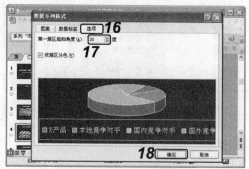

图12-69　调整图形角度

（11）完成饼图的添加与设置，效果如图12-70所示。选择第5张幻灯片，用相同的方法插入图表，并在打开的"数据表"窗口中对数据进行编辑，如图12-71所示。

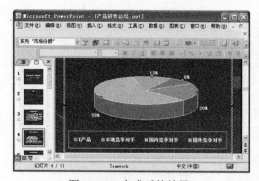

图12-70　完成后的效果

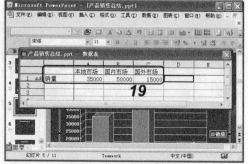

图12-71　修改图表数据

（12）关闭"数据表"对话框，完成图表的插入与编辑，效果如图12-72所示。

（13）选择第 6 张幻灯片，单击对象占位符中的 □ 按钮，效果如图 12-73 所示。

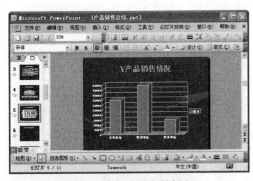

图 12-72 完成图表的插入

图 12-73 插入表格

（14）打开"插入表格"对话框，将行数和列数均设置为"4"，单击 确定 按钮，如图 12-74 所示。

（15）在表格的各单元格中输入相应的数据，如图 12-75 所示。

图 12-74 设置表格行和列

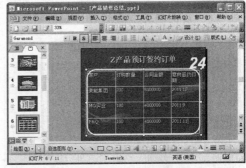

图 12-75 输入表格数据

（16）选择所有单元格，在其上单击鼠标右键，在弹出的快捷菜单中选择"边框和填充"命令，如图 12-76 所示。

（17）打开"设置表格格式"对话框，单击"文本框"选项卡，在"文本对齐"下拉列表框中选择"中部居中"选项，单击 确定 按钮，如图 12-77 所示。

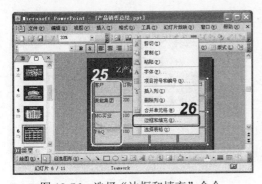

图 12-76 选择"边框和填充"命令

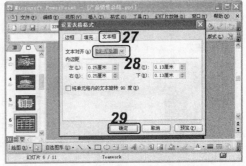

图 12-77 选择对齐方式

（18）将第一行单元格文本格式设置为"华文中宋、28、加粗"，将其余单元格文本的字号设置为"18",如图 12-78 所示。

（19）拖动表格中的列线,调整列宽度,使最右侧一列中的文本呈一行显示的状态,如图 12-79 所示。

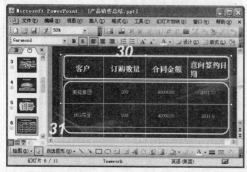

图 12-78　设置文本格式

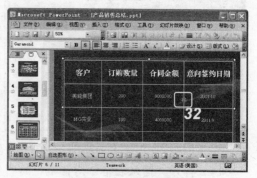

图 12-79　调整列宽度

（20）选择第 8 张幻灯片,插入"Autumn.png"图片（立体化教学:\实例素材\第 12 章\Autumn.png）,并调整其位置和大小,如图 12-80 所示。

（21）双击图片,在打开的对话框中单击"颜色和线条"选项卡,将线条颜色设置为"黄绿色"、样式设置为"6 磅 ▆▆▆▆▆▆",选择 确定 按钮,如图 12-81 所示。

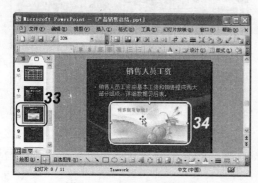

图 12-80　插入并调整图片

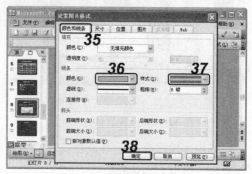

图 12-81　为图片添加线条

（22）此时将为图片添加如图 12-82 所示的边框效果。选择第 9 张幻灯片,单击对象占位符中的 图标,如图 12-83 所示。

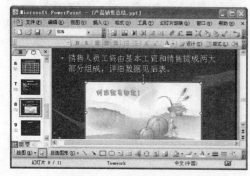

图 12-82　添加的图片边框

图 12-83　插入表格

（23）插入 6 行 4 列的表格，输入需要的数据，然后按照设置第 6 张幻灯片中的表格的方法，调整表格中文本的格式、对齐方式和单元格宽度，效果如图 12-84 所示。

（24）重复上述操作，在第 10 张幻灯片中插入表格格式与第 9 张幻灯片表格格式相同的 6 行 4 列的表格并输入数据（其中需要将最后一行的第 2~4 个单元格合并），效果如图 12-85 所示。

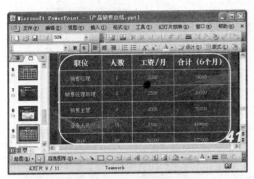

图 12-84　插入表格　　　　　　　　图 12-85　插入表格

（25）选择第 11 张幻灯片，插入"bye.png"图片（立体化教学:\实例素材\第 12 章 \bye.png），并调整其位置和大小，如图 12-86 所示。

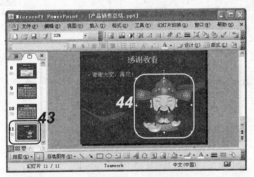

图 12-86　插入并调整图片

2．制作超链接和动作按钮

接下来在幻灯片中添加超链接和动作按钮，以方便放映时控制幻灯片切换。

操作步骤如下：

（1）选择第 2 张幻灯片，在其中绘制"箭头总汇"类型下的"虚尾箭头"自选图形，并在其上添加文本"概述"，如图 12-87 所示。

（2）选择该图形，按"Ctrl+K"键打开"插入超链接"对话框，选择左侧的"本文档中的位置"选项，在右侧的列表框中选择第 3 张幻灯片对应的选项，然后单击 确定 按钮，如图 12-88 所示。

（3）用相同方法在该幻灯片中绘制另外 6 个相同的自选图形，并按相同方法添加文本和创建指定到演示文稿中相应幻灯片的超链接，如图 12-89 所示。

（4）选择第 1 张幻灯片，单击"绘图"工具栏中的 自选图形(U)▼ 按钮，在弹出的下拉列表中选择"动作按钮"类别下的"动作按钮：自定义"选项，如图 12-90 所示。

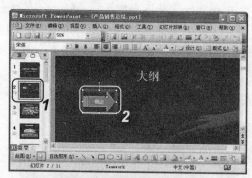

图 12-87　绘制自选图形并添加文本

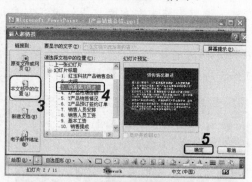

图 12-88　指定链接的幻灯片

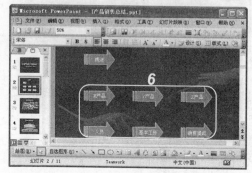

图 12-89　绘制其他图形并创建超链接

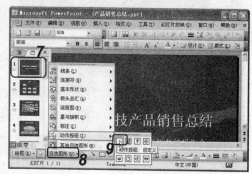

图 12-90　绘制自定义动作按钮

（5）在幻灯片中绘制动作按钮，释放鼠标后在自动打开的"动作设置"对话框中选中
◎ 超链接到(H):单选按钮，并在下方的下拉列表框中选择"幻灯片"选项，如图 12-91 所示。

（6）打开"超链接到幻灯片"对话框，在其中的列表框中选择"2.大纲"选项，单击
确定 按钮，如图 12-92 所示。

图 12-91　自定义链接的幻灯片

图 12-92　选择幻灯片

（7）在绘制的自定义动作按钮上添加文本"大纲"，并调整其大小和位置，效果
如图 12-93 所示。

（8）复制该动作按钮，并修改其中的文本为"结束"，如图 12-94 所示。

（9）选择复制的动作按钮，按"Ctrl+K"键，在打开的对话框中重新指定自定义链接

到的幻灯片为第 11 张幻灯片，然后单击 确定 按钮，如图 12-95 所示。

（10）将制作的两个动作按钮复制到所有幻灯片中，如图 12-96 所示，最后保存设置并放映演示文稿观看效果。

图 12-93　添加文本

图 12-94　复制动作按钮

图 12-95　重新链接幻灯片

图 12-96　复制动作按钮

12.3　练习与提高

1. 制作"年度销售计划.ppt"演示文稿，最终效果如图 12-97 所示（立体化教学:\源文件\第 12 章\年度销售计划.ppt）。

提示：按照"楼盘投资策划"演示文稿的大致流程进行制作，其中第 3 张幻灯片中插入的是"图示"中的射线图对象，第 14 张幻灯片插入的是"结束"剪贴画。本练习可结合立体化教学中的视频演示进行学习（立体化教学:\视频演示\第 12 章\年度销售计划.swf）。

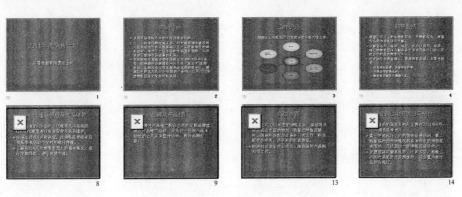

图 12-97　年度销售计划部分幻灯片

2. 制作"季度财务报告.ppt"演示文稿，最终效果如图 12-98 所示（立体化教学:\源文件\第 12 章\季度财务报告.ppt）。

提示：其中第 2 张幻灯片插入的是立体化教学中提供的"饼图.png"图片，第 7 张幻灯片插入的是"athletes"影片。本练习可结合立体化教学中的视频演示进行学习（立体化教学:\视频演示\第 12 章\季度财务报告.swf）。

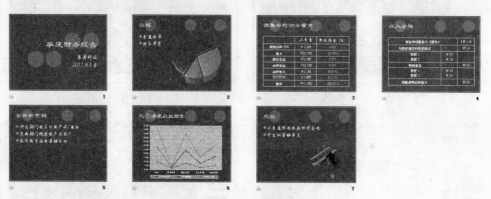

图 12-98　季度财务报告

 **如何设计文中讲解的演示文稿的内容**

为了更好地完成前面要求的两个练习，下面简要对演示文稿在销售计划和财务报告领域需体现的内容进行介绍，让大家可以更清楚 PowerPoint 在这两方面的应用。

- 年度销售计划是在进行调研分析的基础上制定的企业及单位的营销目标以及实现这一目标所应采取的策略、措施和步骤的明确规定和详细说明，可以对未来一定时期内的全面工作或某项工作提出指标、要求、措施、步骤以及期限等。

- 财务报告并不需要提供具体的会计报表、利润表、资产负债表等专业书面文件，而应该将重点体现在盈利对比、成本分析等单独或多个领域，使企业决策层可以根据这些数据作出合理的决定。